命缘

余德庄 著

作家出版社

图书在版编目（CIP）数据

命缘 / 余德庄著 . -- 北京：作家出版社，2022.11
ISBN 978-7-5212-1948-7

Ⅰ. ①命… Ⅱ. ①余… Ⅲ. ①中篇小说 - 小说集 - 中
国 - 当代 Ⅳ. ①I247.5

中国版本图书馆CIP数据核字（2022）第120770号

命　缘

作　　者：余德庄
责任编辑：杨新月　苏红雨
装帧设计：孙惟静
出版发行：作家出版社有限公司
社　　址：北京农展馆南里10号　　邮　　编：100125
电话传真：86-10-65067186（发行中心及邮购部）
　　　　　86-10-65004079（总编室）
E-mail:zuojia@zuojia.net.cn
http://www.zuojiachubanshe.com
印　　刷：北京盛通印刷股份有限公司
成品尺寸：144×210
字　　数：221千
印　　张：11.75
版　　次：2022年11月第1版
印　　次：2022年11月第1次印刷
ISBN　978-7-5212-1948-7
定　　价：48.00元

目 录

西窗烛语

一

城里挖防空洞的弃土碎石和各种垃圾无处堆放，江边便成了倾倒场，岸坎上无处不在的土渣堆，成为重庆城的一道战时景观。昨晚下过一场大雨，到处泥洼水凼，难以下脚。

傅桐雨站在一处稍许干净的地方，默默地注视着眼前的一切。

晨雾飘绕的嘉陵江上一片死寂，偌大的沱湾里连平时最爱赶早的挑水夫和洗衣妇都不见一个，往日过江客云集的码头边亦空无一人。偶有船只从江面上经过，也不闻惯常的号子声，像是顺水漂流的空船。透过雾帘依稀可以看见对岸刘家台一带七歪八斜的吊脚楼，但全都透着一种死寂的气息，就像有一只无形的魔帚，突然扫去了所有的人间活气……报纸上说：牛角沱已经变成死沱！

随着雾幔渐渐散去，他在河滩乱石间看到了那些被豪雨冲刷过的香烛纸钱的痕迹，近岸的江湾聚积着一些殷红的残渣碎屑。看来房东牟大爷所言不虚：昨天是头七，这里有过一场阵仗很大的民间祭祀活动。

波动的江面上忽然冒出一个银白色的东西，尽管只是小小的一点，他还是认出那是一条个头不会很小的岩鲤，旋即快步地下到江边。在离那条死鲤不远的一处回水凼里，他赫然发现了大大小小数十条漂浮在水面上的死鲤，比他在这里垂钓这些年所见过的总数还多！他捡起一根树枝，尝试着去翻动一条看去尚属完整的鱼身，但还没用上劲，鱼就整个地垮烂了，浓烈的腥臭味熏得他屏住呼吸，心头骂着：狗日的小鬼子啊！……

七天前他带了一应行头来到江边，和往常一样，选了几个地方打好窝子，布下鱼线支起钓竿后，就坐下来静观响动。从早到晚跟枯燥的算盘数字打交道，这是一周中难得的轻松惬意时刻，除了钓鱼，他几乎没有别的业余爱好。尽管经常都会遇上防空警报煞风景，但他和其他老钓客一样，对此早已见惯不惊，即使遇上紧急警报，也只是皱眉懒眼地打望一下，互相调侃上两句而已，少有收竿走人的。小鬼子炸弹再多，也不至于那么大老远地飞来，把目标锁定在江边的几个钓鱼的闲人身上吧！当然实在发现情况不对时，也会动动窝，但充其量也只是退到董公石后避一避而已。董公石高宽均达数丈，石头一侧有一个凹进去的岩腔，正好容得下几个人吹牛谈天，打牌下棋。

那天的情形有些诡异：尚未响过预备警报，紧急警报直接就来了！顷刻间就见一架日机从朝天门方向贴着江面飞来，当时江面上刚好停着一艘军用驳船，从对岸过来的一条渡江木船也正好来到江心。日机冲着驳船就是一阵猛扫，几乎与此同时，船舱里钻出十多个士兵，端起枪对着天上开火！就在他和两岸观战的人们情不自禁地高声呐喊助威时，那架日机却在天上打了个转身，冲着驳船扔下一枚炸弹！

随着一声轰然巨响，驳船和木船顿时被火光浓烟吞没，强大的气浪飓风似的猛扑两岸，正在江边忘情地跳脚喊叫的他猝不及防地被气浪抛摔在江滩上。后来才知道，当时驳船上装运着几百箱刚出厂的弹药。

当躲过一劫的市民们跑到江边查看时，发现他已不省人事，但身上却并无明显外伤。他被人送进救护站，在一张门板做成的临时病床上昏迷了两三个小时后自行清醒过来，发现伸手动脚并无大碍，趁四周无人注意，便径自起身溜掉了。他原来还想返回江边去看看，不料却被闻讯赶来的老爷子当街拦下，不由分说地将其强行送到铁山坪幺舅家关了一周"禁闭"。

幺舅牟兴勇原是在川江一带以修木船和打杂工为生的跑滩匠，宜昌大撤退时成为民生轮船公司的"临召水手"，在那场生死搏斗的川江大抢运途中，为保护一台险些侧翻的大型镗床，不慎失足坠入峡江，瞬间就被激流冲得不见了踪影，在几十里外方被一艘出川抗战的运兵船发现救起。对日寇仇恨至极的他索性参了军，直至在战斗中被炸断了双腿。民生公司闻讯后不惜重金将其接回送进医院救治，伤愈复员后，还给了他一笔抚恤金。但俗话说"死水不经瓢舀"，幺舅伤愈回到铁山坪老家后，用那笔抚恤金修缮了一下早已废弃多年的老屋，便所剩无几了。好在孤身一人没有拖累，平时靠做些竹木手工活路倒也可以勉强维持生计。老爷子对其时有接济。老爷子的想法很简单，就是要让他亲身感受幺舅伤残后的惨状，从而受到警示，不再冒失莽撞，拿生命当儿戏。不想见过大阵仗的幺舅却认为老爷子对外甥的"惩罚"有点小题大做，安慰他说就权当在这里休息几天算了。他在幺舅身边百无聊赖地熬过七天，时间一到，便迫不及待地返回城里。

然而眼前的一切，终于使他明白过来，牛角沱和重庆城中众多遭受轰炸浩劫的地方一样，已经变成了伤惨的代名词，永远都不可能再是他这个宝元通的见习生偷享安逸的小小绿洲了！他的眼眶里慢慢地沁出了泪水……

茫然四顾中，傅桐雨突然感到有一抹亮色一闪而过。他先以为是幻觉，但当他定睛搜寻时，却发现了它的真实存在——一个身着素衣黑裙的女子正坐在董公石前全神贯注地写生作画。前些时他来江边钓鱼时，曾见过这个女子，听说是艺专的学生，也曾心有所动，试图上前搭讪，终因缺乏勇气而临阵退却。

傅桐雨突然觉得心头涌入了一股暖流，没有想到此时此际还能在这里遇到一个心定神闲的活人，而且是这样一个优雅的妙龄女子！……一种少有的复杂情愫开始在他的心头翻腾……然而除了远远偷觑，却不敢有任何造次，他生性腼腆，十九岁的大小伙子了，跟不太熟悉的人说话时还常常会发窘红脸，更遑论异性了。

就在这时，他突然发现她在向着他这边招手！回看身后没发现有别的人在，不禁疑惑起来，想试着回应一下，但手还未举起便放弃了，怕自作多情而招致奚落。这时她已起身走到画架前边，开始"喂喂"地叫喊。当他肯定她确实是冲着自己来的时候，终于瑟瑟地试着回应了一下。他看见她点了点头，然后转身从地下拿起一根细细的竿子向他示意。他突然明白了什么，一下子兴奋起来，连跑带跳地奔了过去。

那女生手里拿着的，正是那天他钓鱼的鱼竿——他极其珍爱却认定已永远失去的宝贝！当女生微笑着口称完璧归赵，将鱼竿交到他手里时，他上下端详了一番之后，又攥在手里轻轻抖动着，发现鱼竿竟完好如初！他感激得向她再三鞠躬致谢。

女生带点调侃地说："不就一根钓鱼竿吗，何至于施如此大礼呀！"

傅桐雨爱惜地抚着鱼竿说："这鱼竿是用云南的金箍水竹打制的，你看这竿梢的韧性有多好，直接拉起五六斤重的鱼都不会断尖！"边说边将竿尖拉成圆弧状，一松手，那竿尖立即弹回去变得笔直，"我家老爷子为它花掉整整十块大洋呢！"

"哦，没想到还是个公子哥儿啊！"女生语带讥诮地笑道。

傅桐雨的脸上立即就有了热度，这是他平时最忌讳的称谓。"我也是这次出事后才听他说的。"他解释说，却因撒谎而红了脸。

女生大约是察觉到他的窘态，立即笑着给了台阶："既如此，下次钓着鱼该请请我才是呢！"

傅桐雨如同听到打赏，顿时点头如捣蒜，说："好好，小姐一言既出，驷马难追，下次争取钓一条大岩鲤，在小洞天专门宴请！"

女生道："哦，那可是一家有名的餐馆呢！"

"那里的干烧辽参是山城一绝，干烧岩鲤是我们家特制的，比辽参还好吃！"傅桐雨不无得意地说，又问："听小姐的口音不像重庆本地人？……"

女生大大方方地说："我是从下江逃难来的。"

傅桐雨打量着明眸皓齿、衣着得体的她，怎么也无法将之和"逃难"二字联系起来。女生见状，便解释道："真的，我是跟着学校一起转移到重庆来的。"然后自我介绍她是杭嘉艺术专科学校西画系的学生。

傅桐雨似乎曾在城里见到过一块杭嘉艺术专科学校的牌子，一时却怎么也想不起来是在什么地方，当女生说出地点时，才恍然想起两路口附近的一座小山包上的那几幢青瓦粉墙的两层楼房。

"从杭州到这里，我们走了两年多呢！"女生说。

"两年多？"傅桐雨很是吃惊。

"是呀，颠沛流离，在南昌待了一个月，上饶两个月，常德三个月，长沙一个月，桂林一年，贵阳半年，遵义两个月，还有不计其数其他小地方！……"

傅桐雨不禁对女生刮目相看，说："哦，这么多经历呀！我连四川都没出过！"

女生说："四川人厉害着呢！邹容、张大千都是你们的老乡。"

傅桐雨说："那不能比，不能比！"

"在我的眼中，你也是很不错的……"女生认真地说，"算得上是……半个英雄吧！"

傅桐雨一头雾水，不知她此言何来。

"你被炸弹震昏那天，我就在这里，完完整整地看见了你'英勇遇险'的全过程，不然也不会有我们今天的见面了……"

当傅桐雨听说女生为归还他的鱼竿曾专门到救护队打探他的去向，后来就一直在这里等候时，不禁大为感动，突然就觉得自己与这个初次邂逅的女生之间有了某种令人心暖的情谊，他憋了半天，终于红着脸说道："谢谢小姐……"

"不用客气。"女生笑道，然后目光炯炯地看着他说，"其实我们早就见过面，就在小洞天。上月初二晚上，我陪外婆在小洞天二楼吃饭，她是从湖北老家过来，准备去昆明与我父母团聚的。那天晚上你们一家也在那里吃饭，有这回事吧？"

"哦，有这回事儿！……"傅桐雨兴奋地点头认可，上月初二他和全家确实去过小洞天。那天他手气极好，钓到一条岩鲤一条胡子鲢，曾大厨亲手操办，一条干烧一条清蒸，一家子吃得不亦乐乎。

"当时外婆看见你们一大家子团团圆圆热热闹闹的情景，还很感伤呢……我们离开时，你还回头看了看。"

傅桐雨依稀记起那天晚上确实有过这样不经意的一瞥，此刻却油然生出一种故人重逢般的情愫来。

"你外婆去昆明了吗？"他关切地问。

"已经和我父母在一起了。"女生说。

傅桐雨点着头，却哦哦的不知该接着说何是好了。倒是女生大方地自我介绍："我姓卢，叫卢莓。"

傅桐雨赶紧自报了姓名。

卢莓说："名字好有诗意，府上肯定是书香人家吧？"

傅桐雨嗫嚅着，忽然感到在这个充满艺术气质的女生面前，羞于向她表露自己那原本很让一般市民艳羡的富商家庭了。他瞟着卢莓的画架，欲言又止。

卢莓笑道："一塌糊涂，是吧？"然后才解释说，她画的是油画，也称西洋画，这一幅尚处于大图打底的阶段，还得好些工序才能完成呢。

傅桐雨顺势转移话题道："你画风景？"

卢莓额首道："是呀，我喜欢嘉陵江，特别喜欢这个名叫牛角沱的江湾，如果有可能的话，我想画出它的晨昏朝夕，一年四季，所有的景致。"

"可眼前一片伤惨，有啥好画的呢！"

卢莓望着四周，沉静地说："也包括它的苦难和伤痛，它们都应当留在人类的记忆里……"

傅桐雨品味着卢莓的话，心头忽然对面前这个与自己年龄相仿的漂亮女孩子生出了一丝莫名的敬意，并被其所流露出的那种执着而自信的表情深深地吸引了，继而生出一种强烈的自惭形秽，连说话都笨嘴拙舌，前言不搭后语了。

卢莓似乎看出了什么，关切地问道："你还有事儿吧？"

"呵，没有，没什么事……"傅桐雨赶紧摇头，但话才出口又收了回去，谎称道，"呵，是有点事儿，有点事儿……"

"哦，真对不起，耽误你啦！"卢莓歉然地伸出手来。

傅桐雨拘谨地握着她的手——这是一双多么柔软温馨的小手啊……他几乎立即就对自己的慌不择言后悔了，松手之后，忍不住问道："卢小姐，你还会来这里吧？"

"当然，我的画还没有完成呀！"卢莓说，扑闪的眼眸里闪出一丝调皮，"何况还有你的干烧岩鲤呢！"

热流涌上傅桐雨的脸颊，他激动得声音发颤："好好，说定了，说定了啊！"

"好，说定了！"卢莓笑着伸出手来。

傅桐雨忙不迭地握住了她的手。

"拍掌——拉钩，一百年不许溜！"卢莓一本正经地边念边做，而后自己却先笑弯了腰。

傅桐雨笨拙地应和着，心头就像灌满甘洌的蜜水，觉得这个萍水相逢的女生真是太可爱太有意思了！

二

当天晚上傅桐雨彻底失眠，脑子里转来转去全是卢莓的影子，他们在江边邂逅的每一个细节，走马灯似的一再重现在眼前，令他兴奋躁动，难以平息……后来他干脆下床趿着拖鞋在房间里困兽似的来回走动，时不时撩开窗帘，透过因实行防空灯火管制变得一片漆黑的山城，向两路口方向眺望……现在她应当已待在艺专的宿舍里了，此时她是做着什么女生的私密事情，还是已躺在温馨的被窝里尽享安眠呢？她会把手臂放在被子外面吗？会在梦中莞尔一笑或者皱眉生气吗？她生气的样子也一定是讨人喜欢的啊！……他胡猜乱想着，但却执意排除了一种可能，即她也会像他一样因白天的邂逅而兴奋得难以入睡。他断定这是绝不可能的，那样一个冰清玉洁且极富才情的女子，绝不会把他这样一个不管相貌才识都毫无过人之处的男子留在心里的。这个想法使他心情失落灰暗起来，终于长吁短叹地回到床上，不知道什么时候终于迷糊过去。

当傅桐雨被开门声弄醒时，父亲傅右生已穿着睡衣走了进来，他想蒙头装睡，却为时已晚，老爷子径直上前掀开他的被子，问道："昨晚上怎么啦？折腾了大半夜！"

他揉着眼睛招认："没怎么，就是睡不着。"

老爷子不屑地说："都说是前三十年睡不醒，后三十年睡不着，你倒好，倒过来了！在幺舅那里没出什么事吧？"

这话不啻是为他解了套，他赶紧将一件原本想隐瞒的事儿倒了出来，称他有天晚上没关好大门，幺舅的那只金刚鹦鹉被贼娃子偷走了。

老爷子一听就来了气，说："你这人咋个老是有前脚没后手的啊！幺舅在乡下全靠它打伴解闷，现在好了，你让他形单影只的咋个过！"

那只金刚鹦鹉是幺舅在陆军医院住院治伤时，市商会会长康心如先生特地送给他的，谐音"金刚英武"。此事一时传为佳话。那鸟儿个头硕大，红头白喙，蓝羽锦尾，漂亮至极，而且非常伶俐，仿舌学语顶得上两岁的娃儿，幺舅喜欢得跟心肝宝贝一般，失窃后遍寻不得，一直郁郁寡欢，只是念及不丢也丢了，怕他回家遭到老爷子斥责，就吩咐他暂莫提及此事，以后再作解释。但这个事在他心头一直压着，觉得太亏欠幺舅。

"没事就到鸟市去转转，看能不能碰上，碰上就买一只给幺舅送去！"老爷子吼道，旋即又补了一句："要去中央公园，那里的鸟市最大。"

这就是他最期盼的结果了，于是迅疾地向老爷子伸出手去。

老爷子狠狠地剜他一眼，说："等会儿自己到总店去找吴经理！"然后拂袖而去。

傅桐雨窥见老爷子出大门上了黄包车后，便三下五除二地穿衣洗漱完毕，下楼来到小饭厅，后妈漆雅娴和妹妹傅紫燕正坐在里面吃早点，见到他便客气地招呼道："快来吃，今天的八宝粥熬得不错！"

说话间厨子年长贵已笑嘻嘻地将一碗热气腾腾的八宝粥和花生米、肉松、榨菜、松花蛋等一应摆放到他面前，又讨好地说："晓得你不喜欢吃薏仁，这一锅是单熬的，多加了些枸杞。"

傅桐雨埋头就吃，三扒两咽，一碗八宝粥就下了肚，然后抹抹嘴，起身便走。傅紫燕撇着嘴嘀咕了一句："三脚猫！"他装着没听见，一溜烟跑了。

十来分钟后，傅桐雨已来到位于会仙桥的香满城总店，在经理室找到了吴经理，伸手就要十块钱。

吴经理看着他："老板刚才打过招呼，让我给你五块呵！"

傅桐雨鼓着眼睛说："我这是要去办正事儿，又不是要零花钱。"

吴经理不敢得罪面前这个迟早要当老板的少东家，为难地说："你最好还是去找一下你爹，让他写个条子来吧，我不敢做这个主呀！"

傅桐雨说："恁大个重庆城，你让我大海捞针啊！"

吴经理说："肯定是到粤象村喝早茶去了，你去吧，保准不会错。"

傅桐雨晓得吴经理不好通融，就伸出手去："五块就五块吧，不够的话我再回来拿啊！"接过吴经理递来的五块大洋，哗地收在掌心，转身便一溜烟不见了踪影。

据说在老天爷的心目中"完满"和"完结"是一回事儿，因此总要想方设法地给世人留点遗憾，所以才有苏东坡"人有悲欢离合，月有阴晴圆缺，此事古难全"的慨叹。坊间早就流传着一件事：鼎鼎大名的香满城酱菜店老板傅右生有个心病，就是独生儿子不是个接班的料。傅老板这辈子娶过两房太太，大太太生有两女，均早已嫁人，年近半百时才生下这个老幺儿，高兴地给每个员工都发了红蛋和赏钱，还让旗下的所有店子都降价一天以示喜庆。儿子满月时他去真武观求签取名，得到的回复是"天资聪颖，有大器相，唯命中木水双缺，须补齐为要"。于是给儿子取名傅桐雨。不想儿子四岁时大太太便因肺痨谢世了，后来儿子一直由续娶的二太太照顾，稍大后便由他亲自调教，一门心思想栽培他，将来能顺利接下这份家业。傅桐雨自幼聪明伶俐，但却天生一个"三脚猫"性子，什么事情都进不到心里，再好的玩具，要不上半天就扔了；再乖巧的小伴，打堆片刻就烦了。稍大一点学识数，从来都数不到两位，一满十就必打退堂鼓。后来发蒙读书，"三脚猫"性格愈发明显，常常是老师提问话未说完就迫不及待地胡乱抢答，大小考试连试题都没看清就敢下笔如流水，让人哭笑不得。不止一位老师评说，这娃儿脑子灵，反应快，但太缺乏定力和耐性。傅老板依照老师的建议，让他练小楷，学象棋，拉胡琴，变着花样想磨掉他那成天鬼打心慌的要命性情，然而啥样偏方古法都想尽了，结果却是江山易改，本性难移，长到十几岁，还从来没见他专心致志地爱好或做好过一件什么事情，尤其是对扒拉算盘做生意的这门学问连坐下听一下的耐心都没有！年事渐高的傅老板为此寝食不安：如此下去，到时候这份家业咋个办？尤其是两个虎视眈眈的女婿，更让他有一种家业迟早会改名换姓的深重担忧。唯一稍感安慰的是小子似乎还未沾染社会上的诸般恶习，尚属孺子可教，一些亲朋好友急他所急，给他出谋献策，提供各种各样的教化之道，但似乎都无甚效果。

傅老板祖籍荣昌县，自他的曾祖父傅康诚以祖传的冬菜腌制手艺打底，于清道光年间在荣昌县安富镇开办起原名"香满街"的酱菜店之后，因为经营有方，生意日渐兴隆，到他祖父时在路孔镇开了分店，后来又在县城里开了总店，成为妇孺皆知的老字号。民国初年，其父应祖居荣昌的蜀军政府都督张培爵之邀，将总店迁来重庆，并由张提议将店名改为香满城，从此在重庆扎下根来。经他们父子多年苦心经营，香满城终于有了现今的规模和声誉。但家业再大，要是后辈儿孙守不住，几辈人的拼死拼活，辛苦操劳到头来都白搭了呀！他早就开始考虑如何让独生儿子接班的问题，但小子却总是一副心不在焉老长不大的模样。

傅老板爱吃小洞天烹烩的干烧岩鲤，十天半月总要带上全家去吃上一回。小洞天的廖老板也是荣昌人，其所用的酱醋豆瓣等大宗调料多半都是来自香满城。俗话说老乡见老乡，两眼泪汪汪。他们则是老乡对老乡，遇事有个帮。两人不但在生意上往来和畅，且私交颇笃，算得上是通家之好了。有一天傅老板又带着一大家子来小洞天吃鱼时，廖老板指着墙上的一幅"孤舟蓑笠翁，独钓寒江雪"的立轴说，要讲天底下最磨炼性子的事情，恐怕得首推钓鱼，你看河边江畔那些握竿守钓的人，哪个不是全神贯注，一站就是整日半天，风吹日晒都全然不顾！何不置配好鱼竿鱼篓，让你公子去试试！钓到岩鲤就拿到敝店来现剖现烧，全家一起共享口福，你我再适当地夸他几句，他一受用，兴趣看涨，久而久之，"三脚猫"说不定就磨炼成"招财猫"啦！……傅老板心想反正死马当活马医吧。下来就和儿子一起到渔具店选购了一根可放长收短的五节金箍水竹钓竿和手网、鱼篓等相关行头。或许是天意吧，傅桐雨按照廖老板的指点，头一回来到岩鲤出没最多的牛角沱试竿，就碰上好运气，钓到一条三斤多重的黑脊岩鲤！送到小洞天后，廖老板称这是岩鲤中的上品，亲自下厨烹饪。那天全家老小围着色香味超好的干烧岩鲤大快朵颐，令他如饮甘醇如沐春风，体会到一种从未有过的成就感，自此不用老爷子提醒，隔三岔五的就自己带上行头到牛角沱去了。常常是一天半日就在那浮漂晃动、钓竿起落间不知不觉地打发过去。

觑视着已被儿子打磨得油光水滑的钓竿，老爷子不禁暗自欣喜，又担心小子太上瘾会玩物丧志，便托人在颇有名望的宝元通商号给他谋了个见习职位，期盼能跟钓鱼一样，对与算盘账目打交道产生兴趣，慢慢走上人生正轨。傅桐雨对老爷子的苦心自然也心知肚明。好在因为不带薪，宝元通的见习职位并不打考勤，这就给了他很大的自由，一周至少可以到牛角沱去上两三回。

其实刚才傅桐雨找吴经理时，先他来到总店的傅右生就坐在隔壁的小客厅里，待他离去后，方才出来对着吴经理摇头苦笑："不成器呀，不成器呀！"傅桐雨这次在日机炸弹下幸免一死，钓竿又失而复得的经历，也算是冥冥之中有老天保佑，只是下乡去又却将幺舅的那只宝贝鹦鹉弄丢了，让傅老板心头仍不免怨怼。

吴经理却安慰道："我看老板你也不必操心太甚，比起那些成天狂嫖滥赌、坐吃山空的纨绔子弟，少东家也算是规矩本分的了。"傅右生瞪大眼睛说："他敢那样，我早就把他赶出家门了！"

深知老东家爱子心切的吴经理却笑起来："你舍得哟？真这样我可就白捡个干儿子啦！……"

　　傅桐雨自然不知道两位老人在后面的谈话，揣着五块大洋径直来到大梁子附近的中央公园。所谓中央公园不过是一面荒坡上开出来的几层台地，上面植了些花木，盖了几个亭子而已，还有一个仅有一峰骆驼、一条蟒蛇、一只孔雀和一些狐狸、灵猫之类小兽的所谓动物园，全市最大的花鸟鱼虫市场就在动物园门外的空地上。他四处转了转，却没有发现金刚鹦鹉的影子，问了几个鸟贩子都说好几年不见那种鸟了，除了偶尔有老玩家拿到市场上来显摆一下，真正买卖过手的几近绝迹。傅桐雨在市里跑了鲁祖庙等几个小一点的花鸟鱼虫市场，听到的也是大致相同说法，这才明白自己犯了一个无法弥补的错误，越发感到对不起在乡间孤守茅舍的幺舅。

　　不觉间已近正午，傅桐雨想到昨天与卢莓分手时的"约见"，赶紧回家去取了鱼竿等行头往牛角沱方向跑，一路都在担心小女子只是随便说说，让他憧憬了一整夜的美事儿变成竹篮打水一场空……

　　随着董公石一点一点地冒出，他的心跳也随之加快，当石头现身及半，即将真相大白时，他紧张得几乎都不敢往前走了，这是他这辈子第一次与异性约见，而且是一个那么令人神往的女子……

傅桐雨终于还是站到了岸坎上，当他看到了董公石下的那个娇娜的身影时，犹如在迷雾中突然看到了日出，狂喜得一阵晕眩，几乎与此同时，卢莓已在下面高兴地向他挥手。

三

　　傅桐雨向卢莓解释自己姗姗来迟的原委，卢莓饶有兴味地聆听着，特别是对幺舅和金刚鹦鹉的事情，显得十分好奇和关心，不断插话探问，他也就添油加醋地侃侃而谈，直到卢莓笑嘻嘻地从行囊里拿出旅行水壶朝他晃了晃，方才不好意思地刹了车。

　　"跑了一上午还没饿？我可饿啦！"卢莓说着又从行囊里翻出一个大纸包，原来是一包煎得黄灿灿的熨斗糕。傅桐雨一脸惊喜地说："你也爱吃这个啊？"熨斗糕是重庆街头常见的小吃，也是他儿时的最爱。

　　"觉得奇怪？我刚长出几颗小乳牙，我姥姥就开始用它喂我了。"卢莓掰开一个熨斗糕，亮出里面白茸茸的心子，然后夸张地塞进嘴里。

　　"你是说……你们老家也有这个？"傅桐雨有点云里雾里。

　　"满街都是啊！几排小铁盅放在煤炉上，老板用油抹子滋滋地抹一遍，然后把放了糖的米浆挨个地倒入，不一会儿就煎烙成型了，然后再用细铁钎一个个地翻过来煎烙另一面，几分钟就变成这样一个个金黄喷香的小圆鼓了！"

傅桐雨恍然生出一种错觉，仿佛早在童蒙时代他们就曾一起守在炉摊前，眼馋馋地等候熨斗糕出锅！他笑着将这种感受告诉了卢莓。卢莓朗声笑着把纸包递到他手里，说："那就重温一下吧！"

两人大口小嚼地品尝着儿时的味道，一边兴致勃勃地交谈闲侃。

"我一直在琢磨，这里为什么会叫牛角沱呢？"卢莓抹掉嘴角的糕渣说，"你知道吗？"

"有两种说法。"傅桐雨也下意识地抹了抹嘴角，"一种说法是当年太上老君沿江而下，将青牛拴在这里，自己去南山老君洞喝茶，青牛在这里久等主人不回，发牛脾气撞断了一只角，所以得名。另一种是说这个江沱弯弯的形状很像一只水牛角，所以人们就这样叫了。"

"你觉得哪一个更可信呢？"卢莓扑闪着眼睛问。

"后一个，明摆在这儿嘛！"傅桐雨不假思索地说。

"呵，跟我的想法完全一致！"卢莓拍手道，"你看这沿江而去的一溜光滑的岩石，真的太像牛角了，连表面的凹凸都像！"

到底是画家的眼光啊……傅桐雨正钦佩着，卢莓却已指着身后的巨石发出了新的疑问："为啥这个又叫董公石呢？

从哪个角度都看不出一丁点儿人形来啊！"

傅桐雨笑道："这个称谓的来历与牛角沱又不一样了，它是有真实故事的！"然后便讲了从钓友处听来的掌故：明朝天启年间，贵州永宁的宣抚使奢崇明造反攻打重庆府。当时在江上游的合川有个从外地为官归来的举人董尽伦，闻讯立即招募乡兵，驰援重庆，不料却在此地中了叛军埋伏，不幸兵败，最后战死在这块巨石前。平叛后，重庆市民将其遗体隆重安葬，并在巨石上写下"董公死难处"几个大字，巨石由此得名。几百年来，董公一直为市民所尊崇，不断有人来此凭吊。清乾隆年间，有个叫王清远的进士写了一首名为《牛角沱吊殉难董司马》的诗，其中有这样的句子：一水浑浑叹若何，董公奋义强回戈……林下雄风真保障，石间遗恨逐长波。城西月色凄凉夜，犹听渔人唱挽歌。

"呀，真是有眼不识泰山！我说在这儿怎么下起笔来特别有感觉呢，原来是有董公之灵相助啊！"卢莓说罢双手合十，对着巨石连鞠了三个躬，然后又说，"我一来重庆就听说了巴蔓子割头保城和钓鱼城军民抗击蒙古铁骑，坚守城寨达三十六年的故事，今天又知道了一个捐躯护城的英雄！重庆这块地方的血性男儿多啊！"

傅桐雨说："巴人后裔嘛，勇锐侠义是有传统的。"

卢莓笑道："你肯定也是个巴人后裔！……"就又说起

22

那天他在江边的表现。

傅桐雨自谴道："活像个疯子吧？"

"怎么这样说呢！不过，如果单只从姿态上说，倒像个……像个……"卢莓突然笑着躲到画架的另一边去了。

"怎么啦？"傅桐雨笑道，"像个什么呀？"

"像个跳脚神，哈哈……"小女子大笑。

傅桐雨醒悟过来，做出要拿她是问的样子。卢莓冲着他做了个鬼脸，然后正色道："说实话，你幺舅是个血性汉子！打断了双腿还那么坚强地活着！喂，你能不能啥时带我去见见这位抗战英雄呀？"

傅桐雨以为她说着玩儿的，随口回道："我现在还不知道咋个去见他呢！"

卢莓说："是为那只金刚鹦鹉吧？"

傅桐雨点头道："是呀，没法找回来了。"

卢莓问："你准备怎么办呢？"

傅桐雨摊摊手道："只有经常去鸟市转转，碰碰运气了。"

卢莓觑着他："如果碰不到怎么办呢？"

傅桐雨不明白她的意思，就没吭声。卢莓晃着手指走近他："问你呢！"

傅桐雨无奈地说："怎么办，凉办呗！"

卢莓说："需要我帮忙吗？"

傅桐雨懵懂地问："你……帮忙？"

卢莓说："陪你去转鸟市呀！两双眼睛总比一双管用吧。"

傅桐雨笑道："你当是去林子里捕鸟啊！明摆着的，有就有，没有就没有。"

卢莓半玩笑半认真地说："我给你么舅画一只好吗？"

傅桐雨一时愣在那里，思忖了半晌才说："画的东西是死的呀！既不会扇翅膀，更不会说话招呼人……"

卢莓说："但总比啥都没有好啊！等碰上真鸟了，再买一只送去就是呀！"

傅桐雨觉得也是这个道理，但心头仍感疑惑："你在开玩笑吧？那可不是麻雀斑鸠啊！"

卢莓说："不就是金刚鹦鹉吗？我在杭州见过，学校的画册上也有。"

傅桐雨见她不完全像是在开玩笑，就伸出手去："如果真能画上一个……那就太感谢你了！"其实心里只是不愿太扫女孩子的兴，最重要的是可以增加一个与之今后接触的借口。傻瓜，何乐而不为呢！

"一言为定！"卢莓似乎比他还要兴奋，使劲地握着他的手说，然后便坐到画架前，"好，我可要工作了，你也去江边碰碰运气吧，早上好像有人钓到过岩鲤。"

傅桐雨拿着钓具来到江边，一位钓客证实说，早上确实有人钓到一条三四斤重的大岩鲤，被鱼贩子以两块大洋收走。

傅桐雨不由得一阵兴奋，随即便在一处缓水区试了深浅，调好浮漂，撒下窝子，然后挂饵甩竿，看到有几颗浮漂停留在江面上不动了，知道坠饵已沉底，便用竿架将鱼竿支起，坐下静观动向。他知道身后正有一双眼睛在关注着他，这使他在心旌飘荡的同时，感受到一种从未有过的压力，他太想露一手给她看看，请她去小洞天品尝一回他家的特制美味干烧岩鲤了。

老钓客都知道，撒窝子后的前半个时辰是探测鱼情的最佳时间，如果一直不见响动，就得考虑另换地点，不能一个坑蹲到底。傅桐雨盯着江面上随波起伏的浮漂，很久都不见有任何异动，远处却不时传来有人起竿得手的叫喊声，遂另择地方重新下竿。

应了人挪活树挪死的老话，钓饵才沉下去不多一会儿，他就敏锐地发现最靠前的一颗浮漂有极轻微的颤动，他怕是水浪在作怪，定睛细看了好一阵，才断定是真有情况，而且极像是大家伙在作吞饵前的试探，一时又是兴奋又是紧张，真想叫卢莓过来亲睹起竿的那一刻，却又压根儿不敢声张，岩鲤极为敏感，只要岸上稍有响动便会逃窜得无影无踪。正当他屏息静气地期盼奇迹出现之时，不知从哪里飞来一块石头，扑通一声砸进江里，他手头的鱼竿条件反射地向上一扬，正想回头骂人，却感到手里一沉，原本挺直的竿尖顿时变成了弯弓。

"有了，有了！"傅桐雨激动得回过头去大喊大叫。

"啊啊！真的吗？真的吗……"卢莓惊喜不迭地从画架

后面站起身来。

他肯定地对她点着头，她扔下画笔便一路小跑地来到他的跟前。

鱼儿在水里挣扎，起初傅桐雨凭手感估计至少是一条两斤来重的岩鲤，慢慢地就觉得有点不对劲，因为鱼在水下来回乱窜，与岩鲤上钩时的稳沉对抗完全不一样。卢莓在一旁激动得大呼小叫："需要我帮忙吗？需要我帮忙吗？……"

他兴奋不已踢了踢脚边的手网，示意她帮忙收鱼。

卢莓立即照办，拿着手网，紧张地盯着绷直的鱼线。那鱼在水下来回挣扎了一阵，终于慢了下来。傅桐雨开始小心翼翼地试着往上收竿，线一绷紧，鱼又开始使劲挣扎，他不得不松缓下来，然后再试着收竿，如此反复几次后，终于看见鱼的背脊在水面一闪。傅桐雨立即发现那背色有点泛黄，心头便有点嘀咕，告诉卢莓说，好像不是岩鲤。

"那是什么呢？"

"像是一条鳝鱼。"

"嗯，江里也有鳝鱼？"

"林子大了，啥子鸟都有。江流大了，也是啥子鱼都有啊！"傅桐雨笑回道，然后煞有介事地摆起姿势："准备好啊——起竿！"

傅桐雨双手一使劲，那鱼竿先是弯成了大弓状，然后猛地弹起，将一条跳动不已的鱼儿提出水面——既不是岩鲤也不是黄鳝，而是一条小得不尽如人意的黄蜡丁！不待卢莓的手网伸过来，他已直接将那长着八字胡须的家伙提到了岸上。

他哭笑不得地对卢莓说："看来今天的干烧岩鲤落空了，咋个办？"

卢莓说："不要泄气嘛，再接再厉呀！"

傅桐雨摇头："至少今天是不行了，在这一带钓鱼的人都晓得，只要有黄蜡丁，就不会有岩鲤，灵得很。"

卢莓蹲下去，看着仍在地上蹦跳不停的黄蜡丁说："还这样小，怪可怜的，把它放回去吧。"就动手去取黄蜡丁，傅桐雨正欲制止，小女子已尖叫着一跳而起，随即便看见手指上冒出血来。傅桐雨着急地说："哎呀忘了告诉你，这种鱼的刺会扎人的！……"

卢莓吮了吮指头，然后掏出手绢让傅桐雨给她包扎上。

傅桐雨心痛地说："哦，扎得好深呢！得上点白药才行，街上有卖的，一块去吧！"

卢莓晒他一眼："一点小刺伤，犯得着这样大动干戈啊！"

傅桐雨却说伤口已经沾水，马虎不得，执意要去。卢莓拗不过他，只得应允了。傅桐雨取下那条仍在蹦跳的黄蜡丁，扔回了江里。

两人收拾好东西离开牛角沱来到街上，在上清寺的一家药店里买了白药、酒精和纱布，重新给卢莓包扎了受伤的指头。而后两人便在街上且聊且走。傅桐雨看见不少饭馆食店都已开始晚间营业，心头一动，便邀卢莓一起到小洞天吃饭。

卢莓说："慰问伤员啊？"

傅桐雨说："中午你请了我，晚上我请你不应该吗？另外，你要给我幺舅画画，我也该有感谢的表示啊！"

卢莓笑道："好吧，恭敬不如从命！但你不是说过要请我吃你亲手钓的干烧岩鲤吗？"

傅桐雨说："那个留待以后吧，今天只能请你吃干烧辽参了。干烧鲤鱼就是由这道菜就地取材演化而来的。"

卢莓说："我知道辽参，就是渤海出的海参吧，很名贵的。"

傅桐雨拉着她的手说："走吧！"

卢莓小声道："大庭广众的，别这样鲁啊！"

傅桐雨发现她满脸通红，却并没有真正生气。

四

因为实行严格的防空灯火管制，夜幕笼罩的重庆城远远看去一片黑暗。然而真正置身其间便会发现，白日里喧嚣繁华的街巷间依然行人熙攘，热闹非凡，黄包车在大街上一路吆喝奔跑，摊贩们在鬼火般的电石灯前跟市民讨价还价，在一幢幢黑布蒙窗的酒楼舞厅里，夜生活照样如火如荼。

小洞天位于城区闹市中心的精神堡垒附近。当傅桐雨和卢莓从城边的上清寺来到那里时，所面对的正是这样一幢被遮蔽了灯光的中式二层小楼。门童认出傅桐雨后，立即笑容满面地趋前招呼："傅少爷来啦！"然后便殷勤地取下两人所带的渔具画架，掀开一道黑布门帘，引领二人走进烛光摇曳宾客满座的主餐厅。大堂领班况功明说了一通有失远迎的客套话，就端着蜡烛将二人引到楼上的一个名为西窗剪烛的包房里，说你们都看到了，今天客人爆满，这一间是特地为临时到来的贵宾预留的，看来今天就是你们啦！傅桐雨自然喜不自胜，连声称谢，指指卢莓说："这位是卢小姐。"况领班立即做心领神会状，笑着对卢莓点头道："啊嘀，二位有请，有请！"

包房开间呈六角形，面积不大，中间是一张可以放大成圆桌的方桌，配有四把靠椅，一面墙上挂有一幅丰子恺的诗配画，画中雨竹风蕉、茅舍轩窗，窗中两个共烛夜饮的人影，配以李商隐的诗：君问归期未有期，巴山夜雨涨秋池；何当共剪西窗烛，却话巴山夜雨时。意趣盎然，耐人品味。画旁有一紫檀花架，上放一盆绿色的吊兰。

卢莓仔细地看了看那诗配画，说："像是丰子恺的真迹呢！"

况领班接话道："这是今年春节丰先生来这里赴宴时留下的墨宝。"

傅桐雨说："店里的名人字画多得很，差不多每间包房都有。"

"哦，那可了不得呀！"卢莓环视着房间赞赏不已，"简洁，雅致，有情调，好，好地方！"

况领班将蜡烛放在餐桌上，招呼二人坐定后，指着窗户说："如果二位想要开窗透气，劳烦先把蜡烛吹熄，不然被防空纠察队的人抓着就麻烦了，拜托，拜托！"

因白日的暑热尚未散尽，傅桐雨看见卢莓不时地用手绢扇着风，就说："趁菜还没上，干脆先吹掉蜡烛开窗透透气吧？"

卢莓点头认可后，况领班便吹熄蜡烛，拉开窗帘。

"不愧是山城，真是开门见山啊！"卢莓指着熹微星光下的一抹山影说。

"这是枇杷山。"况领班说，"城区挂防空红球的杆子就竖在那上头。"

卢莓笑道："有窗有烛又有山，就差夜雨啦！"

傅桐雨将手伸出窗外："夏天雨水多，说不定一会儿就来了！"

况领班请他们点菜。傅桐雨直接点了干烧辽参和几个特色菜加上一瓶法国红酒。况领班应诺而去后，服务生很快送来了一壶碧螺春和几碟开胃小菜。两人且吃且聊。得知傅桐雨家和小洞天的关系后，卢莓笑望着他道："原来是香满城的少东家啊！"

傅桐雨踟蹰地说："那天没敢自报家门，不好意思，真的，不好意思。"

卢莓不解地问："这有啥不好意思呢？……"

这时况领班在门外探头道："傅少爷，辽参是上大盘的还是……"

傅桐雨不假思索地挥挥手："大盘！"

见况领班并不离去，傅桐雨便问道："有什么难处吗？"

况领班说："就你们两个人，上一个中盘就足够了，还有其他菜嘛。你晓得廖老板的规矩，不管多好的菜，只要撤盘就一律当众倒进厨桶。做这一行的，最怕客人怀疑剩菜回收，重新上桌。但这个菜如果吃不完，倒掉就太可惜了。"

卢莓搭话道："或者今天不一定就非要这个菜吧，过几天来吃你的干烧岩鲤就是了。"

傅桐雨的头立即摇成了拨浪鼓："那不行，各归各的！"转向况领班说，"那就来个中盘吧。"

况领班掩门退去后，卢莓莞尔道："嗯，你这个人很特别，和其他人不太一样！"

傅桐雨听得似懂非懂，摸摸鼻子又摸摸下巴，问道："小时候我的眼睛像妈，鼻子像爹，长大后又反过来了……"

"哎呀你这个人，太有意思了！"卢莓一时笑弯了腰。

傅桐雨不明不白地跟着傻笑，突然冒出一句："你更有意思。"

卢莓盯着他问道："你说说看，我有什么意思？"

"我第一次看见你坐在董公石前画画，就觉得很有意思。"

"没见过女生画画？"

"你是第一个。"傅桐雨说。

"哦，那可是少见多怪啦！在我们杭州可是普遍得很呢！艺专搬迁之前，我们班上的男女同学还一起在西湖作了一次告别写生呢！"

"可能你们那里的风气更开化吧。"

"也不尽然啊，艺专搬来重庆后，也新招了不少本地女生呢！"

傅桐雨睁大眼睛道："哦，你们还在招生吗？我来报个名行不行？"

卢莓笑道："当然行，随时都可以报名，但要有点美术基础才行。"

傅桐雨说："我上小学的时候就爱画画，天上飞的，地上跑的，但最爱画的还是《封神榜》中的神仙……上中学后就画得少些了。"

卢莓说："这样吧，你马上画个东西给我看看，如果有基础，我可向学校推荐，真的！"说着就拉上窗帘点燃蜡烛，笑嘻嘻地从画包里取出纸笔放到傅桐雨面前。

傅桐雨有点犯怵，但心头却已被跨入艺专与卢莓成为同窗的憧憬点燃，便硬着头皮说："那我就班门弄斧啦！"然后拿起笔来寻思了一阵，便下了笔。决定画一个小时候最喜欢画的赤脚大仙。

卢莓才在屋里转了几个圈儿，他的画已作好了。卢莓接过去左看右看后问道："这是画的哪路神仙啊？"

傅桐雨老老实实地回道："赤脚大仙。"

"哦，我还以为是铁拐李呢！"卢莓笑道，然后立即给出了评语："学画的都晓得一句行话：画鬼容易画人难。傅同学，恕我直言啊，你目前所达到的，还只是幼儿园的水平，所以要想进我们艺专，还得多多操练呢！"

傅桐雨听了，倒也没显得有多失望，却趁机提出了一个新要求："那就请卢小姐以后多指点提携，可以吗？"

卢莓说："行啊，不过得先拜师才行！"

"好，说拜就拜！"傅桐雨立马来了劲儿，当即就起身离座，要向卢莓抱拳鞠躬，不想正在这时，外面却传来轻轻的敲门声，傅桐雨赶紧束手站直，说："请进。"

一个服务生端着菜盘走进来，小心地将一道盛在白玉瓷盘中的干烧辽参和一瓶法国红葡萄酒、两只高脚玻璃酒杯放在餐桌上，然后用开瓶器开了酒瓶，分别给两人斟上，说了一声："请二位慢用，其他配菜很快就到。"然后鞠躬退去。

看着房门轻轻掩上后，傅桐雨还要继续，却被卢莓挡了驾，傅桐雨也就顺势收了风，回到座位向卢莓举起酒杯："卢小姐，很高兴有幸认识你。"

卢莓却端起酒杯说："傅先生，想知道我怎么看你吗？"

"怎么看？"

"一个大男孩。"

"此话怎讲啊?"

"你太养尊处优了!"

傅桐雨不禁语塞了,似乎这才意识到坐在自己面前的这位姣好而聪慧的女子,乃是一个不久前才辗转千里"逃难"来到重庆的女学生。

这时卢莓才又举起了酒杯:"来,为重庆的大男孩干杯!"

在碰杯的一刹那,傅桐雨激动得周身发颤,这也是他平生第一次跟一个女生单独吃饭碰杯,他恍然觉得两人的心也碰了一下似的,一口喝干了杯中的酒,便兴奋不已地用筷子指着盘中香气四溢的干烧辽参让卢莓先动筷子。卢莓却小声问道:"这道菜很贵吧?"

傅桐雨说:"怕我没带钱啊?告诉你吧,我们家在这儿吃饭都是记账的!"边说边拈了一条烹烩得黄澄澄的辽参在卢莓的碟子里,又介绍说,"这是小洞天的一道当家菜,做工不是一般的讲究!因为海参本身并无显味,先要将其放进猪筒子骨熬制的高汤反复煨煮,再加入肉末、姜、葱、酱油等慢烧,直到海参把各种配料的精华都吸纳于一体,达到色香味的最佳组合才能出锅上桌。干烧辽参色泽金黄,温润香浓,上口后咸鲜微辣、绵软黏糯、滋唇抱齿,总之是味美营养,妙不可言……今天你就多吃一点吧!"说着又要动筷子往卢莓碗里拈。

卢莓挡着他说："别，别，我可不愿饭来张口啊！"就自己动手拈了。

不一会儿，另点的棒棒鸡丝、口袋豆腐、雾都回锅肉和过桥抄手等几样特色菜和小吃也上来了，同时进来的还有一位身体壮硕的中年男子。傅桐雨一见便恭敬地起身打招呼，然后对卢莓和那男子相互作了介绍。得知是小洞天的大堂主管肖安仁亲自前来看望，卢莓赶紧起身致谢。卢莓听说他在店里已经十余年，就好奇地问起小洞天店名的来历和以往的情况。肖主管便拉了把椅子坐下说起来。

肖主管讲，将近二十年前，当时已是本地名厨的廖老板邀约了樊青云、朱康林两个同行，合伙在重庆后祠坡开了一家餐馆，其店依山筑楼，凿壁为室，设席其间，恍若置身洞天福地，遂以道家传说仙居住地有"十大洞天、三十六小洞天、七十二福地"的意境取了"小洞天"的店名。廖老板既是老板又是主厨，其川菜厨艺之精湛有口皆碑，有"七匹半围腰（烹饪全才）"之称。经他全力打造，小洞天很快就打出名气，成为"味正不怕坡坎陡"的正宗川菜店，搬来这里后，又迅速扩展为重庆首屈一指的川菜名店。不久前，廖老板的师弟名厨曾明辉又前来加盟，使小洞天更是如虎添翼，发展到今日的鼎盛时期。现在店里常备的各式菜肴达数百种，其中招牌菜六十余种，其中高档的除了干烧辽参，还有一品官燕、荷包鱼肚、八味鲍鱼、叉烧乳猪等等，几乎天天都有军政要员、达官贵人、富商名流上门饮宴，孔祥熙、于右任、邵力子、吴国桢、张澜、沈钧儒、邹韬奋、史良、卢作孚等人当时都是这里的常客……

大约是看到卢莓眼中流露出的惊诧吧，肖主管敲敲桌子说："前天晚上，行政院长孔祥熙就在店里宴请了盟国总统特使居里，上的主菜也就是这道干烧辽参。那洋老头儿吃得容光焕发，说这是他这辈子吃到的世间第一美味。陪同的邵力子、王世杰、翁文灏等大小官员也赞不绝口，称廖老板是当今烹坛奇才。事后一行还专门和廖老板一起在店堂里合影留念……"

正说得来劲，况领班过来请肖主管下楼接电话，肖主管这才收住话头，说声抱歉，起身走了。

傅桐雨跟过去关上房门，笑道："小洞天的员工从上到下都是这样，自豪得不得了，出去腰板都要挺得直些！"

卢莓说："那也不容易呀！"

傅桐雨回到座位说："是呀，不然我家老爷子也不会对这儿情有独钟了。"

两人边吃边聊。也不知是情浓还是酒醇，几杯对饮下来，瓶里的红酒便去掉了一半。卢莓就让傅桐雨悠着点，兴致正高的傅桐雨却反而一人倒了个满杯，说，这就叫"酒逢知己千杯少"呀，举起杯子一饮而尽。卢莓显然也不愿太扫他的兴，笑称那我也只好"舍命陪君子"啦，也举杯一饮而尽。放下杯子后两人隔着餐桌含笑对望，确乎都从对方微醺的眼睛里看到了自己的影子。

傅桐雨忽然结结巴巴地说："卢小姐，我觉得，觉得……你好像《魂断蓝桥》中的玛娜啊！……"

卢莓一时愣怔在那里，半晌才惊诧地笑道："……你是说，费雯·丽？"

傅桐雨欣然点头："对，就是费雯·丽演的。"

"你说我像费雯·丽？"

"对，眉眼，神态，一举一动，都像！"

"你干脆说头发最像吧！"

"你这一头黑发比她的金发更有魅力！"

"我的天哪！……"卢莓用手背挡住面孔，咻咻地笑着，末了问他，"重庆也上映过《魂断蓝桥》了？"

"是呀，国泰连续映了一个多月，场场爆满！"

"我是桂林看的。男主角罗伊也很不错……"

"罗伊是罗伯特·泰勒演的，他和费雯·丽是绝配！主题歌也好听……"傅桐雨说着便轻轻哼唱起来：

恨今朝相逢已太迟，今朝又别离！江水迂回，落花如雨，无限惜别意！白石为凭，明月为证，我心早相许！今后天涯，愿长相忆，爱心永不移……

卢莓不动声色地跟了上来：

Should auld acquaintance be forgot, and never
brought to mind. Should auld acquaintance be forgot,
for the sake of auld lang syne……

傅桐雨惊喜地问道："你会英语原唱？"
卢莓不无得意地扬扬头："Yes!"
两人便开始英汉合唱，唱得非常投入且出乎意料地合
拍，直到回肠荡气地同时吐出最后一句：

天涯海角愿长相忆，爱心永不移！
Please bring it to me, bring your sweet sweet love,
bring it home to me, bring it home to me!

傅桐雨兴奋不已地欢呼："天衣无缝，太好了！"
卢莓笑道："其实中文歌词翻译得比原文好，而且好得
太多！"
傅桐雨疑惑地问："真的吗？原意是怎么说的？"
"就说最后一句吧，原意是：请给我你甜蜜的甜蜜的爱，
带回家，带回家给我。"卢莓说完后笑望着傅桐雨，"与中文
的不能比吧？"

傅桐雨却答非所问："你的英文很了得啊！"

卢莓说："还过得去吧，艺专的西画系和西乐系上课都是全堂英文。"

傅桐雨喟然自叹道："我的全部英语水平加起来就是：哈罗，桑扣，哦克，古得摆——"说罢仰身大笑。

卢莓说："真好玩儿，我还从来没听见过这样发音的。"

傅桐雨也忍俊不禁："我们老师就是这样发音的，大家都称之为椒盐英格里氏。今天总算碰到真神了！如果卢小姐不嫌弃的话，往后我甘当小学生跟你学英语，好吗？"

卢莓说："有什么不可以呀，只要你愿意学！"

"好！"傅桐雨大为振奋，又自倒了一满杯酒，高举过头道："按本地规矩，我喝三杯拜师酒！"

卢莓以为他是说着玩儿，笑道："说话算话啊！"

话音未落，傅桐雨已喝下一杯，然后又喝下第二杯，当卢莓意欲制止时，傅桐雨已三杯下肚。她赶紧让他吃菜解酒，这时傅桐雨已脸红脖子粗地仰靠在椅子上。她不安地问道："傅先生，不会有事吧？……"

傅桐雨嘘着气摆手道："放心吧……这点酒算啥……这点酒……"说着又歪歪倒倒地去抓酒瓶。

卢莓发现情况不对，赶紧夺过酒瓶龙头开门叫人。不一会儿，况领班跑了进来，见状后就说："喝多了，我马上去给他端碗银耳汤来。"

服务生端来银耳汤,傅桐雨喝下后就靠在椅子上打鼾拉呼起来,卢莓怕他跌倒,就站在椅子后面扶着他。不一会儿,况领班又拿来了湿毛巾,见状就将几把椅子连在一起,把人放下去侧卧着,说葡萄酒来得快也去得快,最多半个时辰就没事了。卢莓只好在旁守着。

不多一会儿,傅桐雨就自己翻身坐了起来,望着卢莓怔怔地问道:"这是在哪儿呢?"

卢莓说:"小洞天呀,你刚才喝醉了!"

傅桐雨接过卢莓递来的毛巾擦着脸,忽然想起什么,冲着她说道:"教我学英文,说定了啊!"

卢莓点头道:"没问题!"

傅桐雨喃喃地说:"我已经拜过师了,不教也得教……"

卢莓诓他道:"放心吧,只要你肯学,我包教,而且包会!行了吧?"

傅桐雨这才放了心。两个人又坐了随便聊了一阵,便起身离席了。

出得小洞天,才发现外面已在飘雨,卢莓欣喜地说:"夜雨果真来了,今天晚上全啦!"然后叫了一辆黄包车,将傅桐雨一直陪送到家门口。分手时她告诉傅桐雨,她挨后几天要参加艺专的一个采风活动,暂时不会去牛角沱了。傅桐雨追问到底是几天,她说大概要半个月。

傅桐雨忍不住嘀咕了一句:"这么长的时间啊?"

“我会给你带礼物回来的！”卢莓说着便登上黄包车，又探出身子来向他挥了挥手：“祝你好运，钓到大岩鲤！”

直到黄包车在飘洒的夜雨中完全消失，傅桐雨仍一动不动地站在原地，就像魂儿被带走了一般。

五

傅桐雨一连几天都足不出户，哪儿都没有心思去，也不想做任何事情，想到卢莓分手时的祝愿，也起过去牛角沱试试手气的念头，但一念及那里没有她，就又不想动了，再说岩鲤也存放不得，即或钓到了又有多大的意思呢！

老爷子发现他整日神思恍惚的，就问他是不是有什么事情，他哼哼着搪塞了过去。老爷子又问起金刚鹦鹉的事情，他只得如实禀告。老爷子不免怨怼，说：“世界上的事情就是这样，有的时候不当回事儿，没有了才晓得来之不易！”他听了心头愈加不安。

“已经丢了，再说也变不回来。”幺妹紫燕噘着嘴为哥哥帮腔。正在川东师范上学的紫燕是傅右生的掌上明珠，也只有她才敢这样顶撞老爷子。紫燕又安慰哥哥说：“贼娃子偷那种鸟肯定不会是想杀掉吃肉噻，说不定啥时候就把鸟提到鸟市上来卖钱啦！”

傅桐雨心头亮了一下，便对老爷子说："头回只拿了五块钱，恐怕不够啊！"

老爷子说："价钱都是谈出来的，到时实在都压不下去了，需要多少钱，你直接去找吴经理要就是了。"

这天傅桐雨又去了中央公园花鸟市场，虽然仍未见到金刚鹦鹉，却从一个鸟贩子口中打听到一个消息：前些天曾有人来打听金刚鹦鹉的价格，说是有云南来的朋友手头有一只金刚鹦鹉。傅桐雨就嘱鸟贩子给他留意着，如果那人再来就要下，并开出八块大洋的买价。傅桐雨回家后对老爷子讲了。老爷子听罢说，你应该对鸟贩子说，如果那人带着鸟来了，就想办法把他拴住，我们一起去验证，看是不是幺舅那只，如果是就抓到警察局去，一分钱不花就物归原主了！傅桐雨说，你咋个认得出是不是幺舅那只呢？老爷子说，简单得很，只要你说出"打倒"两个字，它立即就会说出"打倒小日本"，这是幺舅训练的。你在乡下还不晓得？傅桐雨想起那只金刚确实会说这句话，但除了这句，还会说"打倒狗汉奸，打倒卖国贼"，所以也并未特别在意。

以后数日，傅桐雨便天天去中央公园那个鸟贩子处守株待兔，但却一无所获。眼见半个月时间渐渐临近，他又开始去牛角沱守竿钓鱼，希望能如卢莓所说，碰上好运气。

这些时日虽然仍有防空警报响起，但日机真来的并不多，重庆市民难得地过了几天安逸日子。牛角沱也恢复了以往的生机，江湾边一溜过去都是钓竿。他在董公石前徘徊流连，一股难以言喻的温馨之情在心头涌动不停……他发现在这里与在家里的感觉完全不一样，在家里他会不时陷入迷惘，觉得与卢莓的相识相交都更像是一个虚幻的梦境，而在这里，面对伸手可触的巨石和近在身旁的嘉陵江，他却有一种获得见证的踏实感。

在最后的几天里，傅桐雨心里就开始春波荡漾了，想到很快就能见到卢莓，他时不时会情不自禁地冲着老天兴奋狂吼！

然而卢莓却没有如约按时回来！挨到满半月的那天，傅桐雨从早到晚一直忐忑不宁地在家门前徘徊，直到老挂钟响过十二下之后，方才茫然无措地回屋倒在客厅沙发里，一动不动地在上面窝了整整一个通宵。第二天早起的老爷子发现他歪躺在沙发上，诧异地问他是咋回事儿，他谎称为金刚鹦鹉的事晚上睡不着觉。老爷子听后不觉动了恻隐之心，安抚他说，这类稀罕之物都是可遇而不可求的，急也没用，慢慢来吧。听到"可遇而不可求"这个话，傅桐雨忽然有了一种醍醐灌顶之感，决定不把过去一天当成世界末日。

当日下午，傅桐雨又带了钓鱼行头去了牛角沱，撒好窝子下了钩，将鱼竿固定在架子上后，便踱到附近去向早来的钓友打听情况，发现有的鱼篓大满，有的却空空如也，不由得又想起了"可遇而不可求"的话，定下心来守株待兔。

守了半天，换了几回饵都没有像样的动静，傅桐雨便想换个地方试试，正在这时身后却传来一声叫唤，像是在喊他，回头看时，岸坎上空荡荡的并不见人，但刚回转身，那声音却又响了起来，而且变得十分清晰："傅——桐——雨——！……"

像是她的声音啊！他确信不是幻觉后，一时激动得心如鼓擂。果不其然，不一会儿就远远地看见一个身穿浅绿色连衣裙的女子从董公石后面飘然而出，尽管头发遮住了半个脸，他还是认出了卢莓，不禁狂喜地喊叫着奔了过去！……

卢莓将着湿漉漉的头发告诉他，她刚从外地回来，匆忙地洗了个澡就直接来这里了。她冲着他笑道："没有失约吧！"

傅桐雨想到昨天一夜的辗转不宁，就苦笑着回道："超了一天，可以不算。"

卢莓睁大眼睛："怎么会超了一天呢？这个月可是三十一天的大月啊！"

傅桐雨恍然道："哦，确实如此，确实如此！"

卢莓带点娇嗔地说："我可是一个非常守约的人啊！这也是父母亲从小对我的教育和要求。今后打交道多了，你就会知道的！"说着就眨眨眼睛，带点神秘地笑道，"猜猜我给你带什么礼物来了？"

傅桐雨见她两手空空的，便胡乱猜道："好吃的，是吧？"

卢莓说："就知馋嘴啊，再猜！"

傅桐雨实在猜不到，只好告饶。卢莓便让他闭眼转身，傅桐雨欣然照办。片刻之后，卢莓宣布禁令解除。傅桐雨迫不及待地回转身来，只见一个两尺见方的画框靠在董公石上，画面上一只五彩斑斓的金刚鹦鹉正神气活现地看着他，他一时愣住了：天哪，这不活脱脱就是金刚吗！看着金刚张开的嘴喙，他的耳畔蓦然响起在乡下时每天都能听到那一声亲切的问候："你好！我是金刚。"

　　"神了，跟金刚一模一样！你是咋个画出来的呀？"他又惊又喜。

　　"看画册呀，然后就是根据你的讲述展开想象呗！"卢莓说，"你真的觉得很像金刚？"

　　"确实像，太像了！"傅桐雨说，"不可思议！"

　　卢莓说："如果你幺舅也这样看，我这点心血也就值了。"

　　傅桐雨说："我明天就给幺舅送去！"说着就想去动画框。卢莓提醒他说是颜料还没有完全干透，千万别碰着画面。然后就用硬纸板把画框仔细包扎好提在手上，说这样就安然无恙了。但当傅桐雨伸手来接时，卢莓却将画框挪到身后说："你得答应我一个要求：我想跟你一起去乡下看看幺舅，行吗？"

　　这哪是要求，完全是一个求之不得的赏赐啊！傅桐雨张开双臂，做出想拥抱她的样子，就在这当儿，江边突然传来急促的叫喊声："喂那个弟娃，鱼咬钩了！咬钩了！……"

傅桐雨回头看时，只见支架上的钓竿正猛烈地抖动着，紧绷的钓线几乎已与鱼竿拉成了直线，他拔腿便往江边冲去！然而为时已晚，当他赶到江边，鱼竿已被拖进江水，他来不及多想，脱掉鞋子便跳了下去！

随即赶到的卢莓看见傅桐雨在水中胡乱扑腾，并不是很会水的样子时，一时吓坏了，大喊大叫道："傅桐雨，鱼不要啦！不要啦！快回来！回来！……"然而傅桐雨却依然不顾一切地想要去追那越漂越远的鱼竿！就在卢莓焦急万状时，已经游出去好几丈远的傅桐雨忽然在水中打起转儿来！卢莓一时吓坏了，本能地大声呼救，然而暮色四合的江湾里已是人迹寥寥，刚才叫喊过他们的那位钓友也已不见踪影！情急之中卢莓脱掉布鞋和连衣裙便扑进水中，拼命地向傅桐雨游去！自幼在西湖边长大的卢莓，虽然从小就会游泳，但却从未救过人，当她奋力游到傅桐雨近旁时，才知道他是抽筋了，她竭力安抚住他，然后让他扶着自己慢慢往回游……当两个人挣扎着回到岸上时，都已是上气不接下气。两人坐下来喘了一会儿气，卢莓便将连衣裙套在湿内衣上，傅桐雨也脱下衣服拧水，尽管是六月天气，但傍晚的江风一吹仍冷得直磕牙齿。

傅桐雨提议赶紧回家，卢莓见周围已是暮色四合，就说："等天黑尽了再说吧，不然也太狼狈了。"

傅桐雨想想也是，笑道："对头，反正是灯火管制，我们就来个锦衣夜行，哦不，湿衣夜行！"

不一会儿，就见江边亮起一团朦胧的火光。傅桐雨说是渔船，卢莓提议去看看能不能烤烤衣服。两人便拿了衣服和画框奔着亮光而去。

果然是一条小渔船。一个身穿土布短褂的大嫂蹲在船头就着一个红泥小炉煮饭，亮光就是从炉子里发出来的。两人上前说明来意后，大嫂就让他们进船舱去坐，一边揭开炉子上的锅盖说："煮了几个苞谷，饿了就吃啊！"

一股苞谷的香味伴着水汽弥漫开来。卢莓喜不自胜地说："太好了！大嫂给我们一人来一个吧，收多少钱？"

那大嫂却笑道："吃个苞谷还要收钱，笑人啊！"

正说着，傅桐雨突然像发现了新大陆似的，指着船舷外说："大嫂，你这根竿子是自家用的吗？"

大嫂回头看了看，莞尔道："刚才捡的。"

傅桐雨压抑着兴奋，说："大嫂，我可以看看吗？"

大嫂说："看吧，倒是一根好竿子呢。"

当傅桐雨从船舷外取下竿子递给卢莓看时，卢莓一时惊诧莫名：这正是那根她曾经保管过好几天的金箍水竹钓竿啊！她悄声问傅桐雨："是刚才被鱼拖走的那根竿吗？"

傅桐雨说："百分之百，我一眼就认出来了！"

大嫂似乎意识到什么，就说："刚才在下游湾口那边捡到的……"

傅桐雨一时不知该如何是好，因为他从小就晓得一句老话：浮财浮财，老天送来。卢莓显然无此意识，只顾兴冲冲地对大嫂说："大嫂，我们好有缘分啊！"不待大嫂回话，便将两人刚才丢竿的事情一股脑地讲了出来。大嫂听了却没有吭声，默默地翻弄了一下锅里的苞谷，便起身钻过船舱，从船尾提起一个渔网过来，一条至少有四五斤重的大岩鲤困在网子里活蹦乱跳，把两人看得目瞪口呆。

　　"这是挂在竿上的，都拿去吧。"大嫂平和地说。

　　"不不，我们只要竿子，鱼归你！……"傅桐雨挡着她说。

　　"要不得，要不得。"大嫂笑道，"老辈人留得有古训：农夫不割邻田禾，渔家只收自网鱼。你们的就是你们的，拿了要遭天罚的。"

　　傅桐雨还想争辩，却被卢莓抢了话："这样吧，大嫂，我们就不坏你们的规矩了，但你给我们捞了东西，我们也得给你报酬吧！"说着便向傅桐雨递眼色。傅桐雨立即会意地从湿衣服里摸出两块大洋塞到大嫂手里，大嫂没有断然回绝，只是喃喃地说："哎呀，你们看上去就是知书识礼的人，知书识礼的……"

　　大嫂先将渔网放回江水里，执意留二人吃过苞谷，才将鱼提起来，用藤条穿在鱼的背鳍上，又用打湿的草纸将鱼眼睛蒙住，这才交给傅桐雨，说："这样起码两三个钟头不会死，如果今天不吃，可以放在大点的水缸里养着。"

一来二去，见天已大黑，傅桐雨便穿上衣服提了鱼，和卢莓一起上了岸，又向大嫂再三致谢，方才匆匆离去。两人爬上岸坎，却发现城里到处都是星星点点的灯光，向路人打听，方知是今晚云重，临时取消了灯火管制。好在此时两人的衣服已大体晾干，已无所谓夜不夜行，就乐得混杂在人流中欣赏山城夜景。傅桐雨提出马上把岩鲤送到小洞天去干烧，卢莓却说今天太累也太晚了，最好先养着，等明天去了幺舅那里回来再说。傅桐雨觉得这样也好，决定回去将鱼暂时养在家中后花园的小池塘里。两人又商定明天一早就动身到幺舅那里去。幺舅住在江北铁山坪，要从朝天门过江。在两路口分手时，傅桐雨说他家离朝天门近，就将画框一并拿了，与卢莓约定明天一早在朝天门码头碰面。

六

傅桐雨将岩鲤带回家里，一家子都欢喜不迭，后妈漆雅娴和小妹紫燕都异口同声地惊叫说莫不是把岩鲤鱼王钓回来了啊！年长贵帮着傅桐雨将鱼提到花园里放进池塘，说他年近半百，也很少见到这么大的岩鲤。傅桐雨又打开画框给大家看，更是引来惊叹连连，漆雅娴说，这哪里是画呀，是把活鸟儿粘在上面的吧？紫燕更是咋舌道：万一它半夜里叫起来咋个办?!……得知他和卢莓在江边的那番折腾,漆雅娴便吩咐年长贵快去厨房烧姜汤驱寒暖身,紫燕却划着脸蛋对哥哥说:"人家都是英雄救美,在你这儿却成了美救英雄,好狗熊啊!"傅桐雨只是开心地笑。

尽管喝了姜汤,傅桐雨当天夜里还是出现畏寒症状,拖到凌晨时分开始发烧,他想到与卢莓的约定,心头不免焦急,便挣扎着下床开门叫人。正在厨房做早饭的年长贵闻讯赶来,立即去叫老爷子。不一会儿,老爷子和漆雅娴便双双来到傅桐雨床边,一摸额头,烧得烫手,便让年长贵去请对街庆元堂的老中医祁尚礼来号脉。祁尚礼不一会儿就到了,号过脉又看了舌苔,便称是外感风寒所致,当即开了方子,说先刮刮背祛除表寒,天亮后再到铺子里去抓上两服药来熬服,三五天就没事儿了。紫燕正好闻讯赶来,自告奋勇要给哥哥刮背。

紫燕用汤匙蘸着菜油顺着傅桐雨的背脊从上往下刮,没刮几下,便刮成了紫色。紫燕说,寒气太重了,怕是两天都好不了。傅桐雨牵挂着与卢莓约定的去铁山坪的事,急着要起床。紫燕按住他说:"不要命啦!"

傅桐雨说:"昨天我们约好今天一早在朝天门码头碰面的,要是我不去,她会一直在那儿等的!"

紫燕说:"情况有变嘛,叫人去通知她一声不就行啦!"

傅桐雨说:"哪个去通知嘛?除了我,一个都不认识她!"

紫燕说："你说说她的长相，我去就是噻！"

傅桐雨寻思道："鹅蛋脸，中等偏上个子，不胖不瘦，垂肩发……"

紫燕问："肤色？"

傅桐雨说："我看呢，白时透红，像……"

"水蜜桃？"紫燕接嘴道。

傅桐雨看出妹妹别有心机，便咬住不再说，然后却又突然冒出一句："长得有点像费雯·丽。"

紫燕顿时愣住，问道："什么？……像费雯·丽？"自从看过《魂断蓝桥》，费雯·丽便成了紫燕心中的绝代佳人。

傅桐雨带点赧颜地说："你去看吧，看了就知道了。"然后就谈了他与卢莓认识的经过。

得知金刚鹦鹉竟是出自这位名叫卢莓的女生之手，紫燕惊讶不已，拍着他的光背说："看来我是非得跑这一趟不可啦！"而后又调侃道，"艳福不浅啊，钓来钓去钓到个美人鱼！"

"别想得美了，人家只是敬佩幺舅。"傅桐雨说，心头却像打翻了五味瓶。

见紫燕真真要去，傅桐雨便说，朝天门码头每天都是人山人海的，你一个个地认去？就让她带上那幅金刚鹦鹉，到时在登船的跳板前一举，所有的人都看见了。紫燕拍掌同意。

紫燕走后，傅桐雨心头就扑腾起来，担心小女子会无功而返，而卢莓则在码头上望穿双眼，从此与言而无信的他断绝往来。果真如此，那就太冤了！从住家的九尺坎到朝天门来回顶多半个钟头，就算在那里等候耽搁再加上半个钟头，总共一个钟头也足够了。外面客厅里有架老挂钟，紫燕出门时刚好响过七下，如果再来一回响八下的，就是一个钟头了。他躺在床上躁动不安地等候着，就像等着楼上夜半归来的房客扔下第二只靴子。

然而报时钟响过八下，紫燕未见回来，漆雅娴却端着药碗进来了，见他已半起身地靠在床上，就打着哈哈道："咦，是闻到药味了啊？"

他哼哈哈地应付着，接过药碗来喝了。漆雅娴接过空碗说："死女子不晓得灯儿晃到哪儿去了，恁大一早了还不见回来！"

傅桐雨听了越发不安，就说："可不可以让年长贵到码头上去看一下？"

漆雅娴说："年长贵要忙厨房这一头，要不干脆我亲自去跑一趟。"

傅桐雨就很感动，说："那就谢谢三妈了。"老爷子从小就让他这样称呼漆雅娴。

漆雅娴称收拾一下就去，傅桐雨怕她太磨蹭，追着说："搞快点儿啊！"正在焦躁，外面传来年长贵叫声，"小姐回来啦！"

傅桐雨一听，顿时热血冲顶，立马躺下用铺盖遮住脸，接着就听到有人进屋的脚步声……

"桐雨，感觉好些了吗？"是她的声音，随后一只柔软的小手轻落在他的额头上……他屏住呼吸佯装熟睡。

"很烫，等他睡吧。"他听见她在说。

"那好，我们先去吃早餐吧。"紫燕道。

当两个女子的脚步声在门外消失后，傅桐雨立即对自己莫名其妙的表演后悔起来，情急之下便使劲地打了两个喷嚏。

两个女子立即回到了房间里。

"哦，醒啦？"卢莓笑吟吟地走到床前。

他故做惊诧状："哦，你们啥时候到的？"

"刚到一会儿。"紫燕说，然后便兴致勃勃讲了她与卢莓在朝天门见面的喜剧一幕。

朝天门码头本来有两艘小渡轮，其中一艘被日本飞机炸坏，只有一艘渡轮成天喘着粗气来回奔忙。紫燕去到时，码头上已到处是人。她站到一个石礅上，一会儿便看花了眼，发现这样不行，她立即将画框举在头顶左右展示。逼真的鸟儿立即引来众多的目光，人们评头品足，啧啧称奇，有人甩上话来问是不是卖的，甚至有人上前要她到下面去细谈，她耐着性子站了一阵，便收起画逃也似的来到一个僻静处想静一下再说。这时她忽然看见一个身穿蓝色背带工装裤的女子在远处看她，女子戴着草帽，一时看不清长相。两人默然对视了一阵，最后还是那位女子主动过来搭了话。

"小姐，冒昧打听一下，你是从哪里得到这幅画的?"她边说边取下草帽。

紫燕的回答却是一声尖叫:"费雯·丽!"

那女子莞尔地问道:"你说什么?"

紫燕一把抓住她:"你肯定是卢莓小姐吧! 我是傅桐雨的妹妹! ……"

两个女孩子手牵手地往家里疾走，沿途引来无数惊艳的目光。

当天卢莓一直待在傅家和紫燕一起照护傅桐雨，空下来时两人也说一些女生之间的悄悄话，紫燕还邀请卢莓参观了她的闺房和种种心爱的收藏物。一天下来，两个小女子已亲密得情同姐妹。

漆雅娴和卢莓见面后，悄悄把女儿拉到一边问:"真是桐雨的女朋友吗? 他不晓得哪辈子修来的艳福呀!"

老爷子回家闻讯也特地过来与卢莓聊了一阵，又仔细地看了画上的金刚鹦鹉，当即在心头对这个已被漆雅娴暗示为"准儿媳"的女子打了满分，回到屋里对漆雅娴说:"这个女子人才、教养都不错，家境也说得过去，我担心桐雨是不是抓得住!"

漆雅娴说:"那你这个当爹的就多费点心吧，桐雨要有这么才貌双全的女子在身边，至少会安分下来，不会学坏吧!"

老爷子说:"这就看两个的缘分了。"

卢莓回艺专后,每天都会抽时间来看望傅桐雨,随着傅桐雨的病情见好,两人又谈起去给幺舅送画的事情,并重新定下了出发的时日。紫燕也嚷着要一块去,卢莓欣然应允,傅桐雨怕她来搅局,又不便明说,只好用上铁山坪的路如何险陡难行来吓唬她。不想小女子却凑过去对他悄声道:"哥,我晓得你心头的小九九,你放心吧,我只会处处成全你们,不会犯傻的!"傅桐雨这才开颜一笑,不再说啥了。

出发前一天,年长贵发现池塘里的岩鲤不大吃食。老爷子说,岩鲤是江河里出的东西,每天得往池子里倒几挑江水才行。傅桐雨说,他们到幺舅那里也就是两天时间,干脆回来后就拿到小洞天去做了,正好请卢莓一块吃,也算对她送画的一个答谢吧。老爷子却说,那鱼本身就是你们一起弄回来的,这算哪门子请客啊?还有那幅画,画得这样活灵活现,不简单呀!既要答谢就要答谢得像样一点。傅桐雨原本也只是想试探试探,见老爷子说得这样爽气,不禁暗自高兴,就问咋个像样法?老爷子说,就把你妈留下的那对翡翠玉镯送给她吧!傅桐雨听了更是惊喜有加。老妈去世后,老爷子一直珍藏着这对手镯。他怕老爷子反悔,就说,要送就快送哟!老爷子说,这事也不能过于匆忙马虎,还是等你们回来一起吃饭时,当着全家的面正儿八经地赠送为好。那样才能显示对人家的尊重嘛!

傅桐雨听了连连点头称是，从来没见老爷子像今天这样可敬可亲！

七

这日清晨，晓风习习，晴空万里，是个难得的好天气。傅桐雨兄妹和卢莓如约在朝天门码头碰了面。听说铁山坪比城里凉快很多，三人都穿了长衣长裤。卢莓在白底蓝点的衬衫外面加了一件米色开司米背心，显得分外清雅，让紫燕赞不绝口，说艺专生穿着搭配就是不一样。卢莓却笑称，哪有什么搭配呀，是出门时才临时抓的。紫燕说，一抓准，那就更显眼光啦！傅桐雨听了心里很受用，觉得像是在夸赞他，遂指着紫燕身上的花格衬衫说，你这苏格兰风格也很抢眼呀！紫燕却咧嘴说，陈古八百年的东西了，老妈说禁脏耐磨，从旧衣箱里翻出来硬塞给我的！卢莓不无惊讶地打量着紫燕说，哦哟，这么出彩，我还以为是最新潮的款式呢！

三个人说说笑笑地乘渡轮过江来到江北嘴，穿过被日机炸得面目全非的江北老城，一路爬坡上坎来到五里店。从五里店到铁山坪走老路要近一半，但沿途尽是沟沟坎坎，不少地方还得涉水过沟，所幸前两年为配合运输民生轮船公司抢运进川的物资，修有一条直通下游寸滩码头的毛路，到了寸滩离铁山坪也就不远了，只是整个路程要绕一些。三人决定走大路，但踏上大路后才发现，脚下倒是好走了，但来往的车辆不时卷起漫天尘土，很快就将三人变成了"土人"，到得铁山坪脚下后，不得不在一条溪涧边好好清洗了一番。这时就有牵坐马、抬滑竿的乡人上前来兜揽生意，极言山道陡险，攀行艰难，骑马坐轿如何舒适惬意又利于观风赏景等等，说得三人心动，便一人要了一匹马，由乡人牵着前呼后应地一路上山。进入山林深处后，但见繁柯蔽日，清泉淙淙，小鸟啁啾，引得两个小女子惊喜不迭，极言天天在城里跑警报，不想近在咫尺便有这样的绝世仙境！

马队在一处名叫铁山碗饮的山泉边歇息。乡人指着岩石间的一个水清至极的小凼说，此水冬不枯夏不盈，味极甘洌，数百年来一直在这里供山民和路客饮用，据说饮后不仅能清心解渴，还有润喉亮嗓的奇效，就是五音不全的人也能唱出清脆悦耳的歌来。两个小女子听后大感兴趣，饮后立马亮嗓验证，都说自感声音真的变得甜润了。傅桐雨说，干脆就放开唱唱吧，也不负此山此泉此行呀！

紫燕率先亮起了嗓子：

高高山上噻一树槐哟喂，手把栏杆噻望郎来哟喂。娘问女儿噻你看啥子嘛，我看槐花噻几时开哟喂……

清亮的歌声在山林湖水间飘荡，连傅桐雨都诧然了，一起长这么大，他还从来没听见小妹把这支巴渝民歌唱得如此撩人！

卢莓更是听得如醉如痴，歌声一停，便使劲地鼓掌道："太美妙啦！再唱，再唱！……"

紫燕却从马背上回过头来："该你啦！"

傅桐雨立马兴奋鼓掌，说："对头，该卢小姐唱啦！……"

大约兴致也起来了，卢莓说："好吧，唱一支我们江浙的民歌《茉莉花》好吗？"

两兄妹异口同声地鼓掌叫好。

　　好一朵茉莉花啊，好一朵茉莉花，满园花开、香也香不过她。我有心采一朵戴，又怕来年不发芽。我有心采一朵戴，又怕明年不发芽……

傅桐雨还是第一次听到这首歌。委婉动人的江浙小调和着燕语呢喃般的吴侬软语所演绎出的浓郁情韵，竟使他在一时间产生出一种如梦如幻，不知今夕何夕的情致……他再次强烈地感觉到这个天赐般地来到自己身边的江南女子的难得与可贵……

卢莓的一声尖叫将他拉回现实："桐雨，该你啦！"

傅桐雨笑道："唱啥子呢？"

紫燕说："唱《螃蟹歌》！"

傅桐雨说："要得，但先说好，不准笑啊！"

螃呀嘛螃蟹哥，八呀嘛八只脚，两只哟大夹夹，一个硬壳壳。横着是横着是横上坡，直着是直着是直下河。那天从你门前过，夹住了我的脚，夹呀嘛夹得紧又紧，甩呀嘛甩不脱。求求你螃蟹哥，放放我的脚。求求你螃蟹哥，放放我的脚。

傅桐雨才唱第一句卢莓就开始笑，越往后越笑得厉害。她越是笑，傅桐雨发挥得就越是好，最后笑得卢莓几乎岔了气，要不是乡人及时扶住，差点儿滚下马背。

"哎呀太有意思啦！太有意思啦！……"卢莓赞不绝口，"傅桐雨，这次出来我没有别的要求，就要求你教我唱几首四川民歌，《螃蟹歌》算第一首！"

傅桐雨说："要学唱民歌得找幺舅，他肚子里各种各样的民歌民谣可以连唱三天不重复！"

卢莓将信将疑："真的吗？"

傅桐雨说："当然，他是这一带的歌把子。"

卢莓问："什么叫歌把子？"

紫燕解释道："就是唱歌的头牌好手。"

傅桐雨说:"铁山坪周围的十几个村子,没几个人唱得过他的!遇上红白喜事,都争着用滑竿来抬他去唱……"

卢莓激动起来:"一不小心就碰上个歌王,太好啦,这回一定要学几支四川民歌回去!"

傅桐雨说:"没问题,我可以打包票!"

一行唱歌乐神地且聊且走,到得幺舅所在的铜锣村时,铁山坪的远山近林已经抹上落日的余晖。幺舅的茅顶土墙老屋里空空荡荡不见人影。正在院坝里纳鞋底的邻居宋婆婆说:"刚才保长过来说,上头有通知,今天下晚有日本飞机,他放下饭碗就跟一帮人到峡顶打望去了。"

卢莓和紫燕听说峡顶下面就是有名的长江铜锣峡,都叫着要上去看。三个人沿着蜿蜒的坡道来到峡顶前时,看见云腾雾涌的峡顶上已经站着好些乡民,其中一个雕塑般地蹲在当中的"半截汉子"正是幺舅。

幺舅对三人的突然到来甚感诧异,听傅桐雨介绍了卢莓并讲了情况后方才释然道:"我还以为你们是来躲飞机呢!"

傅桐雨望着天上说:"出来的时候完全没听说,现在天都快黑了,怕是误传啊!"

幺舅说:"日本人鬼得很,经常选这种松懈的时候搞偷袭。"

傅桐雨说:"再炸也不会炸到这里来吧?"

幺舅说:"早就有传言说,小鬼子要把铜锣峡炸垮堵塞长江，水漫重庆城！前个月有一架小鬼子的飞机往峡里丢了一颗炸弹，难说不是在试投。"

紫燕还是第一次见到复员回乡的幺舅，忍不住打探道："幺舅，你是咋个受伤的呢?"

幺舅笑道："打仗打的嘞！出川的时候，我们团就祭出了一面'死'字旗，上面是一个老伯为当兵的儿子写下的几句话，我至今都还能一字不漏地背下来：国难当头，日寇狰狞，国家兴亡，匹夫有责，本欲服役，奈过年龄，幸吾有子，自觉请缨，赐旗一面，时刻随身，伤时拭血，死后裹身，勇往直前，勿忘本分！当时我们所有的兄弟都是抱定了为国捐躯的决心的。那天小鬼子以一个联队的优势兵力猛攻我们营的防区，双方反复拉锯，打得难解难分！小鬼子见久攻不下，调来三架飞机对我方阵地轮番轰炸，我正端着机枪往天上打，就听轰隆一声，就啥也不晓得了……醒来后就发现自己躺在战地医院里，身子下面空空的，再一看，双腿都不见了……当兵打仗嘛，死伤寻常事，比起那些捐躯的兄弟，我打折扣只捐了半截，所以剩下的这半截还得继续捐，啥时捐完作数！"

紫燕回头看了看脚下的大坡，又问："幺舅，你是咋个上来的呢?"

幺舅笑道："不好意思呀，自己磨了一半，大家抬了一半。"

在一旁听得动容的卢莓示意傅桐雨把金刚鹦鹉拿出来。

当两人扯掉包扎画框的报纸，向幺舅展示时，幺舅一下惊呆了，愣了半晌，才猛地伸手抓住画框叫道："金刚！啊，金刚！"俄尔又神情恍然地望着卢莓说，"你见过金刚？我的天，怎么画得这样像呀！姿势、眼神、羽毛，样样都像，像神了！哦，我的金刚，你回来啦！回来啦！……"

乡民们纷纷跑来围观，见到画上的金刚鹦鹉，也都啧啧称奇，不敢相信这画是出自眼前这个小女子之手。

傅桐雨责无旁贷地当起了解说员，在介绍了卢莓的画家身份后，又即兴编了个聊斋："那天我只是偶然给卢小姐讲了幺舅和金刚鹦鹉的事情，她回去的当天晚上就做了一个金刚鹦鹉的梦，起来后就照着梦境中的样子画了这幅画。这就是缘分啊！"

四周的乡民显然信以为真了，都兴奋不已地鼓掌叫好，远处还有人使劲地打着呼哨助兴，把卢莓反倒弄得有点不好意思，就提出到峡顶边上去看一看。

傅桐雨带着两个小女子来到悬崖边，只见百丈深谷之下，林木森森，云气蒸腾，宽阔的长江被壁立的高峡收挤成为一条咆哮的溪涧。傅桐雨说，峡底有一条建于清代，已经废弃的锁江铁链，半崖上还刻着一首也是清人写的《铜锣峡赋》，两个女子便兴冲冲地要下去看。傅桐雨去让幺舅找人带路，刚走几步，就听见有人叫喊："日本飞机来了！日本飞机来了！……"三人驻足静听，天上果然隐隐地传来了飞机的嗡嗡声！

乡民都聚集在峡顶上望着东边的天空，幺舅独自蹲在一个岩头上，看见他们就指着天上说："来了，硬是来了！狗日的硬是没安好心哪！"

三个人顺着幺舅手指的方向看去，只见远天上有几个黑点正往这边缓缓移动着，再细看时，不就是飞机吗！

飞机迅速变大，幺舅很快就报出：打头的是八架，平常一般是四架……

老乡们议论着："咦，这回阵仗大哟！"

片刻工夫，第一批飞机就已轰鸣着黑压压地来到头顶上，机身上的一个个红膏药都看得一清二楚。一些乡民冲着天上叫骂："狗日的，有本事就下来个对个地单挑呀！"一些半大娃儿则拿着弹弓往天上打，还有往天上扔石头的，峡顶上一片同仇敌忾的打杀声。第一次这样无遮无拦地面对小鬼子的飞机，傅桐雨和两个小女子都不免紧张，但见幺舅和乡亲们都毫无惧怕之意，才慢慢冷静下来。幺舅说："我们是巴不得它在这里拉屎下蛋呢，这样城里就可以少挨些炸噻！但它龟儿子就是舍不得，气得老子不好过！"

不一会儿，就听主城方向传来猛烈的爆炸声和噼噼啪啪的高炮射击声，无数道腾起的烟柱很快连成一片，遮蔽了整个江天，紧接着就见有火光闪出，并且越来越亮，越来越大，暮色中的山城很快变成一片火海，小鬼子的飞机在火海上飞蹿，活像是一群从地狱里钻出来散布死亡的狂魔！

傅桐雨暗忖，这样的狂轰滥炸，别说人，恐怕连猫狗都难得活出来了！一种与父母家人就此天涯永隔的惶恐突然攥住了他的心。

夜幕在不知不觉中降临。山风骤起，林涛喧哗中，第二批日机很快飞临，但因天已大黑，只能依稀看见从天上掠过的一排排眨着鬼眼的航灯。

"打倒龟儿子东洋狗强盗！"

"消灭狗日的日本法西斯！"

此起彼落的口号声在峡顶上响起，依然蹲在岩石上的幺舅激昂举起双手高声道："来，大家一齐唱《抗敌歌》！中华锦绣江山……预备——唱！"

就像散乱的士兵突然听到了集结的号令，刚才还各吹各打的乡亲迅即跟着幺舅发出了同仇敌忾的吼声：

> 中华锦绣江山谁是主人翁，我们四万万同胞。
> 强虏入寇逞凶暴，快一致，永久抗敌将仇报。家可
> 破，国需保，身可杀，志不挠。一心一力团结牢，
> 努力杀敌誓不饶，努力杀敌誓不饶！……

傅桐雨前次来时就发现原先喜欢跟幺舅一起唱民歌的乡民，很多都在跟幺舅学唱抗战歌曲，只是没想到他们会

一下了唱得这样齐整带劲！他情不自禁加入到这个火山爆发般山野大合唱之中，也清晰地听到身后的卢莓和紫燕也和他一样卷入进来了。他参加过无数次街头抗战歌曲演唱，但没有一次有这样强烈的现场感和投入感，不觉间已是热血沸腾。

　　中华锦绣江山谁是主人翁，我们四万万同胞。文化疆土被焚焦，须奋起，大众合力将国保。血正沸，气正豪，仇不报，恨不消。群策群力团结牢，拼将头颅为国抛，拼将头颅为国抛！

　　黑暗中，傅桐雨忽然感到自己的手被另一只手握住了，一种过电般的战栗感迅疾传遍全身。他没有回头，只是激动得浑身颤抖地紧紧地握住了那只手……

　　当天，从傍晚到半夜，共有三批数十架日机对重庆实施无差别的地毯式轰炸，烛天大火映红了整个山城的夜空！乡民们在峡顶上一直待到下半夜，确信日机不会再来，方才陆续散去。幺舅担心卢莓和紫燕走不惯夜路，将三人带到峡顶近旁的一处岩腔里暂时歇息，说等天亮再下山。岩腔里有一件蓑衣和一些柴火。幺舅让他们挤坐在蓑衣上背靠崖壁休息，然后又点起火堆驱寒。

　　从来没有这样劳累过的紫燕最先歪倒在卢莓身上发出酣

睡声，接下来卢莓也很快斜倚在傅桐雨肩头沉入梦乡，峡顶相握时所感受到的那种无言的情感传递此时似已变成了一种毫无保留的托付……傅桐雨情不自禁地用脸颊摩挲着卢莓蓬散的秀发，如醉如痴地感受着那馨香如兰的鼻息……

在昏昏欲睡的迷糊中，傅桐雨极少地梦见了在他三岁时去世的母亲……奶妈曾悄悄告诉过他，母亲得的乳癌病是因父亲私养漆雅娴的私情败露后气出来的。母亲临终前曾泪流满面地对她说：我不怕死，只是想到以后雨儿太可怜，以后谁来管他疼他啊！……

当然傅右生续弦后并没有完全不管儿子，但对他的训斥敲打却远超过关爱；漆雅娴也没有恶劣到把他赶出家门，而且很会做人，常在老爷子冒火时为他说几句开脱话，但下来之后待他和紫燕却是泾渭分明。因此自打懂事开始，他在这个家里就有一种隔膜感，并且越来越严重，及至到了懂事的年纪，感情上仍无法融入父亲和一个与他毫不相干的女人所营造的家庭里去。哪怕是一家人围坐在一起吃年夜饭，这种感觉也挥之不去，宁愿一个人跑到大街上去闲逛，或者到江边去打水漂玩儿。至少在奶妈的眼里，他那百事无心的"三脚猫"性子，也多是由这种家庭环境造成的。虽说紫燕慢慢长大后，他好歹有了一个可以打伴的妹子，然而也仅仅是寻常间多一个玩伴而已……

傅桐雨忽然听到卢莓轻轻地哼了一声，屏息静听时却又没声了。他问一直守着火堆没睡的幺舅，是否听清她在叫什么，幺舅说："怕是在发梦冲吧，吓着了。"就在这时，卢莓又叫了一声，然后便搂紧他将整个头都埋进他的怀里。幺舅笑道，"确实是吓着了。"

傅桐雨轻抚着卢莓的头发，心头陡然生出一种难以名状的爱怜之情，一股从未有过的要以自己的生命去护卫另一个生命的强烈情感，在胸中奔腾激荡，他突然感到自己有了一种男人的责任和担当⋯⋯

八

天亮后，傅桐雨和卢莓、紫燕决定直接下山回城。幺舅也理解他们的心情，回屋后煮了一锅苞谷粑给三人吃了，就送他们出门，一路咬牙切齿诅咒着小鬼子。

三人刚下到山脚，就看见一些人簇拥着一乘滑竿迎面而来，到得近前，却发现滑竿上直挺挺地躺着一个死人，后面还跟着一个哭得双眼红肿的年轻农妇。傅桐雨就问出了什么事情，农妇却悲号起来。抬滑竿的汉子搭腔道："炸了恁大一夜，还有啥子事情嘛！进城去看噻，满街都是死人，电线杆和树丫上到处都挂着人肠子⋯⋯"

三人不禁惶然相顾，一时都傻了似的说不出话来。沿途又陆续遇到好几起抬死人回乡安葬的滑竿，了解的情况也越来越详实，当他们听说单是较场口的一个大隧道里就闷死了几千人时，震惊得瞠目结舌，完全没料到就在他们离开的这一天里，城里竟会遭遇如此大难！

三人气喘不迭地赶回城区时，已是下午。他们都曾不止一次地亲历过轰炸，也见过轰炸所留下的种种惨烈情景，但当他们在较场口和精神堡垒一带面对那些摆满街道的男女遇难者和堆码成垛的大人娃儿的尸体时，仍被震惊得目瞪口呆！

在一处等着运走的死人堆里，一个袒胸露怀的妇女双手紧搂着一个奶娃，奶娃一动不动地匍匐在母亲的怀里，一只小手紧抓着母亲的衣襟，嘴巴仍然噙含着母亲的乳头……有围观者说，母子俩都是在防空洞里窒息死的，起初救护队的人想试着把母子俩分开摆放，但试了几次，根本分不开，只好让母子俩就这样拥着上路……

卢莓蹲下来用汗巾轻轻擦拭着母亲脸上和奶娃身上的血污，却因为血迹凝固无法擦去。她回头问道："请问哪位能给点水吗？"人群中很快传进来半盆水，她浇湿汗巾继续揩擦，擦得极为轻柔认真……傅桐雨、紫燕和所有的围观者都一直在旁边静静地看着，仿佛是在看一场庄严圣洁的洗礼仪式。将母子俩擦净之后，卢莓又尝试着想将母亲的衣衫拉正，但试了几次都无法拉动，就抬眼巡视着四周，傅桐雨明白了她的意思，就向旁人要了一张旧报纸交给她，她看了看报纸却没有动用，然后就决然地脱下身上的开司米背心，轻轻地搭在受难母子的身上，又起身双手合十地静默片刻，方才在众人的注目下，和傅桐雨、紫燕一块离去。

傅桐雨和紫燕都牵挂着家里，便急急地来到中心店打听情况，听到吴经理说家人和各分店都安然无恙后，才算一块石头落地。吴经理称这次轰炸与往常那种漫无目标的乱炸不太一样，主要集中在商业繁华的精神堡垒和较场口战备物资囤积的朝天门码头一带，还有就是机关学校很多的两路口上清寺一线……

卢莓不安地询问他两路口一带的情况。吴经理说："没去看，只听说炸得很惨，川东师范、特园，还有跳伞塔都挨炸了，宋庆龄的宅邸附近落了好几颗炸弹，幸好老天有眼，人总算安然无恙。狗日的小鬼子歹毒啊！……"

卢莓忐忑地问："听说过杭嘉艺专的消息吗？"

吴经理懵然地表示说没听说过这个地方。傅桐雨看出卢莓的心情，安慰她说，你担心学校会挨炸？不会这么巧吧！

因卢莓这次请了三天假，从店里出来，傅桐雨就要她按预先约定的一起去家里，先好好吃一顿饭，晚上就住在紫燕的房间里或者客房里，好好休息一下再说！卢莓却忧虑难却，说艺专离宋庆龄居所那么近，既然宋宅都被殃及了，艺专怕也不会完全没事吧？傅桐雨安慰她说，有国母在近旁保佑，艺专肯定不会有事！紫燕也说，明天一早报纸出来，一切都清楚了，这会儿乱猜乱想的也没用！

但卢莓仍放心不下。来到沧白路口时，正好有一辆空着的黄包车迎面驶来，她突然招停坐上去说："不行，我还是得回去看一下，如果真没事再过来。"

黄包车走后，傅桐雨想想放心不下，就想另找一辆车去追。紫燕揶揄道："这就神魂颠倒了啊！"

傅桐雨努力克制住自己，紫燕却接茬而来："有句忠告，不知愿不愿听？……"

他心头惴惴，嘴上却硬着："有话就说，卖啥关子嘛！"

"那好，我就实话实说。卢莓绝对是一个才貌双全、知情懂义的难得女子，如果你能让她成为我的嫂嫂，我做梦都会笑醒！但是……"紫燕盯着他吁了一口气，"我觉得你拴不住她！"

傅桐雨爆红了脸冲口道："你咋个晓得？"

"凭直觉，而且我觉得这座城市也未必拴得住她。"

"你是说——她是临时来这里避难借居的，等仗一打完就会转身走人，是吗？"傅桐雨气急败坏地反诘道。

"很对！你没听说过上有天堂，下有苏杭吗？"

傅桐雨无语了，其实他也曾有过这样的一闪念，但却不愿去深想，他只知道自己的心已经被这个女子紧紧地拴住了！

回到家里，晚饭已经开过了，年长贵听说兄妹俩还饿着肚子，赶紧煮了一锅鸡蛋面条给他们吃了。饭后傅桐雨抓紧时间洗了个澡，出来路过紫燕的房间时，发现紫燕正坐在灯下看书，旁边还放着留声机。他敲了敲门，她瞟了瞟却没有搭理。他便径直走进去关掉了留声机。

紫燕极不了然地抬起头来："干啥呀？"

傅桐雨临时找话："嗯……有个想法，想听吗？"

紫燕放下书："话说在先，我可代替不了卢小姐哦！"

傅桐雨翻着眼睛："我想……你想不想请卢莓给你画幅像，你看到那个金刚鹦鹉的噻，太绝了！"

紫燕打量着他说："要是觉得时间难熬，就坐下来听听音乐吧，《茵梦湖》可以吗？"

忧伤的旋律立即在房间里飘绕开来，傅桐雨只得勉强坐下，但心思却游移着，全然不在状态，听了一会儿便称还有事起身走了，回到房间里闷坐了一会儿，便决然地出门在街边叫了一辆黄包车直奔两路口。

在车轮唧唧的飞转声中，傅桐雨的脑子也同样飞转着，想再见到卢莓时为自己的突兀到来找一个合适的说辞，但直到拉车的汉子在喊"到了"，仍未能想出个靠谱的由头，心头便隐隐有些不安，不知在卢莓问起时该如何对答。

蓦然出现在眼前的情景，却将傅桐雨心头的不安抛到了九霄云外！记忆中的那几幢青瓦粉墙的小楼，已经荡然无存，变为一片瓦砾！周围也不见一个师生的身影，不闻悲号之声，就像有一阵从天而降的恶旋风将所有的房舍连同里面的一切生灵都席卷而去……

就在这时，废墟中站起一个人影，手里拿着一个什么东西，慢腾腾地往他这边走来。他警觉地打量着来人，终于看清是一个面目和善的老人，手里拿着一把破铁壶，一问之下得知是看守现场的老校工。老校工说，艺专是昨天半夜被最后一波日机炸中的，因为当时很多人都回校休息了，所以损失很大，死伤人数已经发现的就有二三十个，包括几位最有名的音乐美术教师和十七八个男女学生，教室、宿舍、资料室、展示厅也全部被毁。老人说，此前住在附近的八路军办事处还专门派人过来看望，跟师生们一起扑灭残火，寻找遗漏的伤亡人员。有个负责人还对师生们讲了话，说八路军办事处有好几个地方，包括化龙桥的新华日报印刷厂和曾家岩周公馆也被炸了，周公恩来先生已忙得两三天没有合眼，但听说艺专被炸后，一定要他马上带人过来慰问，并要他转告老师和同学们：希望大家化悲愤为力量，同仇敌忾，熬过这段最艰难的日子，坚持抗战到底！当时在场师生的情绪都非常激昂，不断地呼喊口号，有学生当即表示要投笔从戎上前线去杀敌雪恨！现在大家都分头去医院陪护伤员或者安葬罹难师生去了，学校已宣布无限期放假。

傅桐雨曾听卢莓讲过，艺专刚迁来重庆时，一时无处落脚，周公获知此事后，立即派办事处的同志帮忙寻找地方并亲自出面张罗，方得以在这里安顿下来。后来周公还请夏衍、曹禺、徐悲鸿等文化名人来校授课。文艺界遇有重要演出活动，艺专师生也常去帮忙服务。

傅桐雨急切地问老人是否看见卢莓。老校工说，她昨天有事外出了，躲过了这一劫，先前在这里露了个面，得知西画系的好些老师同学都遇难了，在废墟前转来转去地悲号痛哭。后来又陆续回来了几个同样因外出幸免于难的同学，知情后也都悲泣不已，然后几个人就淌眼抹泪地围在一起商谈着什么，再后来就不知道去向了。

傅桐雨的心陡然悬了起来。卢莓会去哪里呢？她不会做出什么糊涂事来吧！……他决定立马到附近的救护站去寻找，觉得这是她此时最可能在的地方。

傅桐雨从两路口找到上清寺，然后又倒回来沿着中山路找到七星岗、临江门，最后来到精神堡垒，把想得到的和打听到的医疗单位都去了，却都没有打探到艺专受伤师生的下落，更没有一丝卢莓的信息。听说远郊的高汤岩陆军医院在收治伤重的市民，但天已大黑，黄包车都不敢去。束手无策中，各种不祥的念头在脑子里盘旋闪现，越发后悔当时没有决然地跟卢莓一起上黄包车！

傅桐雨回到家时，看见年长贵坐在门口朝外打望，便问他是在等谁，年长贵打着哈欠说，还有谁，就是少爷你呀！这话让他忽然心生侥幸，以为还有下文，不料年长贵再也无话，关掉大门便径直回住处去了。他到客厅和房间里看了看，便心意沉沉地来到后花园，在月色朦胧的庭树花草间毫无目的地转悠。小池塘里不时传出轻微的响动，他知道是那条岩鲤发出的……他忽然念及：自己怎么不到牛角沱去找找她呢，万一她……他不禁战栗起来，旋即便拼命卡死了种种不祥之念：她不是那种神经脆弱的女子，她不会做出那种傻事来的，不会，绝不会！又自我打气：她会如约回来的，说不定正摸着黑往这边赶呢……

傅桐雨一直等到下半夜，也不见卢莓回来。

九

早晨突然下起大雨，傅桐雨打着雨伞出了门，心头念想，莫不是老天安排的雨中送伞？不想才走出一条街，那雨便停了下来。夏天的偏东雨来得快也去得快。他收起伞，却见天空中现出一道虹影，就又有点振奋，觉得是个吉兆。

街上的尸体已经清运干净，但铺面却很少开张，行人也不多，显得有些阴冷。大隧道所在的磁器街上，摆满了被大雨淋湿了的祭奠的花圈和挽幛。他特地到小洞天去看了看，发现有不少人在进进出出地忙碌着，细问之下才知道并未正式开张，而是在免费为救援人员和遇难者家属做稀饭馒头。

在城里转了半天，依然不见卢莓的人影，出门时心头尚存的一团亮光，慢慢暗淡下来。下午怀着最大的希望去了高汤岩陆军医院，结果却是最大的失望——倒是见到不少义务救护队的男女学生，却唯独没听说有杭嘉艺专的人！

傅桐雨蹑蹑地回到家里时，天已擦黑，看见年长贵在灯下收拾蓑衣，才发现手头的雨伞不知扔在何处了。他钻进房间，蹬掉满是泥污的鞋子，颓然地倒在床上。

迷糊了一会儿，他听见年长贵在外面敲门探问："少爷，老爷让我来问你吃过晚饭吗？"

"吃了！"

回了话他才想起从早上到现在，自己还粒米未进。这时房门又轻响了两下。他以为是年长贵还没走，便起身开了门。

站在门外的却是紫燕。他一时愣住，问："有事？"

紫燕很一脸淡然地说："当然，无事不登三宝殿嘛！我问你，从昨天晚上到今天，你神出鬼没的在忙些啥子？"

"找卢莓去了。"傅桐雨无心跟她饶舌。

紫燕斜睨着他："你不知道你是家里的磨心儿，所有人都在围着你转呀！"

"行行，你说地球围着我转都行。"傅桐雨说着便伸手做送客状，"感谢你为我操心操劳，谢谢，谢谢！"

"不行，还没完呢，你等着啊！"紫燕咧咧嘴，转身去了。

傅桐雨知道关门插闩都无济于事，只得耐着性子静候。

不一会儿，门推开了，紫燕双手抄在胸前走了进来，傅桐雨正等着她开启金口，门外却倏然传出一个令他怦然心跳的声音："我可以进来吗？"

他冲到门前惊喜万状地叫道："卢莓！你啥时来的?!……"

卢莓含笑走进屋里："下午就来了，我和紫燕还到外面去找过你呢！"

傅桐雨难以置信地问紫燕："真的吗？"

紫燕没好气地说："人找人，找死人！"

傅桐雨无心和小女子顶撞，转而欣喜又带点儿责备地问卢莓："这两天你到哪儿去了呀？"

卢莓笑道，"到一个你肯定猜想不到的地方去啦！"她在"肯定"两个字上加了重音。

傅桐雨想象不出她能去到什么他"肯定"猜想不到的地方，但卢莓的神情却也使他意识到她显然并没有遇到他所担心的那些吓人的意外，便饶有兴趣地等着下文。

"我到白市驿去啦，和几个同学一块去的……"卢莓笑道。

傅桐雨满眼困惑。

"到飞虎队去了。"卢莓又说。

"飞虎队？它不是在昆明吗！"傅桐雨很是诧异。重庆市民大多都目睹过画成大鲨鱼的盟国飞虎队军机与日本军机的空中大战，但近年却见得少了。

"飞虎队已被盟国政府正式收编为十四航空队了，现在主要负责空运援华抗战物资，眼下急需英语翻译，我们几个同学报名应试去了。"卢莓兴奋得两眼放光，"早前报纸上就刊登过他们招聘英语翻译的消息，白市驿机场有一个办事处，招聘和面试都在那里进行。当时我就曾动过心，只是考虑到学业才没有去。这回不一样，原来说华北之大，已放不下一张书桌。现在是大后方之远，已保不住一间校舍！艺专已经尸骨无存了，我们几个同学商量了一下，就连夜赶去报了名……"

"录用了吗?"傅桐雨屏着气问。

"五个人录用了三个，我是最顺利的，笔试口语都是一次过关。"

"那么你……不，我是说……"傅桐雨忽然变得语无伦次起来。

紫燕搭话道:"明天就要去昆明集训。"

"这么急呀!"傅桐雨头上开始冒汗。

卢莓说:"基地刚好有一架运输机要返回昆明，这次在重庆录取的十二个人全部坐这架飞机走。"

"这么急啊? 是怕夜长梦多，你们反悔吧!"傅桐雨急切地说。

"反悔? 有好些未被录取的人，还当场哭求着要去呢!"卢莓笑道，"好几个同学都在那里住下了，我是特意赶回来的……"

"……如果学校通知你们复课怎么办？"

"复课我们就回来，这个当时就讲清楚了，去了再写信向学校报告详情。"

傅桐雨一时语塞，屋子里变得沉默起来。

紫燕忽然很响地打了个呵欠说："你们慢慢谈吧，我可要睡啦！"然后拍拍卢莓，转身将两人扔在屋子里。

十

悬在半空的荷叶罩灯突然熄了一下，旋即又亮了……这是灯光管制的前奏。傅桐雨赶紧拿出煤油灯来点上。不一会儿，电灯就完全熄了，房间里光线顿时暗了下来。傅桐雨和卢莓无言地对坐着，一时陷入沉默。

当后花园里突然传出岩鲤在池塘中翻腾的声响时，傅桐雨终于找到了说话的由头："说好请你到小洞天吃干烧岩鲤的，结果却是一场空……"

"……来日方长，就先欠着吧。"卢莓笑道，明显地是想将气氛弄得轻松一点。

但傅桐雨却轻松不起来，他艰涩地问道："卢莓，你，真的要走吗？"

"……是真的，明天下午就得走。"卢莓语气十分肯定，"确实有点突然，就跟做梦一样……但这是战争时期，不说你也会明白的……"

"我想跟你们一起去！"傅桐雨突然决绝地说。

"其实一开始我就想到过你了，去到白市驿后还曾专门打听过，但人家指名只要英语翻译。"卢莓说。

傅桐雨极为沮丧。那次在小洞天提出拜她为师学英语，其实并非兴之所至，而是存了心机的——想找一个可以冠冕堂皇地经常接近她的理由，自灌三大杯也是想让她明白他不是说着玩的，岂料人算不如天算！

"再说，就是你能去，你家里也不一定会同意的，香满城的这份家业还等着你继承呢！"卢莓说。

"家业家业，我最烦提这个了！"傅桐雨突然来了气，"连你们这些女生都可以远走高飞，去做大事情，凭什么我就该被拴死在这个屋檐下，天天去拨拉算盘珠子跟那些油盐酱醋鸡零狗碎的东西打交道?！……"

"哟，如此自贬，怕是太身在福中不知福了吧！"卢莓说。

"别人怎么看我不管，反正我从小就对那些东西不感兴趣，想着要守着那些缸缸钵钵过一辈子都害怕！"傅桐雨越说气越大。

卢莓见状也就转了弯儿，说："当然你有选择自己生活道路的权利，但人总得面对现实呀，总不能遇上这么一点事情，就天昏地暗了吧！"

傅桐雨说："反正我要到昆明去，自己去！"

"自己怎么去？听说原来一周还有几趟班车，现在因为缺油少配件几乎都停了。"

"那就步行去！"

"别开玩笑了。你看过艾芜的《南行记》吧！你吃得下那份苦？何况就是去了，又能怎样呢？说实话，我不希望你这样感情用事。我欣赏那种不管遇到什么事情都能沉着应对的男子汉的气度。"

傅桐雨就像被重重地敲击了一下，缄默不语了。

"不过，我也得承认，我这次决定去，也不是完全没有一点个人杂念。"卢莓继续说道，"你知道我父母外婆都在昆明，我已经很长时间没见他们了，平时也很想念和担心他们。去了后除了工作，也可以就近尽一点孝道吧。"

傅桐雨将脸转向一边，近乎耳语地小声道，"你说只要艺专复课你就会回来，是吗？"

"是的，签的合同上专门写上了这一条。"卢莓肯定地说。

客厅里传来清晰的三响报时声。

"时间不早了，明天一早还得出发，都抓紧时间休息一下吧。"卢莓轻轻地拍了拍傅桐雨的手背，然后站起身来，却被一跃而起的傅桐雨紧紧搂住了。

"不，我不让你走！不让你走，不想……"傅桐雨喘息着不停地说着，双手也越搂越紧。

卢莓没有推开他，却也没有迎合，就默默地任他搂抱着，甚至当傅桐雨开始亲吻她时，也没有刻意避开，但当傅桐雨忘情地伸出舌尖时，她只用舌尖轻轻地回碰了一下，便果断地推开了他。

"桐雨，"她第一次对他这样温言相称，"好了。"

"不！不……"傅桐雨语无伦次地说着，整个人已处于癫狂状态。

当傅桐雨开始在卢莓的胸前摸索时，卢莓决然地挡开了他，温软依然的声音里透出一丝郑重："桐雨，希望你能理解我，这两天那一对曝尸街头的母子一直在我眼前晃动……此时此刻，我真的没有这种心情。"

傅桐雨终于松开了手，然后瑟瑟不安地看着她说："对不起，卢莓，我是不是太冲动了，太冲动了……"

卢莓伸手挡住他的嘴，然后轻柔地道了声"晚安"，便抽身而去。

傅桐雨呆立在空荡荡的房间里，静听着卢莓远去的脚步声，觉得每一步都像踩在心头一般……

按昨日商定的安排，卢莓需在天亮前出发赶到沙坪坝搭乘去白市驿的木炭班车，班车上下午各有一趟，必须搭乘上午的才能赶上下午的飞机。

年长贵已经提前安排好早点。三个人匆匆吃罢便出了门。夜色未央的大街上显得有几分冷清，紫燕拦了一辆黄包车让卢莓和傅桐雨坐上去后，便挥手向卢莓告别。这多少使傅桐雨有点意外，因为昨天说好她是要陪送到两路口艺专的。但见卢莓似乎已经知情，也就没有追问。黄包车上路后，卢莓才告诉他，昨晚上她是在紫燕的房间里睡的，两人摆了不少的龙门阵。

傅桐雨神经过敏地问："谈到过我吗？"

卢莓哧哧地笑道："谈到过，说你从小就是个'三脚猫'！……"

傅桐雨说："别人家都是妹妹崇拜哥哥，我们家却……让你见笑了！"

卢莓回头看着他："你喜欢被人崇拜吗？"

"不，我只喜欢当一个平凡的人。"

"做一个平凡的人，但要做不平凡的事。对吗？"

"这话说得好！"

"从小到大，我父亲一直这样要求我。"

"到底是大学教授啊！"

"我父亲一辈子就是这样身体力行的，虽然出身平民家庭，但祖父从小就要他把'位卑未敢忘忧国'的古训记在心上，爱国心非常强烈，在海外留学时一直是孙中山的追随者。华大内迁时，我外婆生病住院，母亲不得不留下陪护，我又要随校转移，他是只身一人随学校走的。在壮行大会上，他和一帮教授登台合唱集体改词的岳飞《满江红》：怒发冲冠，凭栏处，潇潇雨歇。抬望眼，仰天长啸，壮怀激烈！三十功名尘与土，八千里路云和月，莫等闲，白了少年头，空悲切！辱国耻，犹未雪，民族恨，何时灭，驾长车踏破富士山缺！壮士饥餐东房肉，笑谈渴饮倭奴血。待重头收拾旧河山，报祖国！当时我正好随艺专内迁途经汉口，赶上了这个会，目睹了这场感天动地的慷慨悲歌。父亲还当场宣布削发明志，以示精忠报国的决心。当时母亲要我和父亲一块走，他却不同意，亲自把我送回艺专借宿地，他要我勇敢地开拓自己的人生，将来用画笔报效国家。

"到昆明后父亲成了远近闻名的'光头教授'。母亲去后劝他说，意思意思也就得了吧，一直寸草不长的，白天太阳晒晚上蚊子叮，叫起也难听，这是何苦来着！他却笑称，君子一言，驷马难追。后来还专门买了一把剃刀，让母亲为他剃头，母亲最后也只得认了。"

傅桐雨不由得心生感慨："这就叫有其父必有其女啊！"便打听她父亲的尊姓大名。当听到"卢廷飞"三字时，脱口道，"我曾在报纸上读到过一篇《国将不国，何以家为》的文章，非常感人，署名好像就是卢廷飞，是你父亲写的吗？"

卢莓说："是的，是在船经过三峡屈原故里时写的。"

傅桐雨激动起来，说："哦，我要学你老爹削发明志，送走你就去剃光头……直到你回来！"

卢莓看着他的头调侃道："这样乌黑油亮的一头秀发，太可惜了吧。"

傅桐雨却认真地说："如果我真这样做，你同意吗？……"

卢莓笑道："万一我十年八年都回不来，你就一直光头到底吗？"

"只要你同意，我决不食言……"傅桐雨的神情忽然变得有些凄迷，"卢莓，我会等你一辈子的！"

卢莓的身子颤抖了一下，没有马上作答。当一抹曙色倏然出现在前面的一幢半塌的楼房上时，卢莓忽然泪光莹莹地靠在他的肩头上，唏嘘着说道："桐雨，我会记住你的话。"

傅桐雨动情地抓住她的手，就这么长久地握着。

黄包车一直把他们拉到艺专。卢莓将一封给校领导的信交给了那位值守的老校工，然后赶去坐到沙坪坝的公交车。不想到车站后却被告之，原来对开的两辆车有一辆被炸坏了，只能单车往返，车刚发出去，等其回来至少得等两个小时！

傅桐雨不得不跑去另雇了一辆黄包车，催着拉车的小伙子一路狂奔，总算在去白市驿的班车出发前赶到沙坪坝。然而当卢莓赶到车站时却被告知，车已满员！一个比她先到的男士正焦急万分地扭着正在加水的司机求情，希望能给他一个站位。司机却只是摇头，说不是我不肯通融，这木炭车的马力不到汽油车的一半，就这样说不定半路都还得下人，哪里还敢加载？两人都凉了半截，情急之下卢莓径直向司机说了要去飞虎队报到下午飞昆明的事。司机爱莫能助地说，你问车上的人嘛，看有没有愿意让的，不然也没得法。卢莓果真就上车去对着满车的乘客说了急着要去白市驿的缘由，但满车的人却面面相觑，无人接招。傅桐雨正在车下着急，忽听车窗边有人嘀咕："硬是敢吹……坐飞机，坐筒箕哟！"他心头就像被锥子扎了一下，正欲斥责，却见车上站起一个穿旗袍的中年女子，对卢莓说道：

"妹儿，我认识你！那天在较场口给被炸死的母子揩擦血迹的就是你吧？当时我还给你递过水呢！今天在这里见到你也是一种缘分。你这是去报效国家，我只是去走个人户，这个座位就让给你了，来来来，你来坐！来坐！"说着就起身离座，拉卢莓坐下。

卢莓一时感动得不知说何是好，说："大姐，谢谢你！你的心意我领了，但座位我不能要……"

女人决然地说："莫客气了，小事让大事，慢事让急事，天经地义嘛！坐，坐下！"

正在试车的司机也回过头来说："既然大姐已把话说到这个份上，你小姐就领情道个谢吧。"

傅桐雨见状，就在下面接话说："大姐你看怎个要不要得，我已经在下面叫了一乘滑竿，你要是真不急的话，就坐滑竿去可以吗？……"

车上立马就有乘客应和说："要得，要得！坐滑竿还安逸些！……"

妇人听了，便高兴地说："那好，我就坐滑竿吧，我喜欢坐滑竿！"

事情圆满解决，车子缓缓开行。傅桐雨动容地朝车上的卢莓挥手高声道："多保重！有空来信！"

"我会的！"卢莓的双眸里倏然闪出泪光。

直到神思恍惚地回到家里，傅桐雨才发现忘记了一件大事：老爷子让他作为"答谢"送给卢莓的那一对碧玉手镯，还纹丝不动地放在床头柜里！他一下子蒙了，觉得自己犯下了一个不可饶恕的错误……连紫燕私下里都认为，老爷子此举其实是别有深意的，说白了就是认可这个天上掉下来的准儿媳了！

十一

一个月后，傅桐雨终于在日思夜念中收到了卢莓寄自昆明的第一封信。信是他直接从家门口的邮箱里取出的，从卢莓走后的第二天开始，这个以往熟视无睹的木匣子便成了他进出家门时最为关注之物，每天上下午都会打开查看一遍。他对她的字迹并不熟悉，是铜版纸印制的精致的信封下面

"昆明映湖村卢缄"字样令他双眼放光，几乎喜极而泣的。信封上的字体比他想象中的更加娟秀可人，尤其是他的名字，一笔一画都那样赏心悦目，好到不能再好……他并没有马上拆封一睹为快，也没有告诉任何人，而是拿起信封翻来覆去地端详、嗅闻、透照着，然后小心地放在贴胸的衬衫口袋里，独自享受着从信封里渗透出来的那份难以言喻的温馨和幸福。

直到夜阑人静之时，他才在沐浴净身之后，小心翼翼地将信封剪开，从里面抽出信纸。这是一张没有任何标识的信纸，只是比他平常见到的信纸大一些也白一些，信纸上也没有他所想象的绵密不绝的倾诉文字，而只是电报似的寥寥数语：

桐雨：离渝当天即遇日机袭扰昆明而改降贵阳，是第二天才到昆的。当日报到归营，翌日即开始半军事化的集训，每天的日程安排极满，除了强化英语之外，还要上军事课，熟悉各种勤务，外出拉练，了解地域民情等等，艺专的松散生活已成为记忆。但我会克服一切困难坚持下来的！

已见到父母和外婆，一家人能在流离四散后围坐一起，真是相对如梦寐啊！我身体很好，请放心。望多保重！代问紫燕和全家好！思长言短，恳望体谅！

莓晨操前匆就　月日

　　傅桐雨捧着信纸，与其说是一遍遍地阅读着，不如说是一遍遍地品啜着，恨不得在每一句话每一个字上都找出女孩子不便直接道出的意蕴，目光最后落在"思长言短，恳望体谅"八个字上。直到灯光管制到来之后，仍在黑暗中任由思绪飞翔。他觉得"思长言短"几字绝对别有蕴含，不然她何以不用"长话短说"之类的通用词汇，而要用这样一个更为引人遐想的字眼呢？……傅桐雨越想越感到情潮难抑！

　　信末的落款日期是在十天前，他决定马上给卢莓回信。按这个天数看，就是明天发出去，她收到也在十天之后了！但当点亮煤油灯，面对早已备好的信笺时，却不知该如何下笔了。首先是在称谓上就很犯难，卢莓在信中称他桐雨，他自然应称她莓了，但他觉得这种亲昵并不能完全表达他的心意，极想在前面加上时尚人士中流行的亲爱的之类的字样，几番跃跃欲试，又担心弄巧成拙，最后决定改在内容中委婉表达。在嘘寒问暖，极表关切思念之情之后，他笔锋一转，写道：

　　　　送你走的那天，匆忙中竟忘记了一件重要事

情：你给幺舅送去那幅金刚鹦鹉的油画后，我父亲非常感动，提出用我母亲生前留下的一对玉手镯作为答谢。我和紫燕对此都十二万分赞成，觉得这是真正的物有所归！岂料临行时却鬼使神差，忘得一干二净！此事真是不可饶恕，本想邮寄给你，又担心路途遗失或损坏，只好暂时珍藏下来，待将来见面时再亲手交给你。我期待着那一天早日到来……

信写好后，傅桐雨又认真地看了几遍，觉得完全满意了，方才装进信封，翌日一早交了邮。

为了打发等候回信的时间，他又开始到宝元通去上班，星期天则去牛角沱守守鱼竿，偶尔也去看看电影或演出。郭沫若的《屈原》在国泰大剧院上演时，他跑去排了半天队，买到一张站票，原想看看场面就走，结果却被剧情吸引直到看完。散场后在回家的路上他情不自禁地学着剧中的屈原，忘情地背诵着：风！你咆哮吧！咆哮吧！尽力地咆哮吧！……路人见了纷纷避让，还以为遇上了夜游的酒疯子。

卢莓的第二封信终于在他等得快要绝望的时刻来到了，这时他已在挂历上画了将近三十个叉！他再也没能像前次一样将信封揣在怀里慢慢享受那份无与伦比的喜悦，而是迫不及待地拆开了。仍然是一张信纸，但文字比前信多了近一倍，字迹也潦草了许多。她告诉他说，除了培训生活一如既往的紧张之外，这段时间她还参加了一次为期二十天的长途拉练，沿着史迪威公路乘车兼步行，从昆明一直走到怒江惠通桥。惠通桥已被炸毁，中国军队和日军正隔江对峙。他们在那里遇上两军炮战，所幸并无人员伤亡。信中还附有一张她穿着军便装在垮塌的惠通桥前的留影。他反复地端详着或许是因为装束大变，眉宇间平添的几分英武之气而显得有几分陌生的她，心头忽然生出一丝不安来……

信的后半段文字增加了他的这种不安：

> 来信说到伯父要将你母亲留下的一对玉镯作为我给幺舅那幅画的答谢，你和紫燕也都赞同一事。但我要说，谢谢你们的厚意，但我却不能接受！幺舅为抗战失去了双腿，我为他做这么一点事情难道不是千该万该的吗？怎么还要回报！说实话，那画纯属急就章，瑕疵不少，我心里还觉得很对不住幺舅呢！听说云南的热带雨林里也有金刚鹦鹉，我在想，果真如此，以后一定要想办法弄上一只活的来送给幺舅。我想你们一定能理解我的心情……

他琢磨不透这到底是女孩子重情重义的本真流露，还是一种不愿深化彼此关系的委婉托词，抑或只是一种处事稳重的表现……一时竟不知该如何给女孩子回信了。

傅桐雨思虑不定来到街上，不料却在罗汉寺附近遇上警报，就近钻进一处防空洞躲避。吸取了大隧道惨案的教训，人们都挤在洞口附近不愿往里面走，执勤人员怎么吆喝推搡也没用。正在僵持不下的当儿，从罗汉寺里跑出来一群和尚，主动提出愿到里面去，人们便让出一个通道让他们鱼贯而入。看着擦身而过的一个个光头，傅桐雨心头激灵了一下，想起一件早就该做的事情来……警报一解除，便去到附近的一家剃头铺，剃了一个光头，然后去照相馆照了一张相。

　　吃晚饭时，一家人都对他的突然变化感到诧异。紫燕调侃道："咦，我是说屋子怎么突然变亮了呢！……"

　　年长贵在一旁摸着他那谢顶多年的光头说："好好，总算不是孤灯啦！"

　　傅桐雨连夜写好给卢莓的回信。他在信里完全绕开了玉镯的事情，只谈了对她的牵挂和祝福，以及他和家里情况，然后写了一句他认为最重要的话：

　　　　寄上近照一张。我将信守誓诺，决不食言！

　　第二天交邮时他顺道去取了相片，挑选了一张最清晰的放进信封。

　　这一招果然灵验。她的回信尽管同样姗姗来迟，但却从一页变成了两页，而且有了这样一段既亲切可感又推心置腹的话：

　　玉照收到。大可不必呀！当时我还以为你说着玩呢。那么浓黑的一头美发，说没了就没了，真是一个货真价实的小呆瓜啊！

　　不过，话又说回来，我虽然没有像我父亲和你一样削发明志，但在艺专迁渝的途中，也曾和一群同行女生有过誓盟：不到抗战胜利决不谈婚论嫁！在迁徙途中和来渝后，也曾遇到过几位追慕者，但在得悉这个誓盟之后，都知趣地撤退了。有个人还留下了一句很"经典"的话：这完全是让人遥遥无期地等待一个并不确定的结果！

　　桐雨，我丝毫不怀疑你的真诚，但恕我直言，迄今为止，你的言谈举止在我眼中，都还是带着几分稚气的。因此，这张照片对于我来说，调皮好玩远多于深思熟虑，这个话可能会令你多少有点失望吧？但愿不是这样！一笑。

　　告诉你一个好消息。这里经常都有运输机飞重庆，教官告诉我们，由重庆、成都和贵阳报名的译员班成员，每半年都可以有一次搭便机回家"省亲"的机会，但要求必须原机往返，不能滞留。我们都已报名排队。如果哪一天我突然出现在你们面

前，千万不要大惊小怪啊！到那时，你可就得重新
蓄发啦！

傅桐雨的回信洋洋洒洒地写满了三大页纸，在信中，他
激情难抑地说出了一句在前两封信中都没有勇气说出的最重
要的话：

莓，我不想说别人如何，我只想说，或许我身
上确实还有许多不够成熟的东西，但我相信，与你
的相识相交是命运的神圣安排！我发誓：我愿等你
到抗战的胜利，乃至一生一世！

他在信末画了一颗中箭的心，并附上了一度广为流传的
"灵台无计逃神矢"鲁迅诗句。
卢莓的回信在期待中到来。信中却是一首普希金的诗：

请坚持你高傲的忍耐，在西伯利亚那深深的矿坑
中。你们辛勤的劳动并非徒然，崇高的理想不会落
空。爱情和友谊会穿过阴暗的时空，来到你们的身
旁。就像我这自由的歌声，会飞到你们身旁一样……

傅桐雨陶醉了，这难道不是最动人的允诺和最浪漫的爱

意表达吗？你傅桐雨能得到这样的允诺，一生还夫复何求！你已是世界上最最幸运加最幸福的人啦！……他关上房门，哼着小曲，搂着想象中的卢莓翩翩起舞，在房间里来回飞转，直到气喘吁吁地一屁股坐在藤椅上。"请坚持你高傲的忍耐……"他默诵着，忽然有了一种想要去做一点什么有意义的事情的冲动。

傅桐雨当天便去市民抗战服务总队报了名，总队见他年轻力壮，就分配在市区义勇消防队当协勤，每天早晨八时到队里报到等候任务，晚上六时回家，有紧急任务随叫随到。面积不过几平方公里的主城区，密密匝匝地挤住着数十万市民，加之木竹捆绑房屋居多，不说日机见天见日地来袭引发的大火，就是日常出动处置的大小火警，每天也不下一二十起，消防队的三台人力压水机从早到晚少有闲置的时候。傅桐雨的主要工作就是在烈焰炙烤的现场哼哧哼哧地使劲压水，虽说相对安全，但一天下来，累得走路都直不起腰。傅桐雨很快便从一个白皙潇洒的富家公子变成一个满面烟火色的烧炭翁，只有两个灼灼放光的眼珠子在显示着一种自甘如此的亢奋。

卢莓得知这些后非常赞赏，在回信中说："让我们一起经受战争的洗礼吧，战火中的友情将永远鲜花盛开！"同时还透露说，她搭便机回渝"省亲"一事具有随机性，说回来就回来了。末了还特别加了一句："回来时你得请我去小洞天吃干烧岩鲤啊，我一直惦记着呢！"

卢莓离渝后，为了确保他们共同钓上的那条岩鲤无恙，傅桐雨吩嘱年长贵每天必须挑上两挑江水倒入池中。他隔天间日地也会去观察一下。他向年长贵讲了卢莓随时可能回来的情况，要他务必精心喂养好岩鲤待用。年长贵把胸口拍得嘭嘭响，要他尽管放心。

这以后，傅桐雨和卢莓的通信慢慢变得常态化，尽管时间仍然时长时短，没个定数，但因天天都在义勇队奔忙，以往无时无刻的思念牵挂多变成了梦中的鸿雁传情。

一晃大半年过去，随着重庆的雾季来临，日机侵扰的频率有所降低，义勇消防队也由整天值班待命，改为半天值班，轮换休息。一闲下来，傅桐雨心头的那份思念又开始滋长，弄得整日心神不宁。他将所有的思念和祝福都倾泻在信纸上，连篇累牍地经常一写就是半夜。有的实在写得颠三倒四太过杂乱的，他也并没有打算寄给她，只是想留以存念，以后有机会时再让她知道他对她的思念远远不止是她手头那些信中所表达的。

为免信件错乱，两人约定，一般情况下彼此都应在收到对方信件后再作回信。这天，傅桐雨意外地收到卢莓的一封打破常规的来信，他以为是出了什么事情，心头一阵狂跳，但拆信展读后却大喜过望。卢莓在信中告诉他，她的"省亲"申请已获批准，月内有望回一趟重庆，一旦具体时间确定，便会即刻发电报给他。

他迫不及待地来到挂历跟前：1943年11月9日。也就是说，最多还有二十一天，卢莓就会回重庆了，而且是坐飞机回来！小女子在重庆无亲无故，艺专也早已星散无痕，她千里迢迢跑回重庆"省亲"，全是为了你，为了你傅桐雨呀！……傅桐雨激动得高举双拳，冲着天上啊啊地发飙吼叫。

这以后，傅桐雨每天的日子都是在现实与想象的交织中，半着地半悬空地度过的，经受着一种他有生以来从未经历过的甜蜜折磨。

母亲留下的那一对玉镯成了傅桐雨寄托情思的对象，在他的心目中，这一对家藏的珍物早已属于卢莓。每晚临睡前，他都要取出玉镯，用金丝绒反复擦拭，然后对着灯光端详把玩，无数遍地猜想着当他亲自把它们戴到她的手腕上时，她会流露出怎样的情态，是矜持还是惊喜？调皮还是羞赧？感动还是幸福？……他深信她不会拒绝，这对纯净晶莹的碧玉手镯一定会成为他们之间的爱情信物！这是天意，是命中注定的缘分，是他们生命中共同的第一次也是最后一次……这一段天遥地远的分离，反而使他们彼此走进了对方的心里！

傅桐雨后来索性每天晚上都把玉镯放在枕头下睡觉，他要让日后将与她朝夕相伴这一对信物，更多地浸染上他的生命气息……说来也怪，自从他这样做之后，以往那些经常造访的噩梦凶呓就再也没有打扰过他，几乎每天早上都是在微笑中醒来的。

每当晨曦临窗，他都会意想今天或许就会收到她归来的
电报，甚至就是她归来的日子！

十二

期盼的电报终于在一个山城少见的落霞满天的傍晚飞到
傅桐雨的手中：

桐雨：假已准，定于12月21日午后乘坐C-46
运输机飞重庆，24日原机返昆，可在渝停留两个整
日！莓。

他立即来到挂历前，在当天和12月21日的框格里各画
了一颗红色的桃心，两颗心中间刚好是十个框格——十分美
满！然后上街给卢莓发了回电：

莓：电悉，喜极而泣！恭候你的到来！雨。

他向紫燕和父亲正式透露了卢莓即将返渝的消息，并提
出将二楼上的一间客房重新装饰一下，作为卢莓回渝后的临

时住所。老爷子满口答应，两爷子又商定21日当晚全家在小洞天西窗剪烛为卢莓设宴接风，到时把幺舅也一并接来。傅桐雨心中大快，吩咐年长贵届时将花园池塘里的那条岩鲤提前送去，请曾大厨精心烹制一道干烧岩鲤作为当晚的主菜。年长贵说："这就叫养鱼千日，用鱼一时呀！"笑呵呵地领命而去。

每当零点来临，傅桐雨都会准时在新一天的框格里画上一颗心，于是两颗心便会靠拢一格，且一改在家百事不管的德性，白日间亲自安排督促下人打理客房，清扫庭院，装点客厅和自己的房间，忙得不亦乐乎。紫燕在一旁插科打诨："咦，看来爱情的力量确实伟大呀！"

考虑到自己的光头与卢莓在街上同行有碍观瞻，傅桐雨在全市最知名的华华百货公司里选购了一款欧式的花格鸭舌帽，戴上之后左看右照，不但极为得体，而且非常精神，仿佛换了一个人！戴上帽子在大街上兜了一圈，便给卢莓发了个电报：

> 莓：21日我在白市驿机场专候，当晚全家在小洞天西窗剪烛为你设宴接风，父母、紫燕和幺舅等都要参加。回来就住我家，已为你收拾好房间。不胜期盼！雨。

回家见老爷子和漆雅娴都在客厅，傅桐雨特意进去显摆了一下，两个都跷着大拇指说潇洒多了！闻声赶来的紫燕却靠在门边，做着鬼脸说："臭美，到时可别被风吹掉啊！"

　　傅桐雨预计，卢莓收到电报后直至动身可能都不会回电了，除非临时遇上什么特殊情况。但一个月前就定下的事情，要变也不会拖到这几天吧！这样想着时，也就变得安定下来，心头想的只是接待上是不是还有什么漏洞，那两天的时间如何把细安排等等，而其中最重要的是必须趁热打铁敲定两人关系：如果她欣然接受了代表全家心意的碧玉手镯，他将不失时机地向她正式求婚——不管结果如何，他都要这样做——他也有一种强烈的预感：她不会拒绝他，至少不会断然拒绝……如果她铁心履行"不嫁誓盟"，他也甘愿等待！

　　但是万一她拒绝了，你又何以自处？想到这个他一直不愿面对的可能时，傅桐雨便会悚然无措。他们并不门当户对，也没有青梅竹马，更重要的是卢莓多才多艺、心志远大，绝非一般的女孩子可比，而自己在她面前确实是自惭形秽的！然而生活却又给了他和她这种相识相知的机遇，并且在交往中有了这样的心灵之约，它们使这些差异似乎又都显得无足轻重了。他愿意为她改变自己，愿意为她抛弃现有的一切，与她朝夕相伴，携手到老！……这些话在傅桐雨心头回荡过不下千百遍，也一次次地给了他勇气和力量，但却并没能给他以完全的自信，总有一丝阴影不时在他心头飘过，怀疑老天不会真的如此眷顾他，给他这份无与伦比的幸福……念及此处，傅桐雨不禁双手合十，仰祷苍天……

直到21日，傅桐雨担心的"变故"电报也不见来，他一直紧绷的心彻底放松了。卢莓说她是午后飞重庆，傅桐雨估计下午两三点钟应该可以到达。这天吃过午饭便启程去了白市驿，把在小洞天设宴接风的事全部托付给了紫燕和年长贵。

白市驿地处重庆西北交通要冲，自古商贾云集，以"白日场"名闻遐迩并得此名，自打修建了机场，现代气息日渐浓厚，镇街上行人摩登，商业繁华。因机场为军民两用，特别是成为飞虎队的后方基地之后，为防日谍刺探渗透，周围的民居被悉数拆除，而且岗哨林立，戒备森严。

傅桐雨搭班车来到白市驿后，因不知卢莓的飞机何时抵达，顾不得在镇上停留，便直奔机场而去，远远就看见机场铁栅大门旁立着对望的两座碉楼，几个荷枪实弹的盟国大兵在附近来回梭巡，一种巨大的威压感使他不由自主地停下脚步。机场上不时有飞机起降，但个头都很小，不像是卢莓所说的大型运输机。

傅桐雨正打望着，忽然就有两个盟国大兵叫喊着朝他跑来，他不知他们要干什么，便退靠到一边。两个大兵在他跟前站住后，警惕地冲他大声喝问着什么，可惜他一句都听不懂，最后总算急中生智，捡起一个石块在地上写下C-46字样，见两人越发面露疑色，他又以女士的长发和裙子示意，然而一切都成了哑巴和瞎子的对话，最后两个盟国大兵不由分说地将他带回哨位，扔进一座碉楼的地下室里。

当傅桐雨在昏昏沉沉的缺氧状态中被人叫起，摇摇晃晃地走出地下室时，外面已经天黑。一个盟军翻译先叽叽咕咕地对他讲了一通日语，见他毫无反应，又改为中文，他这才谈了自己前来机场的缘由。翻译向旁边的一个戴着少校肩章的盟国军官转述后，那军官点点头说了点什么。翻译旋即告诉他，对他的暂时拘留已告解除，并对由此给他带来的不便表示歉意，然后便示意他走人。他开初并没有对此做出强烈反应。但当他得知从昆明飞来的C-46运输机已在此降落多时，机组人员已全部去到市里时，突然变得怒不可遏。那位军官不无歉然地对他说，如果他同意的话，他们愿意安排他搭乘机场的便车去市里。

知道闹下去没有任何意义，傅桐雨只得上了一辆坐着两个盟国军人的吉普车。离开机场时他忽然想到：卢莓明知他会来机场接她，到达时却不见人，难道就不会向机场方面打听一下？……

进入市里后，他让吉普车直接开到较场口，在离小洞天还有几个店面的地方下了车。小洞天顾客盈门，与平常并无二致。他猜想她在机场没见到他，应该会直接来到这里……心头陡然涌起一种莫名的惶怵感……在人行道边徘徊了好一会儿，方才从这种异样的情绪中挣脱出来，走进小洞天，来到二楼的西窗剪烛包房前。包房门虚掩着，里面却未见说笑声，他踟蹰着正欲推门，门却自己开了，况领班端着空托盘从里走出来，见到他很是惊喜，说："啊，傅少爷来啦，请，请！全家都在等你呢！"

他心头不由得一阵激动，擦着况领班的身子进了包房。老爷子和漆雅娴已笑容可掬地从餐桌前站了起来，都歪着头往他身后看，待他来到桌子前方才略带诧异地问道："人呢？"

傅桐雨已经注意到餐桌前并无卢莓，听他们这样一问，脑袋里就轰然炸开了，紧张万状地盯着大家问："怎么，卢莓没有来？"

老爷子一脸困惑，说："咦，你不是接她去了吗？咋个反过来问我们！"

漆雅娴和紫燕都困惑地盯着他。紫燕说："没有接到？……咋个回事儿呀！"

傅桐雨失神地滑坐在椅子上，结结巴巴地把在白市驿的遭遇讲了。一时满座愕然，没想到会发生这种匪夷所思的事情。

一直坐着未动声色的幺舅笑言："女孩子嘛，可能是认为你言而无信，怄气啦！"

漆雅娴立即随声附和："十有八九就是这么回事！你想想，人家女孩子家大老远地飞回来，你说好了去接，结果到时连人影都不见，能不生气吗？换了我也会这么做的！"

这其实是傅桐雨此时最想要的结果。

老爷子看着这满桌子的菜，苦笑着问傅桐雨："那咋个办？等，还是……"

傅桐雨思忖片刻，闷声道："再等一会儿吧，我到附近去找找看。"

幺舅说："怠慢了人家，等等也该。"

傅桐雨起身出门，下楼梯时，紫燕也追了上来。两兄妹就在小洞天附近的大街上挨着店铺寻找，尤其是卖女装饰品的店铺，都逐一看过，后来又到精神堡垒周围的心心咖啡、沙利文等知名西餐馆去一一梭巡，却未寻觅到任何蛛丝马迹。

老爷子见他们空手而归，就招呼说："今天太晚了，明天再说吧。女孩子嘛，生生气也正常，气头一过就万事大吉了。菜不能久放，大家还是动筷子吧。"

于是除了傅桐雨，所有的人都动了筷子，但任老爷子怎么转移话题活跃空气，幺舅也不断地说着宽解的话，餐桌上依然十分沉闷。一顿精心准备的迎客家宴落得冷冷收场。散席时，傅桐雨表示还想等一等，送走大家后，就叫况领班撤席时将几乎未动的干烧岩鲤留下，又加了几道配菜一瓶红酒和两副杯盘碗盏，说是还要等一个迟到的朋友。况领班吩咐服务生照办了。

半夜餐馆打烊时，服务生来到西窗剪烛，诧异地发现傅桐雨独自一人呆坐在里面，餐桌上的所有东西都原封未动，问他怎么处置也不搭理，只好又叫来了况领班。傅桐雨这才开口说话，让况领班想办法把干烧岩鲤保管上一两天，说届时他还要来吃。况领班说，现在已是冷天，没有动过的菜在纱橱里存放一两天问题不大，但味道肯定多少有影响，所以能早来还是尽量早来为好。他郁郁地点头允诺。

到底出了什么事儿？……离开小洞天后，傅桐雨一路冥思苦想。他已经不太相信卢莓是在怄气闹别扭——她是那样一个乐观开朗、通情达理的人，不可能连情况都不了解就来这种小女子脾气。剩下的只有两种可能：一是临时遇上了什么紧迫事情，二是得了什么急病。然而现在他能到哪儿去核实？唯一可靠的就是她两天后"原机返昆"时，到机场去守候。

十三

翌日，桐雨和紫燕在重庆分头寻觅，大半天下来却一无所获。傅桐雨又去了艺专，希望能碰到原艺专的人，打听到一点信息，去后才发现那里已被政府征用，改建成临时难童收容所。看来卢莓他们当时的判断是对的，以当时艺专被炸的惨状，所谓放长假不过是安抚师生的说辞而已。

为确保能在 C-46 运输机返昆时见到卢莓，傅右生拜托小洞天的廖老板帮忙疏通，廖满口答应，很快就从一个在空军任职的朋友处得到消息，飞机预定在明天中午起飞返昆。在市里空耗了一天的傅桐雨不敢怠慢，这天一早就出发了。

谁知时运不佳，烧炭公交车在半途上两次熄火抛锚，当傅桐雨赶到白市驿时，却见停在机场上的那架庞然大物的C-46已经发动，准备起飞了！幸好机场大门前有一个佩戴着少校肩章自称姓尤的中国军官在迎候，告诉他飞机只是在试车，暂时还不会起飞，才使他定下心来。但尤少校接下来的一句话却又将他打进闷葫芦里！

尤少校问他："你所说的卢莓小姐与机组同来重庆的消息确切吗？"

傅桐雨说："她专门来过电报。"就将电报取出交给他看。

尤少校看罢电报，困惑地说："这就奇怪了，刚才机组的几个人都言之凿凿地告诉我，飞机从昆明来重庆时，除了机组人员，没有任何其他人员同行，更没有一个姓卢的中国女士！"

傅桐雨完全蒙了。两天来，他和家人已经对卢莓的这番突然不打照面设想了无数种可能，最后确信最大也是最坏的可能就是卢莓突患急病出现意识障碍，或者不忍让他看到……果真如此，他将坚决要求与之同机赴昆去侍候她，如果被拒绝登机，他就从陆路赶去，千难万险，在所不辞！

这究竟是怎么回事儿？卢莓临时改变了行程？不可能，果真如此，她无论如何也会来电告诉他的！离昆前突发疾病？如果不是严重到不省人事，她也一定会告诉他的，何况还有她的父母在身边呀！……

傅桐雨强令自己镇静下来，提出是否可以网开一面，让他亲自上飞机去看一下。

尤少校却断然摇头道："不行，这不符合规定，据我所知，任何飞机起飞前都要对上机人员进行核准登记，非相关人员绝对不能登机，甚至接近飞机都不可能，更何况是军用飞机了。刚才机组还专门将登机人员表拿给我看过，就机组的几个人。我想他们也没有必要隐瞒什么吧。"

傅桐雨没想到满怀期冀而来，得到的却是这样一种结果！在机场里逗留了一阵，不得不忧思百结地打道回府。

在家等候消息的老爷子和紫燕得知情形后，都错愕不已。老爷子分析认定说：用不着再去煞费苦心地东猜西想了，这种事情还是得从根根上去找原因！最大的可能只有一条：时过境迁，卢莓的想法变了，原先也只是打算回来叙叙旧谊，不失友好地将以往的事情来个当面了结，但面对他越来越难以抑制的激情，最终决定采取了这种冷处理的方式……

傅桐雨听得喷血，虽然理智告诉他，老爷子的话并非完全不可能，但感情上却万难接受！他决定马上发电报到昆明去，直接问卢莓到底是怎么回事，不想却让紫燕挡了驾。小女子斩钉截铁地认为：完全没有必要，现在最好的办法就是沉默，让对方去承受精神压力！如果真是这样，就是去电报也只会石沉大海。至少是在目前，卢莓绝不会回复他只言片语！并坦言她就曾这样拒绝过几个对她穷追不舍，在她看来却只有友情没有爱情的男生。

傅桐雨却无法接受老爷子和紫燕的认定和支招，觉得从根本上说他们仍属局外人，无法感知他和卢莓之间的那种触及心灵的默契。就像他对卢莓一往情深一样，他坚信卢莓绝不可能突然变心，更不可能以这样一种无情的方式了断他们的关系，绝不可能！

傅桐雨向卢莓和她父亲同时发去电报，言辞急切地询问情况，他觉得即便是卢莓一时不能回复，至少当父亲的出于礼节也不会置之不理。

然而不出紫燕所料，数日过去，去电不见任何回音。傅桐雨整日茶饭不思，只是一支接一支地抽烟，就像魂儿被牵走了似的。老爷子先还沉得住气，以为熬过这一阵子就好了，直到有一天突然发现好端端一个儿子已变得形销骨立、神经兮兮的了，方才痛惜不已地狠狠训诫了一顿，说为了一个不辞而别的薄情女子就变成这副德性，实在太没出息，枉费他这些年的栽培了！俗话说，天涯何处无芳草，莫非恁大个重庆城，还怕找不到称心如意的女子？……

傅桐雨先还憋着不回话，听到这里实在憋不住，突然暴跳道："你有出息嗤！你这辈子称心如意了吗！……"

老爷子被忤得脸青面黑，只因怕事情传出去太伤颜面，不得不吞忍了。他这辈子两次婚姻都不如意，第一次跟桐雨妈完全是媒妁之言父母之命的捆绑夫妻，第二次跟漆雅娴则是出于自作自受，明知对方是个好吃懒做徒有其表的花瓶，却因一时贪欢揣上紫燕被赖上了，至今仍是一帮知情朋友摇头私议的话题。

毕竟是亲生骨血和唯一的家业继承人，傅右生下来之后也没有真动儿子的气，而是暗度陈仓，叮嘱紫燕在外面参加社交活动时，遇上才貌不输卢莓甚至有过之的女子，就邀请来家做客，把哥哥从牛角尖里拉出来。紫燕本来就同情哥哥，对此也就格外卖力，先后邀约了好几位芳龄佳丽来家品茗打牌听唱片，尽量给傅桐雨提供机会。然而傅桐雨就像刀枪不入的金刚之身，对花枝招展，美目传情的女孩子们压根儿没有感觉，总是应付完毕便一走了之，劝都劝不转，弄得紫燕十分尴尬，多了几回之后，便泄了气，说："真是吃屎的比屙屎的还翘呢！"不愿再多管闲事。

正当傅桐雨在难以自拔的情感漩涡中越陷越深的时候，事情却突然出现了转机。这天他正躺在床上望着天花板发愣发呆，年长贵忽然交来一份电报。老爷子与外地客商常有电报往来，不在家时也让他代收代看。因近日已接过好几个商务往来的电报，傅桐雨并未在意，接过来就扔在一边了，正欲转身离开的年长贵却指着电报提醒他："少爷，是你的！"

他立即像弹簧似的坐起来，拿过电报来看。几行令他翻江倒海的文字扑入眼帘：

傅桐雨先生大鉴：小女卢莓原来确有回渝与师友团聚之计划，唯行前临时受命前往怒江执行公务时突告失踪，多方寻找未果，至今下落不明。卢父廷飞谨告。

　　傅桐雨眦眦欲裂地将电文反复读了五六遍，然后捏成一团冲进后花园。他实在想不通：怒江，那不是中日两军隔江对峙的地方吗？她一个手无寸铁的小女子，跑到那里去执行什么公务！什么叫失踪？是迷路了？还是……他不敢深想下去了。

　　万千思绪中，一个念头在他心中倏然萌生，并且越来越强烈：到云南去寻找卢莓！他立即给卢教授去电谈了想法。

　　当时从重庆到昆明只一条经遵义、贵阳、盘江转往云南曲靖，再到昆明的毛路，因没有固定班车，最好的选择就是搭乘从史迪威公路抢运盟国援华物资来渝，然后返空回去的军用卡车。据说只要肯花钱，问题不难解决。从重庆到昆明一个人单面大约需要三十块大洋，加上沿途吃饭住店，一个来回约需一百块。如果在昆明住下，或者再往怒江方向走，恐怕还得翻番。这不是个小开支，老爷子断定不会说给就给的，何况还有个路上的安全问题，支持他走的可能性微乎其微。如果老爷子坚决不支持又别无他法，那就只能学作家艾芜，身背褡裢，来个新的"南行记"了……

卢教授的回音在急切的期盼中来到，不是电报，而是一封长达数页的亲笔信！

傅桐雨先生亲鉴：

上次接悉贵电时，我正为调查小女失踪之事亲赴滇西，回昆明正好收到你的再电，殷殷之情，令我和内人十分感动，也给了我们以莫大安慰。在此深表谢忱！至于信中提及想亲赴滇西寻找小女之事，则以我此行之经历看，诚心可感，大驾亲至却断无必要！

小女此番失踪，系因飞虎队的一架运输机从昆明巫家坝机场飞往印度阿萨姆邦汀江途经泸水县片马风雪丫口时，机体结冰又遭遇低压强气流，坠毁于怒江大峡谷中。飞虎队闻讯后立即派出一个五人小组前往搜救，其中就有担任翻译以便与当地乡民沟通的小女卢莓。五人乘坐一辆中吉普从昆明出发，于两天后到达泸水，然后由一名当地向导带路进入怒江大峡谷寻找，不料数日后即与外界失去通讯联系。飞虎队接讯后又派出两个救援小组，由当地政府配合，出动军警乡民数百人沿途仔细寻找，却始终未发现一行踪迹。最后不得不放弃，改以由当地民政部门继续寻找，但时至今日仍无任何消息。

　　大峡谷极为险峻，一行失踪那些天又正值风雪交加，山崩泥石流频繁，不排除一行已经罹难，但经在沿江而下直至龙陵数百里的峡江中仔细排查，均未发现五人的任何遗留物。

　　有人推测，峡谷沿途洞穴密布，一行或为躲避暴灾藏身于某处，却被落石封堵其中，据说当地乡民以往就曾在峡谷洞穴中发现不明人员的尸骸。但这种可能性较小，因为五个人都年轻力壮，且带有充足的食物和各种应急工具，不至于坐以待毙。

　　还有一种推测：怒江对岸为日军占领区，沿途时有人数不等的日军别动队出没，不排除五人已遭劫持。

　　所以到目前为止，包括小女在内的一行仍生死未卜，只能暂列为"失踪人员"。我的看法是，五个人身份特殊，并非一般战斗人员，日本人可能会将他们留作人质，以套取口供或留作他用。唯目前我沿江部队就此事多次尝试与对岸日军沟通，对方均未回应，或许尚在犹豫应对之策或者等待上峰的指示吧。

　　作为卢莓的至亲亲人，在此我谨代表我们全家对你的真诚关切表示由衷的感谢！同时我也想说，尽管小女已"失踪"多日，但我和她的母亲、外婆却一直觉得她并没有也不会真正离开我们，她那样热爱生活，那样憧憬未来，那样依恋我们，我们宁愿相信她只是滞留在什么地方了，而绝不会一去不返！我坚信小女一定会回来！我们每天每时都在准备迎候她回来！在此我亦可以向你担保：一旦小女回来，我将会在第一时间向她转达你的这份弥足珍贵的友情！

颠三倒四地写了这么多，啰嗦或不尽意之处，还望谅察。

谨祝大安！

卢廷飞亲笔　月日

傅桐雨一口气读罢长达数页的信函，不禁热泪涌动，百感交集。从这些珍贵无比的字里行间，他至少了解到两个最为关切的信息：一个是卢莓的爽约并非感情有变，而是仓促受命出发根本没有条件及时发电报给他；二是卢莓一行只是下落不明，并未确认罹难，因此还有生还的机会。而卢教授在信尾所表现出的强烈信念，更令他深受鼓舞：都说亲人之间是会有心灵感应的，卢教授这样信心满满，应不会是空幻之念吧！……从信中也可以看出，老人尚不知晓他和其爱女的那份心灵之约，但就凭这封信，他已从心里接纳了这位既亲切又理性的未来老丈人。

傅桐雨很认同卢莓一行的失踪，极大的可能是遭到对岸日军的劫持的推测。他将卢教授的来信交给老爷子和紫燕看了，两人也都赞同。对他竟然意欲只身去寻找卢莓之事，老爷子则训斥说："你去找人？怕是去送命啊！算你运气，碰到这样一个善良明达的老先生！"

傅桐雨垂手聆听，少有的俯首帖耳。

十四

随着日本败象渐露，来重庆的日机由隔天见日的狂轰滥炸，变成了十天半月的偶尔骚扰，义务协勤员常常是整天整天地闲坐无事，后来就改为有事临时通知，实际上就是解散了。傅桐雨开始正儿八经地去宝元通上班，每天着装整洁，早出晚归，闲暇时间就是在家里看看书报听听音乐或者出去看场电影或演出，偶有同事朋友邀约，也只是喝喝咖啡吃吃饭，谢绝出入那些灯红酒绿的娱乐场所，过起了一种清雅的小资生活。只有一个爱好一直保持着，即每逢周日都要到牛角沱董公石一带去钓岩鲤，但钓到后便拿回家放进后花园的池塘里养着，到了每月的21号，才让年长贵选送一条到小洞天去，请曾大厨烹脍成干烧岩鲤，然后带上手摇唱机，全家一起前往，在固定的西窗剪烛包房里，边听音乐边就餐。曲子由大家随意点放，但《茉莉花》和《魂断蓝桥》却是固定节目。每到这天晚上，小洞天的西窗剪烛包房就会挂上"有客"的示牌，专候一家子光临。有时不见家人，就他一个人来，关在房里开着唱机，不到打烊不会出来。

日子在煎熬和期待中一天天过去，不觉间已来到1945年的盛夏。和天气一样日甚一日地同步升温的，是重庆各界对抗战胜利越来越乐观的预言，但是这一天到底何时能够到来，却都没有底，尤其是对于仍在疯狂叫喊着"本土决战""一亿玉碎"的小日本是否真会乖乖举手投降，许多人还是表示怀疑，傅桐雨无时无刻不在关注相关消息，对卢莓的思念也日甚一日。

盟国的原子弹轰炸广岛长崎、苏联出兵东北的特大号外让市民的乐观情绪达到沸点。这天上午傅桐雨正在公司上班，忽然听见外面闹哄哄的，出去看时，却见平时甚少露面的熊总经理正站在一群员工中兴奋不已说着什么，引发出一阵阵尖叫欢呼声。原来有消息说：日本已经宣布投降了！胜利大厦的盟军俱乐部里已在庆祝，但政府方面一直没有动静，熊总让大家出去打听一下，看是否确实。傅桐雨立即跟着员工们出了门，一到街上，就看见好多市民正喜形于色地往精神堡垒方向跑，一些人边跑边喊："终于熬出来了！不再挨炸了！"来到邹容路口时，发现精神堡垒周围早已是人头攒动、鞭炮不绝，一些盟国大兵站在吉普车上在向人群抛撒糖果，到处都可以看到市民激动的面孔……中午时分，政府正式宣告日本无条件投降的特大号外雪片似的从天而降，整个精神堡垒一带顿时鞭炮齐鸣、欢声雷动，变成了欢腾的海洋。置身人海的傅桐雨不禁泪如泉涌，开始左冲右突地拼命往外挤，要去做一件已经期盼得太久太久的事情！

当傅桐雨好不容易来到电报局门前时，那里早已摆起了长蛇阵，两个小时后，傅桐雨终于来到柜台前，将在心头已酝酿千百遍的腹稿，简缩成一句电文：

卢伯父：盼尽快与有关方面联系，查找卢莓一行下落。我欲前来尽力，可否请速电告。侄傅桐雨急呈。

接后几天，傅桐雨一边参加庆祝活动，一边等候卢教授的反馈。他也知道事情并不是想象中那样简单，所以并没有想到会很快收到回电。然而从"8·15"到国府正式宣布"9·2"为抗战胜利纪念日，半个多月过去，回电却迟迟未来。他疑心是对方未收到，于是又发了一个出去。这次倒是有反馈了，不过却是一个"查无此人"的退还通知！

在惶然无措中，傅桐雨干脆直接给华中大学教务处发个电报，回电来得意想不到的快：卢于年前辞去本校教职，具体去向不明。

这下他真是傻眼了！紫燕正好带着几个男女同学来家里玩儿，他心头实在揣不住这个事情，就将她拉到一旁把事情讲了。

不想紫燕一脸晒色地说："哎呀，我觉得你完全是走火入魔了！人家走了没告诉你，说明人家根本就没在乎你呀！再说卢莓到底还在不在，本身就是一个大问号，你这种一往情深不是有病吗？要我说，就是四个字：该死心啦！……这样吧，至少在今天，先把这件事情抛开！一会儿过来参加我们的沙龙舞会，好不容易熬过八年抗战，也该放松放松吧！"说罢不待他回应便转身而去。

不一会儿，客厅里便传来了悠扬的舞曲和少男少女的欢笑声。

傅桐雨对紫燕的这一席数落并非毫无所动，也晓得妹妹是真心为他好，但却对"死心"二字极为反感，对他来说，死心无异于心死！哀莫大于心死，信口开河的小女子，哪里知道个中滋味？……

就在傅桐雨愤懑不已之时，一个身材高挑的女孩子蓦然飘现在他面前，笑容可掬地伸手道："桐雨哥，能有幸请你跳一曲吗？"

他无感地抬起眼来，本想婉言谢绝，但当他的视线触碰到女孩子热情的目光时，却又犹豫了，终于不失优雅地伸出手去："谢谢，请！"

傅桐雨搂着风情撩人的女孩子步入舞厅，成双捉对的少男少女都不约而同地投来亲昵的目光，紫燕旋过来有意地用臀部顶了女孩一下，女孩猝不及防地与傅桐雨来了个满抱，引来周围一片欢叫！傅桐雨腼腆地收回身子，对女孩道了声"对不起"，女孩却笑回道："说这个话的应该是我啊！"

　　傅桐雨觉得女孩很是知情懂礼且善解人意，不禁问道："小姐贵姓？"

　　旁边早已有人代答："这是卓小姐，卓尔不群！"

　　卓小姐红着脸小声道："能认识桐雨哥这样的青年才俊是我的荣幸。"

　　傅桐雨一时反倒无语了。两人一连跳了三曲。而后一块到凉台上喝茶吃点心。一直没有打扰他们的紫燕跟出来介绍说："卓小姐是我们班上的学霸兼班花。"

　　傅桐雨本想跟卓小姐坐下聊聊，不料音乐一起，紫燕便一手一个将两人拉了起来，说："这一曲无论如何不能放过！"

　　《魂断蓝桥》的优美旋律在客厅里荡漾，翩翩起舞的少男少女们跳得如醉如痴。

　　为君断肠，为君断魂，量君早知矣！恨重如山，命薄如絮，白首更难期！白石为凭，明月为证，我心早相许。天上人间，愿常相忆，爱心永不移！……

大约是感觉到了傅桐雨越来越急促的呼吸，卓小姐抬起眼睛报以嫣然一笑——然而她的笑容却倏然僵住了——她发现他目光凄迷，额头上冷汗淋漓！几乎是与此同时，她感到搂着自己的那只手臂松开了。

　　"对不起，卓小姐，我有点不舒适，失陪了。"傅桐雨对她欠了欠身子，在紫燕远远投来的困惑一瞥中，兀自离开了歌舞正酣的客厅。

　　傅桐雨回到屋里，闭目仰躺在床上。他以为紫燕立马会撞进来冲着他来一番愤怒声讨，实际上却没有，不是没有愤怒声讨，而是压根儿人就没来。他回想起他离开客厅时看到的她那不满的眼神，明白她是真动气了。但她为什么偏偏要在这种时候播放这支曲子呢，是想戳他的心，还是考验他的神经？……傅桐雨的目光落在对面的挂历上。卢莓"失踪"一年多了，他仍在一如既往地逐日划格，对每一天的每个时辰都仍怀着莫名的期盼，这已成为他生命中最为深切的关注和没有消沉弃世的最大缘由。也许紫燕本身是想要抹去他心中的这点东西，但铭刻在心上的东西是能够轻易抹去的吗？一个自以为聪明的傻女子！

　　外面已经不闻声响，想必客人已扫兴而去。正当傅桐雨拉上被子，准备休憩片刻时，门被轻轻地推开了，他知道是紫燕来兴师问罪了，立即蒙住头，决定任她雷电交加，打死不回一句话。

他听见她似乎在床边站了一会儿，然后又轻轻挪了挪椅子，接着就感到头上的被子开始在外力下滑动，显然是准备当面锣对面鼓了！

"不要动啊！"他抓住被头，愠恼地说道。

"哦，桐雨哥，对不起，我是怕你……"轻言软语，并不是紫燕的雷霆之怒。

他睁开眼睛，发现卓小姐正站在床前一脸窘燥地看着他。他想发作，身为女孩子，怎么会这样不自重呢！但终于还是忍住了，只是略显生硬地问道："卓小姐有什么事吗？"

卓小姐指着身后的椅子说："我可以坐下说吗？"

"想坐就坐吧。"他闭上眼睛："我有点疲倦，希望长话短说。"

"桐雨哥，我只是……"卓小姐落座后开口道，"我只是想来看看你是不是好一些了……"

"我没啥了，你说吧。"傅桐雨的声调软和下来。

"桐雨哥，我想告诉你，今天这场家庭沙龙舞会，紫燕是专门为你安排的，她非常担心你现在的精神状态，害怕发生什么不测。因此希望我能来扮演一个角色，至少能暂时让你从这种自我锁闭的精神状态中解脱出来！起初我并未接受，怕做不好会弄巧成拙，但听她讲述你和卢莓小姐的故事之后，我非常感动，也加深了对你的敬重，我觉得作为一个像你这样各方面条件都很优越的年轻男士，能够对感情这样专一和执着，是非常难得的，可以说太难得了！因此才接受了她的恳求，扮演了这样一个角色。可惜我阅历有限，演技太差，所以表现不及格，不但于事无补，反而触动了你心头的创痛……你离开后，我很尴尬，也很自责，觉得自己辜负了紫燕所托付的事情。我之所以决定来向你坦露一切，并不是为了解脱自己，而是想来对你说几句心里话：从小我妈就告诉我，人世间的一切都是命定的，是你的赶都赶不走，不是你的想疯了也想不来。我相信卢莓小姐是一个难得的优秀女子，但她已经与你音讯断绝如此之久，如果她还活着并对你有感情，是绝对不会这样的。因此我也希望你能早日从这种无望的期待中走出来，重新回到原来那种充满朝气和理想的精神状态中去，这也是今天我们所有应邀而来男女同学的共同心愿！"

傅桐雨慢慢地抬起头来看着卓小姐，然后问道："说完了吗？"

卓小姐点点头。

"感谢你和大家的好心和善意！我会好好地思考你刚才说的这些话的。谢谢！"傅桐雨凄然道，然后便伸手送客。

卓小姐见状便知趣地说道："那好，我也就不耽误你了，打扰之处，还望原谅。谢谢！"说罢起身鞠躬而去。不多会儿，从紫燕的房间里传出几声含糊不清的嚷嚷声，然后一切归于平静。

这场精心设计的家庭派对不欢而散之后，紫燕就再也不

"义务奉陪"傅桐雨去小洞天了。她一不去，漆雅娴自然也就不去了。老爷子本身就忙，起初还时不时地去坐一下，问问情况说点劝导的话，后来见他完全是四季豆不进油盐，也就不想管了。因此每月21号小洞天西窗剪烛的一大盘干烧岩鲤和一瓶法国红酒就变成了傅桐雨的一人独享。他对此确乎并不在意，月月此日按时到来，独自关在包房里开着留声机自酌自饮，有时还会听见他在里面自说自话，偶尔出来上个洗手间什么的，对周围的一切皆视若无睹，完事后便钻回包房，独自消磨到半夜时分方才醉醺醺地开门出来，目不斜视地穿过楼道和店堂，跌跌撞撞地消失在山城的夜色中。天长日久，从小洞天的老板到下面的服务生，包括一些老食客对此都已不足为怪，反倒视之为店里定期出现的一道独特景观了。事情传开后，一些好事者会专门在那一天跑来店里看稀奇，店里既不阻拦也不说明。

十五

尽管嘉陵江已恢复了往日的宁静，但岩鲤却比以前少了。傅桐雨经常是空篓而归，但他依然我行我素，每逢周末到牛角沱去守竿，不待上大半天不会回来。只要钓到岩鲤，不管大小他都会拿回来养在后园的池塘里。

又逢周末，老爷子让年长贵到牛角沱对岸的屠宰场去选几根鲜牛尾回来炖汤，并嘱他顺便去看看少东家。年长贵来到江边，却只见鱼竿不见人，后来才发现董公石前有个人很像是他。走近看时，果不其然。

傅桐雨见年长贵突然来到，还以为是家里出了事，听他说了来意才放下心来。年长贵早就听说过他和卢莓在董公石邂逅的事，不禁喟叹道："少爷，如果卢小姐知道你对她的这片深情，不晓得会有多感动啊！"

傅桐雨听后喃喃自语："咫尺天涯，天上人间……"

年长贵不知是未明白其意，还是故意装蒙，附和道："对头，卢小姐和你确实是天造一对、地设一双，她第一次到家里来，我就觉得她跟你完全是绝配！真是绝配！"

马屁拍在蹄子上，傅桐雨脸上一时变得阴沉欲雨，指着江边说："船来了，你快去吧！"说罢便低下头不再说话。

年长贵也知趣，说："那好，少爷你好好待着，我走了。"

当年长贵提着几根牛尾从对岸回来时，已是烈日当顶，他远远地看见少东家仍一动不动地蹲在董公石前，活像也变成了一坨石头。他到家如实地向老爷子禀报后，提醒道："老东家，少爷怕是得了相思病啊！长此下去恐怕会出问题的，得想办法冲一下才是呢！……"

傅右生从嘴上拿开叶子烟杆，说："咋个冲法？这个家的事情都瞒不过你，你都看到的噻，再好的姑娘带来，他连见都不肯见呀！"

"我倒有个想法，与其这样下去，不如干脆送他去当兵！俗话说，当兵三年，母猪胜貂蝉。去上一年半载回来，保证不会再挑肥拣瘦！要不了好久就会让你抱上大胖孙子！"

老爷子没好气地说："眼见内战已经开打，你想让他去吃枪子呀！"

年长贵知道自己说走嘴了，扑通一声跪到了地上连声道："我年长贵绝对没有这样歹毒的意思，老东家觉得不中听，就当我是在放屁吧！"

老爷子挥挥手："好好，去吧去吧。"

年长贵磕头作揖地起身去了，把一脸怒容的老东家独自留在客厅里。其实傅右生早就有了危机感，担心儿子再这样下去，怕是真会闹出精神病来的！自从国府还都南京，抗战来渝的各界人士随之星散之后，重庆一度繁荣的餐饮业一落千丈，香满城的生意也陷入困境，为了维持生意，他成天到处奔走求助，对儿子的事情实在是分不过心来！年长贵的进言虽不中听，但却也触动了一个在他的脑子里闪现多时的想法，即学着一些富有人家的做法，送儿子到欧美去留学！那边的风气开化，年轻人谈恋爱分分合合司空见惯，极少有痴男怨女、活守死等的事儿发生，把小子扔到那种地方去，恐怕要不了几天便会从眼前这种痴迷中幡然醒悟过来！而且小子各方面长了见识回来，对继承这份家业也会有好处的。这事自然得花钱，尽管眼下手头很紧，但想想办法也还是可以应付的……如此这般想定之后，傅右生就觉得轻松一些了，重新点起叶子烟吞云吐雾。

因怕事出突然会遭到儿子的强烈抗拒，傅右生决定暗自托人操办一应事宜，平时就刻意在儿子面前大谈某富家儿子留洋镀金、某要人千金启程赴美之类的传闻轶事，让其先有个心理准备。

当时盟国对中国留学生抱持欢迎态度，傅右生很快便为儿子办好去盟国加州大学的留学手续，但最后一道关口——去盟国领事馆办签证，却非得当事人亲自前往接受询问不可。得此消息时，刚好临近傅右生五十二岁寿辰，他决定在生日当天向儿子摊明这件事情。

这天晚上，傅家餐厅里红烛高照，喜气洋洋，全家老少连同特邀的几位老友，其中包括帮忙为傅桐雨办理赴美留学手续的南开中学靳校董等客人，众人围坐在摆满菜肴的大圆桌前，轮番为老爷子敬酒祝寿，然后便轻松惬意地摆起了龙门阵。

在老爷子的刻意诱导下，话题很快就从时局变化转到了正方兴未艾的出洋留学上。靳校董说，盟国现在的影响如日中天，国内和重庆赴美留学的人数都呈井喷之势。家长们不惜破费地争相送子女出去，是看清了一个大势，即将来不管从事哪个行业，年轻人要想在激烈的竞争中站住脚并有所发展，有洋文凭和无洋文凭是不可同日而语的……其他客人也都齐声附和，各自举出若干亲睹或耳闻的具体人事加以佐证：某男赴美专攻经济，学成归来刚过三十岁便已是某大银行的国际部经理；某女赴美学习声乐，学成后留美，现已是百老汇红得发紫的歌剧名角……说得绘声绘色，令人惊羡不已。

傅右生觑视着儿子的表情，发现小子一脸淡定，似乎毫无所动，便转过眼去笑看着紫燕，他事先曾就此事叮嘱过小女子，要她全力配合。

紫燕明白该自己上阵了，就扭动着身子开口道："老爸，我要去盟国留学！"

来客们知道这是在做戏，不等傅右生回话，便纷纷应和，大表赞同。傅右生不得不打岔说："等你川师毕业后再去也不迟嘛！认真说来，现在只有你哥哥最合适！"

漆雅娴也侧面配合道："爸爸说得对，现在桐雨确实比你有条件。"

傅右生见话已来到门口，便径直对儿子说道："桐雨，你对刚才靳叔叔他们说的留洋一事怎么看？"

因事前毫无思想准备，傅桐雨在众人满怀希冀的注视下，嘴巴嚅动着，半天也没吐出一个字来。

靳校董立即趁热打铁，说："桐雨贤侄，我们南开与盟国加州大学有直通管道，如果贤侄有心前往留学，靳叔可以玉成！"

其他客人立即进入角色，一哄而起，纷纷为自家子女说项，要求帮忙去赴美留学。

在满桌闹嚷声中，一直低头不语的傅桐雨的脸上慢慢现出了久违的血色。紫燕见了，赶紧向老爷子递眼色。

傅右生于是伸出手去轻抚着儿子，以少有的温和语气说道："桐雨，你是我唯一的儿子，说实话，送你出去留学深造，是老爸早就有的夙愿，可惜一直没有这个条件，现在条件具备了，老爸也可以实现这个夙愿了！我有心送你去盟国攻读金融专业，这不管是对你的个人前途和我们这个家，都很重要。有志男儿就得远走高飞，你不会反对吧！"

几位帮忙的老友原来提议老爷子不要当场把话说得太硬，让儿子自己心悦诚服方为上策，因此当傅右生此话一出，桌面上顿时变得鸦雀无声，所有的目光都落在了傅桐雨身上，看他会作何反应，而傅右生也早有准备：如果小子不识好歹，不惜拿出点火色来！

"这个事情我还得考虑一下……"傅桐雨声气不高，却说得很决断。

总算没有出现最担心的情况，老爷子也就顺势道："好吧，给你三天时间考虑。"

傅桐雨盯了父亲一眼，明显地表现出对这种命令式口气的不服，然后就称头有点晕，在众目睽睽之下离了座。

傅桐雨来到花园里，想安静地清理一下思绪。对于留学的事情，他并非毫无所知，好几个财校的老同学都出去了，一些年纪相仿的公司同事也在蠢蠢欲动，他也想过这个事，而且想得很美，那就是等卢莓回来一起远走高飞，她的英语那么好，无论去到哪里都会如鱼得水，他甚至想象过将来和她一起手牵手地周游世界……

傅桐雨在池塘边停下了。他看见了在静谧的睡莲下游动的岩鲤，共有四条，都是三斤来重大小匀净的，这是他给自己定下的确保卢莓任何时候回来都能如约吃到干烧岩鲤的最低维持量。尽管一直渺无音讯，但他仍然憧憬着有一天她会毫发无损，风采依然地突然出现他的面前！莓，到时我们一起去留学吧，像两只比翼双飞、远渡重洋的鸟儿，去迎接我们无比羡慕的美妙人生……

身后忽然隐约传来脚步声。他警觉地回过头去，发现紫燕正快步朝他走来。

"不是想寻短见吧？"紫燕走近他说。

"有事吗？"他无心跟她开玩笑。

"老爷子让我转告你，靳叔叔已为你办好了去盟国加州大学的所有入学手续，所需经费也都准备好了，就等你去美领馆办了签证就可以动身……"

"怎么事前也不告诉我一声呢？"傅桐雨气恼不已地叫喊道。

"哎哎你嚷嚷什么呀，又不是让你去坐牢杀头下油锅！"紫燕柳眉倒竖。

"问题是不能这样办事嘛！"傅桐雨不依不饶，"我好歹也是二十岁的人了，对自己的事情总还有点决定权吧！"

"狗咬吕洞宾，不识好人心……"紫燕说罢转身便走，"你直接去找老爷子说吧！"

傅桐雨上前拦住她道："你说什么狗呢？"气势汹汹中却已露出和好的模样。

"我说呀，我说好狗不挡大路！"紫燕别过脸去。

"紫燕，你想想，我连一句英文都说不好，出去咋个办？当聋子哑巴呀！就是要出去，起码也得先在国内补习一下英文吧？再说，一下走这么远，总还有些杂七杂八的事情需要处理噻！"

"你是啥意思，干脆就明说吧！"紫燕没好气地说。

"即使是要出去，最起码也得先上个英语补习班。"

"那得要多长时间？"

"这个我说不准……可能一年半载吧！"

紫燕撇撇嘴走了。

十六

出乎傅桐雨意料的是，老爷子经与靳校董商议，竟然同意了他推迟一年再出去的想法。

其实老爷子和全家都心知肚明，补习英文不过是他的一个借口，直接到盟国去学英文不是更好？真正原因还是放不下卢莓的事情。只是大家都不愿说破，反正都这么些年了，就再迁就他一回吧。

傅桐雨辞去了宝元通的见习职务，开始重新恢复了按部就班的生活，除了每天去英语强化班上课之外，每个周末仍然要去牛角沱守竿，每月21号晚上仍然去小洞天西窗剪烛小酌，偶尔也去铁山坪去看看幺舅。他开始每天晚上在日记里与她"谈心"，时而滔滔不绝一泻千里，时而刚刚下笔便无语哽咽，他要在与她重逢时将这些心灵的记录作为一种爱的见证亲自交到她手中！

尽管抗战胜利后小鬼子已滚回了老家，飞虎队也撤离中国了，但八年抗战中的种种故闻轶事依然占据着报纸的版面，成为百姓闲聊的话题。傅桐雨非常留意相关的信息，尤其是飞虎队和滇西抗战方面的，希望能从中得到一点关于卢莓一行失踪的线索。后来他竟弯来绕去地找到了当年与卢莓一起去昆明飞虎队当翻译的一个艺专声乐系的郭姓男生，了解到卢莓当年在飞虎队培训和工作的一些片断。据他说，卢莓到飞虎队后，曾被一个很高大帅气的盟国飞行员追求，经常邀请她去喝咖啡跳舞，后来发展到几乎每天都要送上一朵玫瑰。艺专的同学都知道，卢莓和西画系的几位女同学曾有过誓约，不打败日寇绝不谈婚论嫁。碍于情面，卢莓不好断然回绝这位热情如火的洋小伙，但却始终谨慎地保持着距离。不想在一次周末舞会上，那位洋小伙竟当众下跪向她示爱，弄得她非常难堪，不得不撒谎说，她已有未婚夫，婉拒了。那个洋小伙却不死心，后来发展到半夜去扒卢莓的窗户。事情反映到陈纳德那里后，陈下令关了他一周禁闭。后来这个小伙子在执行任务时负伤，提前回国了……而对卢莓一行在怒江大峡谷失踪之事，这个男生也没有提供什么新情况，只是说，在飞虎队撤离中国时向中方递交的飞虎队历年战斗减员的名单中，卢莓仍在"失踪人员"之列，没有列入阵亡人员名单，并称战争年代什么不可思议的事情都可能发生，他一直认为卢莓还活着，只是由于什么特殊而又特殊的原因，尚未露面而已。傅桐雨心头的那一团始终未曾熄灭的希望之火再次大燃起来，他不时会陷入一种莫名冲动，觉得他所期盼的那一天越来越近了……

每月21日晚上他在小洞天西窗剪烛包房里的关门独酌，尽管家人和外人对此都已几近无感，但不管天晴落雨，有事无事，他从未误过，而且坚持就餐时只点蜡烛，不开电灯。每当他在摇曳的光影中睹物思人，都会进入到一个如梦似幻的境界，在那里，他和醉眼中的卢莓共品岩鲤，互诉衷肠，乃至醅舞狂歌，不到酒店漏夜打烊绝不会收风走人。因老板早有关照，每到彼日彼时，小洞天从大堂领班到服务生便早早地备好酒菜，侍候他入室坐定后，便主动退出，在门外挂上"内有私宴，幸勿打扰"的告示牌，因此从未发生其他客人误闯误入的不快事件。

只有一次意外。这天傅桐雨在包房中坐下不久，便听见外面有人轻轻敲门，他以为是服务生有事，便让进来，谁知人未进来，外面却传来一男一女的小声对话，像是男服务生在告诫一个什么女子不得擅入，那女子却指名道姓地要见他本人。他刹那间热血冲顶，立马起身去开了门。

借着幽幽的烛光，他看见一张似曾相识的面孔——竟然是自那次家庭舞会以后便再不曾谋面的卓小姐！卓小姐身着高领旗袍，依然是青春四溢，只是在微笑着伸出手来时，显示出一种比当年更为成熟的优雅风韵。他满眼疑云地寒暄着将其让进包房，服务生知趣地合上了房门。

"卓小姐，你这是……"傅桐雨虽有困惑，心头似乎却对这位不请自来的搅扰者并无反感。

"这就是你和卢小姐的第一次私约之地啊？"卓小姐四下打望着说，"红烛美酒小轩窗，还真别有洞天呢！"

"什么风把卓小姐吹到这里来啦？"落座后，傅桐雨终于忍不住探询道，直觉告诉他，女孩不会是误打误撞来的。

"枕边风呗！"卓小姐笑答。

傅桐雨敏感地觑了觑她的左手。

"别误会啦，本小姐尚待字闺中呢！"卓小姐伸出手去翻来翻去地让他看，"昨天晚上紫燕到我家来，挤在床上跟我长吁短叹地聊了一夜！"

"她……聊什么?"傅桐雨不无警惕地问。

"为你这个痴情的兄长操心呀!"

"呵呵……"傅桐雨一仰身靠在椅背上,"咸吃萝卜淡操心,平时见到都爱理不理的!"

"桐雨哥,那是表面现象,她讲了你们小时候的好多事情,真的很心疼你!"

"打开天窗说亮话吧,所来何事?"

"就想问你一下……出于不解,也出于女孩子的好奇,绝对没有别的意思。桐雨哥,你能不能真实地告诉我,你对卢莓为什么这样痴迷?"

傅桐雨颤抖了一下,双眼倏然闭紧,仿佛有人突然无端地要求他打开自己的保险柜,静默良久,方才睁眼摇头道:"对不起,卓小姐,恕我无法从命……"

"不愿说还是不好说?"

"说不清楚。"

"外貌?风度?才情?教养?……不外乎就是这些吧!"

"是,也不是……"傅桐雨突然冲动起来,"她的一举一动,一颦一笑,一切的一切在我眼中都是完美得无可挑剔的!她的出现完全改变了我的人生……不不!这样说也不准确,其实我每天还是这么在过,但觉得自己已经不是原来的自己,已经焕然一新!"

"……她对你呢?她对你也这样看吗?"

"这个我不敢说。我只能说她愿意与我交往……"

"这样谦卑啊!"卓小姐莞尔道,沉吟片刻又问,"能不能透露一下,她对你……有过承诺吗?"

"什么承诺?"傅桐雨认真地看着她。

"比如私订终身啦,山盟海誓啦……"

"没有,只是我有过类似的表白。"

"她是怎么回应的?"

"她寄来了普希金的诗。"

"什么诗?"

"《致西伯利亚的囚徒》。"

"哦,爱情和友谊会穿过阴暗的时空,来到你们的身旁……是吧?"

傅桐雨痴痴地点着头,神思已然飞到远方。

"桐雨哥,这就是你苦等她的原因吗?"卓小姐觑视着餐桌上晃动的烛焰,显得有些动容。

"我们约定过要在这里见面,她说过,她很期待。"

"可是她失约了!"

"我不这样认为。她只是临时遭遇了不测,我相信她,她一定会履约,一定会来的,而且我相信她不会使我失望,一定不会!"

"可她已经音信渺茫这样久了……你不觉得这样的苦等苦守,实际上也把自己变成一个'囚徒'了吗?"

"别人怎么看我管不着，但我自己完全没有这种感觉！我不能没有这种期盼，它实际上已成为我平凡生活中的一道希望之光，如果有一天它突然消失了，我真还不知道自己会怎么样呢！"

"也就是说……"卓小姐变得小心翼翼起来，"其实你已经不在乎她是不是真的会回来？"

"你怎么会这样说呢！"傅桐雨陡然色变，起身敲击着桌子大声道，"我无时无刻不在想念她，我来到这里就是要跟她聊天对话，互诉衷肠，她已经成为我生命中不可分割的一部分，怎么会不在乎呢！"

卓小姐的眼眶突然变得潮润起来。她注视着烛光中的傅桐雨，仿佛要一直看到他心里去。终于，她也站起身来。

"桐雨哥，我明白了……"她眼里噙着泪水，话音稍稍有些颤抖，"谢谢你的坦诚！现在我能理解你了！对我刚才的失言，请不要放在心上。好了，我不再打扰你了，但我会将我们今天的对话原原本本地转告紫燕。我还想对你说，她其实非常爱你这个世间唯一的亲哥哥，她会理解你的……"

卓小姐说着便径直往门边走去。傅桐雨豁然醒悟过来，急切地说："卓小姐，请稍等！"

卓小姐回过身来望着他。傅桐雨拿起桌上的红酒往两个酒杯里各斟了半杯，将一杯递到她的手里，然后端起另一杯举到她面前："卓小姐，我会永远记得你对我的这份情谊，希望你诸事如意，一生幸福！"

卓小姐与他碰了杯，然后说道："谢谢桐雨哥，我从不喝酒，这杯酒我是为你和她而喝的！衷心祝愿你们终成眷属！"说罢将酒一饮而尽。傅桐雨也干了杯，后一直将女孩子陪送到楼下大门外。

回到包间后，傅桐雨再没有吃一口菜，喝一口酒，就一直站在窗前，呆呆地凝望着星辉下的枇杷山，他和卢莓第一次也是最后一次在这里度过的每一分钟，说过的每一句话，都一一在脑海里浮现，不知不觉间，已是泪湿衣襟。

卓小姐没有食言。紫燕和老爷子也终于改变了对傅桐雨的态度。一家子又恢复了一月一度去小洞天西窗剪烛用餐的惯例。

然而好景不长，随着内战日烈，国统区的经济和治安形势也每况愈下，尤其是政府滥发金圆券，将民间的财富几乎搜刮以尽，造成米价猛涨、物资奇缺，民不聊生，餐厅酒楼纷纷关门歇业，抗战时期曾繁荣一时的重庆餐饮业，就此一蹶不振。小洞天依仗着以往的名气，比一般店家多撑了一些时日，最后也不得不宣告停业。傅家一月一度的聚餐就此中断。更为不堪的是，餐饮业一垮，加上货源中断，香满城的生意也一落千丈，难以为继了。傅右生仰天长叹之余，决定断臂求生，将店子的全部资产变卖后，携家带口地前往马来亚投靠在那里开饭店的堂哥。此时，对于傅桐雨的留洋之事，老爷子也已有心无力，只是因为有话在前，不得不委婉地征求傅桐雨本人的意见。傅桐雨选择了去美国，而且态度坚决。老爷子见状，也只好认了。

离开重庆前，傅桐雨在牛角沱董公石和已是大门紧闭小洞天前久久留连，洒泪作别，然后带着无限的惆怅和一个隐秘的期望，远渡重洋前往盟国。这个隐秘的期望就是，那里是飞虎队的故乡，他或许能在那里找到和卢莓同时失踪的几位盟国军人的亲属，从他们那里了解到一些相关信息……

十七

时光荏苒，沧海桑田。

上世纪八十年代初，重庆餐饮界传出一个重磅消息：已经停业三十余年的小洞天将在较场口新址重新开业，届时依然健在的原小洞天名厨如曾亚光、张国栋等将当场献艺，为新老食客献上荷包鱼肚、干烧鱼翅、干煸鳝鱼、叉烧乳猪、八味鲍鱼、金钱海参、茄汁鱼脯、碧桃海蜇等享誉海内外的小洞天传统名肴！一时间，这一曾只流于传说的美食府第的复活，成为众多山城食客见面必谈的热门话题，尤其是一些曾在小洞天留下过齿颊美忆的老市民，更是额手称庆，急不可待地要前往重拾旧梦，再享口福。

开业当日，较场口新落成的小洞天酒楼前张灯结彩，热闹非凡，前来朝贺的各界人士络绎不绝，赠送的花篮贺幛从门厅里一直排列到人行道上。身着崭新厨装的员工们，喜气洋洋地分列在大门口欢迎客人，原小洞天的几位老员工也满面春风地站在中间，和新老朋友招呼握手，谈笑风生。隆重的仪式结束后，早已急不可耐的市民们蜂拥而入，当场便将开张营业的楼下大堂挤了个爆满，另一些则拥上楼去参观二楼和三楼已装修完毕即将迎客的包房雅间……

在参观的人流中，一个身穿米色西装、两鬓已现银丝的男士用一种犹疑不定的目光打量着面前的一切，不时地举起手中的相机拍照。当时西装和相机在重庆尚属稀罕之物，他的这身行头立即引来了围观的目光。有好奇的市民上前搭讪，不想那人一开口，竟是一口地道的重庆腔，让所有的人都大感意外。当人们得知他本身就是土生土长的重庆人，这是客居外地多年后第一次回到家乡，方才有所释然。有人又问起他何以会对一家饭店开业如此感兴趣？他稍稍犹豫了一下，笑答说，当年他和家人经常来小洞天吃饭，很有感情，这次回来原是为一个长辈办理迁葬事宜，却正好赶上其重新开业，就特意赶来了……

参观途中，当有人回过头来意欲跟老人再行搭讪时，却发现老人不见了，后来才听说，他进了三楼一间名叫西窗剪烛的包房，一直没见出来。

几天后，当小洞天楼上的包房正式开业时，一些有心人士发现，西窗剪烛包房里的装饰风格变了，原来的一幅略显俗气的葡萄玻璃画和小挂件被一幅金刚鹦鹉油画所取代。那油画看上去虽然有了点年辰，但画中的金刚鹦鹉依然色彩斑斓、神气活现，非常引人注目。

　　不知从何时起，一件颇带神秘色彩的事情开始在食客和市民中间流传，说是每年6月6日，小洞天的西窗剪烛包房都会被人提前预订，酒店并会配置一具专用的烛台和两套餐具，而每次接待的贵客却只有一位客人——一个千里迢迢专程从海外赶来的华侨老伯，据说那幅金刚鹦鹉油画正是这位华侨老伯所赠。老伯由服务生带进包房后，每每会在房间里徘徊良久，待酒菜上齐后，便吩咐服务生拉上窗帘，点上蜡烛，将自己一个人关在包房里，一待就是小半天。

　　每当此时，街上的行人便会看到小洞天这个一年一现的景观：在灯火通明的三楼包房区，有一间窗帘低垂的包房里却别具一格地透出摇曳的烛光，然而或许是应了物以稀为贵的老话吧，那烛光不但不见退隐，反而如同群星簇拥的一轮淡月，格外引人注目。有人好奇地上楼找到这个包房，听到屋里隐隐有乐音传出，不时似乎还能听到有人在轻声哼唱，喃喃自语……后来据一些音乐界人士说，其所播放的不乏中外古今的名曲，但播放得最多是几支曲子：一支是抗战歌曲《抗敌歌》，一支是四川民歌《槐花几时开》，一支是江浙民歌《茉莉花》，一支是古曲《满江红》，还有一支也是出在抗战时期的世界名曲《魂断蓝桥》……

这个每年都会定时出现，后来被路人称为"雅阁烛光"的景观一直持续着，但因老人极少与人交往，包括小洞天的一般服务生和管理人员，对老人的来龙去脉也都不甚了了。人们打探来打探去，最后总算了解到些许内情：老人年复一年不远千里地来到这里，是为了等候一位抗战时期与他彼此心仪，曾约定此日此时在此相聚的年轻女画家……

再后来，人们发现这间包房里多了一挂条幅，上面是手书的一首无题七言绝句：

今生有约国难日，梦中每迎巾帼姿。年年岁岁西窗烛，思君盼君无已时！

渝州老叟南洋客

老人最后一次来到小洞天是1998年。在《相约一九九八》的歌声中，他给小洞天送来了两张照片。一张是彩照，上面一位拄杖凝目遥望海天的耄耋老翁，正是老先生本人。另一张为黑白，上面是一位迎风伫立在一座垮塌的铁桥边的芳龄女子，左侧有两行已见模糊的小字：桐雨兄惠存卢莓摄于滇西怒江东岸，身后是为阻止日寇进犯由守军自毁的惠通桥。小洞天的员工按照老人的心愿，将两张照片放大后装上镜框，永久存列于西窗剪烛包房。据当时进出包房的服务生说，那天老人还带来一个精致的首饰盒，里面是一对水头极好的翡翠玉镯，老人曾久久地端详着玉镯喃喃自语。这是老人最后一次来小洞天。

有消息说，仅两个月后这位华侨老伯就病逝了。老人生前系大马华人联合会资深理事，终身未娶。

尽管老人再未在小洞天出现，小洞天却保持了每年6月6日在西窗剪烛包房点烛的传统。

随着时间的推移，市民们发现，在一年一度的这天晚上，小洞天改用蜡烛的包房渐渐多了起来，不知何时整个楼层已是一片烛光，后来烛光又蔓延到楼下大堂，近年来更是流溢到街面上：当夜幕降临山城，随着小洞天开始点烛，重庆的大街小巷、广场公园乃至游船画舫中，便会一波一波地亮起烛光。星星点点的烛光和它们点燃的记忆和向往，辉映着这座从历史深处走来的不夜之城……

原载《人民文学》2019年第8期

老吃街逸响

一

　　八仙锅盔的老板祝兆乾坐在冷清清的门店里，一手拿着白铜水烟壶，一手捏着火捻子，默然打望着对街食客进出、热闹得像赶场的九园包子店，心头就像被猫爪抓着，抽了几十年的水烟，早已达到出神入化的地步，清筒、按丝、吹捻、点火向来都是一气呵成，根本不屑用眼睛，但是今天却极不顺溜，不是烟丝老按不准，就是火捻子老吹不燃，终于毛躁地将烟壶丢在桌子上。

　　这已是他亲自坐店的第四天了，然而面临的景况与前几天仍如出一辙：对面门庭若市，这边门可罗雀！从上午到近晚，就卖了二三十个锅盔，不及以往的半数！在本地的餐饮行业中，他也算是老板凳了，见识过生意打拥堂的，却没见过清晨就有人排队等号的，更没见过店家不得不挂出"明天请早"的牌子才能谢客关门的，好像那包子是白吃白拿一般！

　　地处较场口的鱼市街，本是清末民初自发形成的一个鱼虾鳅鳝市场，慢慢才有一些小吃店搬来，其中以集中在上街口的八仙锅盔和一溜过去的四喜球、二面黄和独一粉开店最早，生意也最好。

　　八仙锅盔并非一般市面上的那种空壳饼子，而是以本地的民间小吃水八块为夹馅的特色锅盔。水八块以畜禽的肠肚心肺等下水煮熟冷却后，以辣子花椒香油酱醋葱蒜等佐料凉拌而成，深受中下层市民特别是重口味的人士青睐，坊间流传的"水八块，水八块，吃了一块想二块"即是其生动写照。将享口福和饱肚腹合二为一，算是祝老板别出心裁的经营之道。为了招徕喜欢就着水八块吮酒的特殊客人，店里还兼售老白干，因此这里也成为附近的小老板们时常小酌一杯、聚首闲聊的场合。四喜球实为四喜汤圆之戏称，店里有精心制作的黑芝麻心子、豆沙心子、鲜肉心子和肉末榨菜心子四种汤圆，既可独钟一味，又可任意组合，由食客随意点要，尽享口福。二面黄专卖油炸糍粑块和油条、油果子，并配以现磨白糖豆浆，是老少咸宜、市民们百吃不厌的早餐。独一粉专卖川北纯豌豆黄白凉粉，粗条细丝齐备，酸辣麻辣自便，最受喜欢刺激胃口的青年男女欢迎，吃起来常常是辣嘘儿辣嘘儿的口舌之快伴和着摇头跳脚的欢声笑语嚷成一片。

　　全面抗战爆发后，国府西迁来渝，主城人口骤增，餐饮业日趋繁荣。因鱼市街地势当道，又陆续有卖烧饼、发糕、小面、抄手、油茶、豆腐脑、叶儿粑等等各种小吃店入驻。街子白日里烟气腾漫，店幡招摇，食客摩肩接踵；夜晚间灯火闪烁，厨香扑鼻，吆喝声此起彼伏，原来人气一般的鱼市街在不经意间就演变成一条热闹喧嚷的小吃街。光顾小吃街的主要是中下层公教人员、学生娃儿、小商小贩、百工匠人、黄包车夫、野力棒棒和住在附近的新老居民、旅店房客等等，各店家自然也少不了生意场上的明争暗斗，但因所卖的东西风味各异，所以仍维持着一种各得其所，大致相安无事的局面。

没想到突然冒出个九园，竟一"包"全揽，将各家各户的生意冲了个人仰马翻！营业额减一两成算好的，多的竟减了三四成！做小吃毛利本身就很薄，销量一直上不来，扣除主辅原料、房租、税费、人工和杂七杂八的开支，连稀饭钱都挣不起。长此下去咋个得了?！有的店家就跑到九园门前去公开喊话，要他们"合适点儿""给别人也留条活路"。但空口白话，连喊的人自己都觉得只能起个"尿毛作用"。

后来才慢慢打听到一些内情，说九园的包子皮是在头等面粉中加入饴糖和牛奶反复揉搓，直至软和细腻到柔可绕指方才合格，所以蒸出的包子洁白松泡、花纹清晰，宛如羊脂玉做成的工艺品。包子分咸甜两种，咸包为火腿酱肉馅，甜包为玫瑰附油馅，一个细嫩鲜香、口感丰富，一个甘甜油润、爽口不腻。在经营上也别出心裁：包子不以个出售，而以客出售，一客两个，甜咸各一，如果坐餐则有八宝稀饭、鸭参粥、枸杞银耳羹等相佐，出堂则盛装于特制的竹箧盒里，既方便又别致，不管是回家自用还是馈赠亲友都极为可人……除了主打的包子，店里还提供山城小汤圆、湖州粽子、什锦米糕和各种面食以及软酥鲫鱼、陈皮牛肉等等风味菜品，而且价格适中，一般食客都能欣然接受……总之方方面面都下足了功夫，在小吃街上的其他店家当中犹如鹤立鸡群、月掩众星，也就不值得大惊小怪了。

看着人家的生意做得呼啦呼的，一些店家就开始脑筋急转弯，心想白毛猪儿家家有，你九园会做包子，老子照样会做！于是一夜之间，小吃街上突然新冒出两家包子店，一家叫八园，一家叫十园，还有一家原来就是卖包子馒头的干脆将老店名"笼笼鲜"改为"九九园"。几家店在包子的味道、店面格局，甚至出堂包装等等方方面面都比着九园来，三英战吕布，打得团团转，让不少初来乍到的食客看得眼花缭乱，不知所从。然而仅仅一两个月蒙混下来，三家店子便现了原形，变成无人问津、只赚吆喝不赚钱的摆设，最后不得不偃旗息鼓，黯然收场，成为路人的笑柄。以至一段时间里，"九园门前卖包子"与"关公面前耍大刀"一样，成了坊间最新流行的歇后语。

后来就出了个"蝇卵事件"：有人在九园包子里发现了"苍蝇蛋"！一时闹得沸沸扬扬，还惊动了新闻界，一些就怕世间没有怪事儿的小报记者纷纷前来打探采访，祝兆乾和其他店家都幸灾乐祸地等着看笑事。但许多老顾客对此事却公开表示不以为意，说是他们都晓得九园从购进食材到加工制作把关都极严，并举例说，有一次面粉商因临时缺货，擅自将原定的一级面粉改为二级面粉发到九园，并说明了情况。

苏老板接货后当即表示，宁愿遭受损失，也绝不以次充好，做有失声誉的事情，于是决定停业一天，向顾客公开说明情况并致歉，一时在餐饮界传为佳话。因此老顾客难以置信会发生这种恶浊事情，怀疑是有不轨之徒栽赃陷害。

面对这一突发事态，苏老先生却没有马上表态，而是首先自检。他亲自查看了九园周围是否有苍蝇繁殖的场所，厨房的纱门纱窗是否有破损，店堂里是否有卫生死角，还检查了所有当班职工的衣帽，连工作时是否如厕，出来后是否用肥皂洗手等等也都一一细问了，然后又召集员工开会，宣布今后防微杜渐的具体措施，然后就平心静气地等候有关部门公布的检验结果。未久结果出来，再次成为轰动性新闻：那些所谓"苍蝇蛋"根本就是用蚕卵假冒的。员工们极为气愤，拍桌子打巴掌地要去追查肇事者，却被老先生挡住，同时亲自出面要求相关部门对此事网开一面，仅以"恶作剧"予以警告收场。

事情引来了反效果：九园的生意变得更加红火，其他店子则越发冷清。

总不能活人遭尿憋死呀！这一天，附近两三家同病相怜的老板又不约而同地来到八仙锅盔店，一起大倒苦水，合计着还是得想办法抱团扭转面前这个局面。

平时来得最勤的二面黄老板曹贵踢踏着两片板板鞋姗姗来迟，这位老兄曾在码头上打过滚，最爱提劲打靶，一进屋就大声嚷道："老子干脆约一帮兄弟伙去操他的堂子，天天扭倒闹，让他龟儿焦头烂额做不下去，自己关门走人！"

祝兆乾揶揄道："不再出马单挑了？"

曹贵挠着头皮说："哥子，给点面子噻，不要哪壶不开提哪壶嘛！"

大家都笑。

原来在九园开张的翌日，眼见生意被冲得一塌糊涂的曹贵三杯下肚，趁着酒劲提了一把火钩过去闹事，一进店门便挨桌将上面的调料瓶罐来了个大扫荡。顾客和员工只当是从哪里窜来的武疯子，纷纷躲闪避让。正当他左打右扫如入无人之境时，手腕突然被人抓住，定睛看时却是一清瘦老者，他怒喝道："老东西想找死呀！"还想继续撒野，却被老者在臂弯处点了一下，那攥着火钩的手就眼睁睁地松开了，老者将火钩夺下扔在地上，见他仍在暴跳，便又在他的腰脉处点了一下，他顿时就觉得浑身酥麻，竟像面条似的软瘫下来，一屁股坐在地上。当场目睹了这一幕的人都不禁大为惊叹，拍手叫好。稍有懂行的人则相互耳语，称老人用的是点穴术。在众人钦羡的目光中，老人不动声色地上前将曹贵扶坐在凳子上，和颜悦色地说道："年轻人，有事情不可以好好说吗？"曹贵一时瞠目结舌，半天也打不出个嗝来。稍感恢复后便支起身子往外走，老人提醒他带上火钩，才又返回捡起火钩灰头土脑地溜掉了。伙计们要上前抓他赔偿损失，却又让老人叫住，说是得饶人处且饶人啊，一点小损失就算了。

下来后曹贵方才听说这位老者就是曾跻身行伍多年、文墨武功皆很了得的九园老板苏泽九。曹贵本人讨了这回乖之后，虽说平时路经九园时都不由自主地要多绕几步，但内心里却并未完全折服，随着生意每况愈下，寻机报复的想法愈益强烈。

四喜球的老板赖天佑跟他的汤圆一样，处世圆滑但心子不坏，他觉得曹贵的头脑太简单，完全是个成事不足败事有余的莽傻儿。明摆着对方不是可以随便打整的人，约一帮乌合之众有屁用呀！万一人家报警抓人，一个二个怕是比兔子还跑得快！曹贵不满地问他有何高招，他却又嗫嗫嚅嚅的半天打不出个嗝来。独一粉的老板朱世年平时爱看侠书，便做老到状，说江湖上的高手都讲使用暗器，这个事不能来明的。

几个人边斟小酒边想点子，在祝兆乾帮补了两海碗水八块和半斤老白干之后，终于想出一个"釜底抽薪"的绝招：悄悄去找九园的房东唐老太婆，威胁她说九园触犯众怒，有人已扬言要放火烧房，让她赶紧撵客避祸。因为祝兆乾和唐老太曾有过交往，几个便公推他去完成这桩使命。

唐老太是个寡妇，膝下无儿无女，六十出头的人，说话做事仍透着一股精明干练的劲儿。她听祝兆乾说明来意后，夹着香烟的手立即挥成了一道墙，对对直直地说道："趁早莫打这个烂主意，这个苏老板你惹不起！"

细听老太太讲了九园老板苏泽九的来路之后，祝兆乾不禁惊出一身冷汗。原来这位说话带着内江腔，无论在哪里总是面带微笑，一副谦谦君子模样的老板却非同等闲之辈。其早年曾在孙中山革命军喻毕威部任过参谋长，参加过辛亥革命和北伐战争，负伤退伍后投身餐饮业。由时任熊克武文书的老友公孙长治资助两千块大洋，来较场口鱼市街租下唐老太的门面，又以自己名字中的九字为店子取名九园。苏泽九是在认真考察了重庆餐饮业的现状后，决定走特色小吃的路子。他以高薪请来同乡的小吃名厨郑均林主理厨政，亲自督导其以百年家传的内江名小吃"一品点心"的包子为基础，博采众长，在选料、制皮、做馅、调味、外观上反复对比改进，精益求精，直至内质外观皆无可挑剔，方才最后拍板，定名为九园包子。开张之前，他特请公孙长治题写店名。据说那天公孙长治刚写完最后一笔，窗外传来巴县衙门放午时炮的声响，公孙搁笔笑曰：此乃大发之兆也！苏泽九喜不自胜。

　　果然是功夫不负有心人，九园包子一出世便声名鹊起，成为市民趋之若鹜的小吃新宠。

　　唐老太婆说："不怕不识货，就怕货比货。九园的包子色香味形俱全，好多重庆的富贵人家包括政府要人经常都是整笼整笼地要！文化名人像郭沫若呀，老舍呀，徐悲鸿呀，吃了都赞不绝口。还有演艺界的那些大明星，像白杨呀，秦怡呀，张瑞芳呀等等，晚上演戏演晚了吃宵夜，最喜欢的就是九园包子。不光是包子，这个苏老板呀，真的不简单，做事情硬是做一样像一样，九园的其他吃食和菜品样样都拿得出手。还不只这些，你看到的嘛，我这个房子以前破烂成啥样？你们这些大小老板都看不上嘛。他一接过手去，马上就改观了，变得又敞亮又雅致。老实说，我每次去，坐着都不想走。听说他儿子也很了得，是学生抗宣队的骨干，报纸上都登过名字的。所以说啊，我劝你几个趁早收手，莫来惹事，免得到头来搬起石头砸自己的脚！"

听罢唐老太的一席话，祝兆乾就庆幸此来不虚，没有贸然行事，去撞一脑壳青包回来。然而亲自坐镇几天来的情形却又让他的这个想法大大地动摇了，或许曹贵和赖天佑说得对，这样下去只有死路一条——这完全是煞星临门啊！

祝兆乾长吁一口气，伸手去摸水烟壶，摸了几下却没摸着，忽听身后有响动，回头看时，发现坐在墙角的庹半仙正抱着水烟壶不动声色地抽着，没有一点要奉还的意思。

庹半仙在小吃街上算八字已有不少年头，反正八仙锅盔一开业他就在门前坐摊。祝兆乾觉得有这么个头戴瓜帽、身着长衫，晃眼看去颇有点仙风道骨的清癯老者常年坐在门外吸引路人眼球，当个活媒子也还不错，所以一直没撵。庹半仙确乎对自己所充当的角色也心知肚明，经常来店里赊吃赊喝，十天半月才结一回账，而且锱铢必较，极为抠门。店里的管堂和丘二对其都啧有烦言。庹半仙对此却并不在意，照样我行我素。今天祝兆乾来店里时就发现老兄已坐在墙角，守着面前的一个单碗和一碟卤豆干在细嚼慢品，他落座后两人也没有搭话。

祝兆乾终于不得不板着脸伸出手去，庹半仙这才悠悠地吐出最后一团烟子，很是不舍地将水烟壶递还给他，同时还捎带过来一句话："你们这几家店子要被九园压死！"

正在愁肠百结的祝兆乾就像遭马蜂蜇了一下，没好气地回道："莫在这里给老子信口开河！"

庹半仙半笑不笑，语带不屑地回道："信口开河？从它一挂招牌我就晓得你几个这回是在劫难逃了！"

祝兆乾乜斜着："莫卖关子嘛，有话直说。"

"你这家叫八仙锅盔，曹老板那家的叫二面黄，赖老板那家叫四喜球，对不？"庹半仙的声调渐渐高了起来，"对门叫啥子？九园！单打独对，八、二、四，哪一个超过九？就是你几个加起来也不是它的对手！简单得很：园就是圈，圈就是园，九园就是九圈，也就是九十！你几个拿啥子来比?！……"

祝兆乾说："前一阵垮了的那个十园、九九园呢，它们莫非也比九园小？"

庹半仙笑道："那不是与生俱来的真名，而是见利思迁的伪名，不作数的！你现在就是把八仙锅盔改成十八罗汉锅盔、一百零八将锅盔也没得用！"

祝兆乾耷拉着眼皮说："恁个说来，我只有关门走人的

152

命了？"

"这就要看你咋个化解了……"庹半仙说罢便站起身来，要打躬走人，祝兆乾用脚拦住他，又回头吩咐一直闷不吭声地缩在柜台里的丘二葛田喜："再给半仙打一个单碗过来！"

葛田喜犹豫着说："已经记了十二三天的账了……"

祝兆乾皱眉道："喊你拿你就拿嘛，啰嗦啥子！"看看碟子也差不多空了，又吩咐道，"再拿一盘卤豆干来！"然后将庹半仙请回原位，要他指点迷津。

庹半仙却推托不就，说："老朽功力不济，测测个人凶吉趋避尚可，对已成之患，又是多人之事，则无应解之法。祝老板最好到磁器口宝轮寺去求个签，那里曾是当年明建文帝的避难之所，签乩最为灵验！"祝兆乾见他说得十分恳切，遂不再强人所难。

翌日一早祝兆乾便去了磁器口宝轮寺，在香烛钟磬中跟在众多的信徒后面，烧香拜佛，行礼如仪，然后在大雄宝殿中极虔诚地从方丈手中抽了一签，方丈看时，说是一上签，然后对着签号递上解签纸。祝兆乾走出大殿细看时，只见纸上写着十六个字：小患不去，大难必来，同舟共济，可渡苦海。祝兆乾似乎看懂了，又觉得并未全解其意，便揣回来请庹半仙解。曹贵、赖天佑和朱世年也闻讯赶了来。

庹半仙戴上花镜，细看解签纸后，说道："我就看出三层意思，一是小漏要堵，不可掉以轻心；二是人心要齐，不能各顾各；三是事情还有救。"

曹贵拍掌说："对头！我就说嘛，你我几家要抱起团来跟他拼个你死我活才有出路，不能眼睁睁地看着他一个个地把我们挤垮！"见其他人没跟着来，一时很是不爽，冲着祝兆乾数落道，"我晓得你哥子打的啥子算盘。我这点营生抢的就是个早午，正好跟包子店的热卖时点重合，你这个店是早晚通吃，下午和晚上还有点漏油可以捡，对不对？"又转向赖天佑，"我看你那个汤圆跟我的糍粑块也差屎不多，过了中午就没得人要了！最怕的就是七爷子八条心！"

祝兆乾见他越说越来劲，就岔话道："莫发歪脉了！现在包子店哪天不是从早开到晚？单就主食来说，以前我一天至少要卖七八十个锅盔，现在能过半就不错了，我捡漏油？捡屎的个漏油！"

赖天佑也附和道："现在火石都落在脚背上了，哪个不喊痛跳脚啊！"

曹贵的嘴壳子依然硬着，说："老子实在撑不下去了，今天晚上就动手，不动手是众人的儿！"

祝兆乾只当他是在给自己找台阶下，笑道："好好，动手动手，梦里动手也作数……"然后正儿八经地与两个约定，各人都下去好生想想，看能不能思谋出一个行得通的路数来。

二

　　翌日早上，祝兆乾正在住家的太平门河边一边遛鸟一边练太极拳，葛田喜突然气喘不迭地跑来，说街子上出事了，可能要打起来！祝兆乾问出啥事，哪个和哪个要打起来？葛田喜嗫嚅了半天才把事情抖清楚。原来今天早上他起来开店时，发现九园门前堆满了臭烘烘的垃圾破烂，现在是店子开不了门，食客也进不了门，街上骂声一片……祝兆乾又问，你说哪个和哪个要打起来了？葛田喜这才说，是九园的丘二和扫街的清道夫。丘二们要他赶快把垃圾除掉，清道夫说他一个人要管一街三巷，就算别的地方都不管，他一个人两只手，就是做到天黑都做不完，要他们一齐动手。你晓得包子店的丘二天天都要换工作服，生怕沾上一点污渍……结果就吵起来了……

　　祝兆乾想到曹贵昨天的发誓诅咒，心头就有些犯疑……

　　祝兆乾和葛田喜来到小吃街时，九园门前已里三层外三层地聚集了好多市民，都捂着鼻子在交头接耳。他挤进去看时，只见垃圾掩门的九园店堂里，一个身着学生装的年轻后生正侍候着一个身穿青色绸衫的老叟落座在一把高背靠椅上，然后又端来一个茶杯放在近旁。老叟用手梳理了一下稀疏的头发，沉静地注视着面前的垃圾和外面的人众，原本闹闹嚷嚷的人群很快就安静下来。有熟悉的人在小声说，老叟就是苏泽九，年轻后生是他的公子苏错。祝兆乾听了，目光里就有了几分敬重。

苏老先生端起茶碗呷了一口，沉吟片刻后终于开口道："各位街坊邻居、三老四少，泽九因半生戎马，受过枪伤，身体有所不便，今天只能坐着跟各位说话，请容我先在这里向各位致歉！"老人边说边向四周抱拳示意。

下面有人喊："没关系，老前辈是国家的有功之臣，该的，该的！"

"不敢，不敢！"老人挥挥手，然后继续说道："各位，鄙人来此开门打店，做这样一个小营生，一为养家糊口，二也是想为市民提供一点方便。开业至今，承蒙各位市民和左邻右舍的同仁关照，生意还算大致做得走，在此本人谨向各位致谢！今天本店门前突然出现的异常情况，大家也都看见了。其实前些天便有人半夜将一些污秽之物倒在本店门前，只是不如今天这样多，我都让员工们自行打扫了，没有吱声。我相信这不会是有人故意冲着本店来的，而是个别人缺乏社会公德心，只图一时方便所致，其所影响的也并非只是本店的生意，而是这条街子的观瞻。但污物既已堆放在本店的日常保洁范围之内，本店就责无旁贷，有清除之义务。故此，本人特向各位宣布：本店将关门歇业两日，对店内外进行一次彻底的大扫除，还街市和店面以本来的良好面貌。在此泽九谨向各位新老顾客致歉！"老人说着就站起身，对着围观的人群鞠了一躬，又说："两日后敝店将继续开店营业，并仍本着优质薄利的宗旨为各位服务。希望大家仍一如既往地惠顾，拜托了！"

老人抱拳示意后，便由儿子扶着转身进去了，几个已经脱下店装的九园员工便拿着铲镐箩筐过来开始清除污物，围观的人群便往后退开，然后慢慢散去。有人感慨："这才叫知书识礼会为人啊，难得难得，难怪生意会这样红火……"又有人骂："不晓得是哪个龟孙子做下这种缺德事，二天肯定要遭报应，生个娃儿都没得屁眼！"

祝兆乾摇头苦笑着回到店里，发现堂子里已坐了几个散客，一个白衣黑裙的女子正在帮着张罗，细看时竟是女儿云雯，不禁诧然道："咦，咋个不去上学跑到这里来了？"

云雯回道："学校早就没有正式上课了，一直在搞防空救护培训，现在已正式放防空假。"正在市女中住读的独生女儿云雯从小就聪明懂事，是他的掌上明珠，自老伴前年暴病离世后，父女俩一直相依为命。

"放几天？"他问。

"半个月。"女儿说。

"这么长呀！"

"规定有条件的要帮家里挖防空洞，没条件的要做好疏散准备，实在无法疏散的也要找好防空点，贮备好所有生活必需品……"

"完全是制造紧张空气，天天都在说日本飞机要来，结果连个影子都没见到!"祝兆乾咧咧嘴走进柜台，揭开酒缸上的软搭，看了看里面的存酒，祝兆乾从柜台里取出水烟壶开始吞云吐雾，刚才他就估谙九园歇业这两天店里的生意会有起色，还真是立竿见影啊!

就在这时，外面突然传来一阵呜——呜——的声响，街上的行人都好奇地停下脚来四下张望，店堂里的客人也都放下手中的杯箸，诧眉诧眼地往外看。

"哦，拉警报了!拉防空警报了!"最先做出反应的是云雯，她边叫边跑到街中央往天上看，看了一阵便指着远处叫道："红球，红球!红球挂起来了，挂起来了!……"一时街上所有的人的目光都转向她指的方向，嘴上都喊着："哎硬是的，红球!红球!……"

祝兆乾出去看时，只见在枇杷山方向果然升起了一个红球，他不无紧张地问女儿："日本飞机来了?"

云雯晒了老爹一眼说："前几天就开始通知今天要搞全市的防空演习，你还一点都不晓得?……"

祝兆乾不无尴尬地笑道："哦，是恁个嗦，我还以为是消防车在叫呢!"

云雯推搡着老汉说："我就是为这个才一早跑过来的，

笑不笑死人嘛!"

旁边有人打趣道:"祝老板福大命大,小日本的炸弹见到他都要让道!"

警报声中,枇杷山上很快又升起了第二个和第三个红球。云雯趁机给大家普及防空知识:"挂一个是预防警报:是指日本飞机已经出发了;挂两个就是正式警报:是指必须马上钻防空洞;挂三个是紧急警报——"

有人接嘴:"炸弹马上就要落下来了!"

云雯点头说:"对头,就是恁个回事,到时候大家千万别还忙着去收拾锅碗瓢盆啥的啊,连钱都不要收了,哪儿好躲就往哪儿钻!……"

祝兆乾没想到女儿转眼间就变成防空专家了,眼眸里不禁流露出些许自得之情,但又觉得在大庭广众之下被女儿这样耳提面命的有损当爹的颜面,未等警报解除,便做出处变不惊的样子,兀自转身回到店里,重新拿起水烟壶开始吞云吐雾。抽了一阵,不见女儿回来,正感诧异,却见小女子和一个青年男子说笑着往这边走来,那男子似乎有点面熟,细看时,竟是刚才见过的苏锴!

祝兆乾欠身道:"嘿嘿,是苏公子啊,稀客稀客,敝店寒碜,请将就坐,将就坐。"

云雯反倒困惑起来,问:"哦,你们也认识?"

苏锴一脸茫然。祝兆乾解释说:"刚才打过照面。"就把先前看到的情形讲了。不想苏锴竟红了脸，带点局促地回道："不好意思，给大家添麻烦了！"又向云雯解释了事情的来龙去脉。云雯听后一脸了然，说："肯定是有人嫉妒你们背后搞的鬼，哼，我最看不起这种以邻为壑搞小动作的人了！"

祝兆乾想到前几天私下去找唐老太的事，就显得有点不自然，转过身去吩咐葛田喜上酒待客，苏锴急忙阻止道："谢谢伯父，我和我爹都戒酒了，我就是过来看看你老。"

祝兆乾说："男人不喝酒，白在世上走。戒酒干啥呀！"

苏锴解释："这是我爹定下的，不打走日本人，绝不端酒杯！"

祝兆乾说："当兵的出征还得喝壮行酒呢！对不对？"又吩咐葛田喜倒酒。

"人家那边一大堆事情等着呢！"云雯制止葛田喜道，然后才讲了来意："他们那边的岩壁上有个老洞子，我去看了，修整一下就可以当临时防空洞用，有空的时候尽可能出点力，帮着修整一下。"

苏锴说："不用劳烦大家了，我们自己搞搞就行了。对门对户的，请老伯不要见外，有情况时过来就是了。"说罢又待了一会儿，就起身告辞。

祝兆乾也就顺水推舟："那老伯我今天就恭敬不如从命了。"

云雯送苏锴回来，祝兆乾立即吐出了心头的疑窦："你咋个会认识他?"

云雯说:"他是大学抗宣队的,前几天到我们学校来做宣传,我参加了接待。"

祝兆乾哦哦了两声,便若有所思地又拿起水烟壶来点上,吸了几口,方才既像是自言自语又像是对着女儿道:"小伙子倒是一表人才啊,也知情懂礼的……不错,不错!"

云雯说:"那当然,人家是中央大学的高才生,已办好去美国的留学手续,为了抗战才决定留下的。"

祝兆乾说:"刚才我看见他服侍他老爹的样子,印象就很好,这种后生值得交往,值得交往……"尽管云雯才满十七岁,但他和许多老人一样,已在暗自操心女儿的终身大事了,这也是老妻临去前最不放心的事情。平民百姓别无奢求,只希望女儿能嫁上一个殷实人家的贤良子弟,小两口生儿育女,恩恩爱爱地过一辈子就行。突然落到面前来的这个苏锴,成为进入他心头的第一个女婿人选。

打烊时云雯和父亲一起清点了营业款。今天店里卖了七八斤酒、五十多个锅盔,比前几日好了许多。祝兆乾明知这是九园关张转过来的生意,嘴上却不停地夸奖女儿"带财"。云雯听了,觑着父亲嗲声道:"那我就天天过来,要得不?"

祝兆乾望着女儿说:"好呀,天天都能看到女儿还能多挣钱!不过,这不影响学校交办的事情吗?"

云雯认真地说:"我可以两边兼顾呀!这头帮着店里打

点生意，同时也瞅空子去对面帮助苏锴收拾防空洞，不然到时候坐享现成也不好意思啊。"

这是祝兆乾眼下最想听的话了，心想这不是两边兼顾，而是一举两得！……遂眉开眼笑道："好吧，就照我乖女儿的想法办吧。"

各怀心思的两爷子都很高兴。

三

云雯翌日一早就来到店里。不到中午，准备的百来个锅盔便所剩无几。祝兆乾心头欢喜，又夸女儿是"招财仙子"，云雯嗲声道，要是明天生意不好了，你又该说我是"散财童子"啦！

正说着，就见曹贵一跛一跛地跑了来，老远就冲着祝兆乾叫喊："哥子，你这儿有纸没得？借点儿给我！"看见云雯，招呼道："呵呵，千金也过来帮忙了？"

云雯以为他来找厕纸，厌烦地避开了。

祝兆乾问："你的脚咋个了？"

"昨晚上挑煤崴着了。"曹贵说，又指指柜台，"喂，纸，纸！"

祝兆乾从柜台里取出一叠旧报纸说："我今天也用得多，

就剩这点儿了。"当时小餐馆的出堂包装多是用裁成小块的旧报纸。

曹贵一把抓了报纸,然后伸出三个指头,喜不自胜地对祝兆乾说道:"不瞒哥子说,我今天都卖到这个数了!"

祝兆乾问:"三十个?还是……"

曹贵得意地昂着头道:"你是怕说得多啊?三十锅!"正转身要走,迎面撞到赖天佑,见他盯着自己手上的报纸看,就调侃道,"咦,莫非你那煮汤圆也要用纸包吗?"

赖天佑揶揄道:"看你娃这张脸呀,已经变成番茄啦!告诉你,明天那边一开张,又得变回苦瓜!"

"他开张?"曹贵的眼睛立马瞪成了牛卵子,"他开锤子个张!"

赖天佑说:"咋个?莫非你敢封人家的店?"

曹贵说:"嘿,我封他的店?我要让他自己封,就跟这两天一样!"

这话触碰到了祝兆乾的敏感神经,抢着对曹贵道:"咦,听你这个口气,莫非九园这个事情跟你老弟还有点啥子瓜葛吗?……"

曹贵立即涨红了脸:"哎哎,啥子瓜葛?这叫触犯众怒天报应!"

云雯没好气地搭腔道:"做这种丧德事情的才要遭天报应呢!……"

祝兆乾不愿女儿牵扯到这种话题中来，说："你不是说要过去看防空洞吗，趁这会儿松闲就去看吧，去吧去吧。"

这正中云雯下怀，立马高兴地脱下围裙一阵风似的刮到对街去了。

赖天佑说明了来意："现在下边的几家店子正筹划着给饮食公会联名上书，要求解决这种一家撑死众人饿饭的不公现象，说不定马上就要过来要签名了……"

祝兆乾说："这怕是有点过激了啊！巴着良心说，九园的生意好，也是人家花的心血下的功夫比我们这些人大。这样去闹腾，怕有点师出无名啊！"

赖天佑点头道："我也很犹豫，但面对生死存亡，也不能不想点办法呀！"

祝兆乾搔着脑门说："看看吧，或许这个垃圾事件会影响到市民的胃口呢？看看明天再说吧……"回过头来发现庹半仙坐在测字摊前笑眯眯的，显得有点暧昧，就冲他招呼道，"半仙，你是咋个看这台戏的？"

庹半仙笑道："咋个看的？猪往前拱，鸡往后刨，大戏出台，各演各的角色嘞！"

祝兆乾问："那你看我是啥子角色？"

庹半仙道："祝老板你呀？你就是个保家保命的角色。"

祝兆乾问："那你看保不保得住呢？"

庹半仙答："这就要看天时地利、人情事理了。"

祝兆乾来了兴致，指着曹贵问："他呢？他是个啥角色？"

"看不出来。"庹半仙说，把头扭到一边。

曹贵觉得受了羞辱，骂道："推屎爬一个，你就看得出来茅坑里有屎！"

庹半仙回过头来觑视着曹贵，拖声拉调地说："是呀——我是根搅屎棒噻！"怵得曹贵脸红筋胀地上前将算命摊子一掀，气呼呼地拿着报纸走了。

祝兆乾见了，安抚庹半仙说："天棒槌一个，莫跟他一般见识。其实说起来也是个遭孽人，十来岁就死了爹妈，成家不到半年老婆又跟人跑了，一直是守着半瞎半聋的爷爷在过，好不容易才在前边巷道口支了个露天锅灶糊口……"

庹半仙拍拍袖子说："跟他娃一般见识？老子吃的盐比他吃的饭还多……哼！"

赖天佑似乎受到触动，自嘲道："哎呀，你我这些人，谈啥子见不见识啊？只要小本生意做得走，一天不为三顿愁，就功德圆满，谢天谢地啦！"然后便笑嘻嘻地转身要走。

祝兆乾晓得前些天老兄店里供奉了一尊彩瓷的滴水观音，就说："快去快去，也代我老祝拜一拜！"又回头和庹半仙说了会儿话，便吩咐葛田喜提前弄午饭，然后便出门向九园走去。店里的丘二猜着他是来找女儿的，都挤眉弄眼地说在屋后面的防空洞里。他装着不懂地来到屋后，正好看见苏错和云雯一前一后地从防空洞里面出来，好像还牵着手，看见他后赶紧松开，别别扭扭地招呼问好。他心头怦怦地跳着，却装作什么都没看见地，寒暄了几句，就让云雯回店吃饭。

吃饭时，云雯一直嘴巴专用，吃完后又称学校有事，便匆匆地走了。祝兆乾心情不错，整个下午一直摇头晃脑地哼着川戏。葛田喜不远不近地敲着边鼓，给老板助兴。离开店子时，葛田喜问他明天的准备工作。他决断地一挥手："跟今天的一样！"

葛田喜一时也受到鼓舞，两眼放光地回道："俗话说山不转水转，说不定这堆垃圾把九园的财气给堵了呢！"

祝兆乾说："也不要恁个讲，还是希望大家都有生意做都有饭吃吧！"

葛田喜搓着手连连点头说："还是老板肚量大，肚量大！"

四

果不其然，九园重新开张后，各店家的生意并未像以往那样垮得一塌糊涂，而且一连数日都是如此。几个小老板不由得喜笑颜开，又来到八仙锅盔里吹夸夸。

赖天佑说："总算老天有眼，不再让他一家独大。"

曹贵却说："有个屁眼，这叫事在人为！"

祝兆乾对那一大堆"天外飞来"的垃圾一直很犯疑，见他这副自得模样，就笑着试探道："莫非曹老弟晓得那堆垃圾的来路？"

站在后面的朱世年就悄悄地向祝兆乾递眼色，祝兆乾心头就更有数了，盯着曹贵等他回话。

曹贵却来了个既不承认也不否认："这叫替天行道！"

朱世年接了一句："保境安民！"

但祝兆乾心头却不太踏实，总觉得以前那种局面说不定很快又会卷土重来。这天晚上他忧心忡忡的一直没睡好，早上起来头昏脑涨，便没有紧赶慢赶地到店里去，而是提了八哥来到江边。正溜达着，就听笼子里在叫："客来了！客来了！……"

他提起笼子问："哥儿，哪里的客来了？"

八哥却不理会，然后又叫："客来了！客来了！"

他嗔怪道："傻雀儿！问你客到哪里来了？"

八哥歪头瞪着他，叫道："家店，家店……"

他没好气地说："等于是白说！到底是家还是店嘛？"

"家店，家店……"

"两处都有客？"

祝兆乾便提了鸟笼先回到住家的巷子里，但紧锁的家门前连鬼影子都没有一个。他进屋挂了鸟笼，便往上半城走去。一路上他看见有好多市民都在急匆匆地往上走，好像发生了什么事情，心头嘀咕：总不会都是去买九园包子的吧？……

爬坡上坎地到得上半城，便发现较场口一带聚集着好些市民，有一个拿着话筒的人站在人群中间，正在慷慨激昂地说着什么，附近好些人举着"国家兴亡，匹夫有责"和"血债要用血来还"的标语牌。向旁人打听，方才晓得昨天下午日本飞机轰炸了万县城，炸死了好多市民，据说过不了几天就要来炸重庆了！……

因周围太嘈杂，他竖起耳朵也听不清演讲者的话，却不意间发现演讲者竟是苏锴！继而又发现旁边一个举标语牌的年轻女子却是云雯！便情不自禁地使劲招手，但两个人都没注意到他，终于自感没趣，绕开人群往小吃街走去。

老远就看见九园门前又有人打围，祝兆乾不免有些诧异，走近看时才发现店门前贴着一张"义卖"海报，上面写有"救助万县受难民众"字样，郑大厨正带着店里的几个丘二在卖包子，围成一圈的男女老少都举着钱在争相购买。再回头看自家的店时，又跟前几日一样唱起了空城计。正欲走开，曹贵不知从哪里钻了出来，说："龟儿子精明完了，不得不佩服，不得不佩服啊！"

祝兆乾问："咋个？你觉得他们是打的幌子？"

曹贵说："那不是呀？现在只有打这张牌最灵嘞！"

祝兆乾发现好些店家的老板和丘二都站在远处冷眼打望，不由得想：哪个做生意的不想赚钱？或许曹贵说得不错……回到店里，便拿出水烟来抽。正寻思着，外面忽然传来叫嚷声，祝兆乾就问葛田喜出了啥事情。葛田喜说是九园那边在吵。祝兆乾让他去看看。葛田喜很快就看了回来，说是有人在发难，说九园的"义卖"是在变相发国难财，两边就打起了嘴巴仗。

这倒是新鲜事。祝兆乾立马放下水烟壶跑过去看。只见两个税二警正咄咄逼人地对着店门里的郑大厨叫嚷，而郑大厨也毫不示弱地回应着。

祝兆乾听了一阵，终于听出一点端倪。原来两位税二警称九园搞"义卖"没有事先到税局报备，属违规操作，有扰乱市场、暗藏猫腻之嫌，且被抓着了"现场"：所收的钱款不是按通行的"义卖"规矩全部亮在外面，而是全部装进了平时收款的钱箱！郑大厨的解释是，义卖本身就是只捐利润，所以钱装在哪里无所谓。我们每天做一千两百客包子，每客的毛利净利都是有数的，到时肯定会汇总捐送到"抗战后援总会"去，一个子儿都不会少！税二警则称，你说做了一千两百客，哪个晓得你实际上做了多少？郑大厨说，这段时间我们每天都是进三袋粉，今天同样如此，这个有进货单据可查，一袋粉五十斤做八百个包子，三袋就是两千四百个，一客两个，咸甜各一，不是一千两百客是多少？对方则称，你说一袋粉做八百个，哪个给你作证？郑大厨说，一斤粉做十六个包子，这是九园从开张起就定下的规格，从来没有变过！对方又说，饮食行业的水深得很，哪个晓得你一个包子的毛利和净利到底是多少？……后来郑大厨也毛了，说：没有事先报备是我们的过失，但事实就是这样，你们看着办吧！税二警说，好，公事公办！按规定，当日的营业款全部没收外加停业三天！郑大厨和几个丘二一时都傻了眼。

处罚如此之重，祝兆乾觉得完全是郑大厨不懂窍门造成的。对这些人咋个能扳嘴劲呢！看到来者不善，悄悄地把人请进屋里塞点红包不就没事了吗？……

目睹了这一幕的顾客纷纷打起了抱不平，说怎个整怕是过分了哟！也有知情人透露，这实际上是前些时苏老太爷跟税局结下梁子招致的报复。说是有一天几个税二警来店里吃了半笼包子，哼哼哈哈想拍屁股走路，不料正好被来店的苏老太爷撞上，说九园从来不侍候霸王餐，天王老子也不行！那几个一时尴尬万状，不得不你拼我凑地付了钱，灰头土脸地走了。这次明显是找茬报复。

顾客和围观的人陆续散去后，祝兆乾回到店里。刚拿出水烟壶，街上突然传来噼噼啪啪的鞭炮声，不一会儿便闻到了火药味。

祝兆乾踱到门口，看见曹贵正和朱世年在街上跑来跳去地丢鞭炮，远处几家小吃店门前也有人举着竿子在放，像是在过年。他想了想，丢下烟壶便出了门，径直往较场口方向走去。想去给苏锴和云雯报个信儿。

祝兆乾来到较场口，却发现先前聚集的人众已不知去向，打听方知是游行到精神堡垒去了，跑到精神堡垒一看，满街都是翻动的旗帜标语和黑压压的人群，哪里还找得到苏锴他们？看了一阵，只好退了出来。

直到下午，云雯才一脸汗气地回到店里，进门喊肚子饿，抓起个锅盔胡乱塞了几片水八块在里面，就狼吞虎咽地开啃。啃到一半，才说起刚才在精神堡垒见了好多名人，有大文豪郭沫若、老舍，教育家晏阳初、陶行知等等。祝兆乾见她没提九园，估谅还不知道发生的事情，就问苏锴是不是回来了，果然，云雯称苏锴学校那边有事，直接回去了。祝兆乾便讲了九园被罚的情况。云雯一听便来了气，说："中国的事情坏就坏在这些贪官污吏上！"说着便扔下吃剩的锅盔，跑到九园探询究竟去了，不一会儿又跑回来说，郑大厨他们都在坐等苏锴回来，她得马上到沙坪坝中央大学去找苏锴。

祝兆乾原以为凭苏家父子的人脉和九园的名气，停业三天最终可能只是雷声大雨点小，最终不了了之的，充其量再破费点钱财而已。但没想到九园最后却认了罚！更为蹊跷的是，到了第四天上，店子门前仍然清风雅静，不见有开张的迹象！街上便有了传言，说是老爷子被气得倒了床，苏锴忙着救人去了！但当晚夜半时分，有人却看见一辆卡车停在九园门前，一些人正忙着往店里搬运面粉，还看到了案板、大锅、蒸笼之类的东西，看来是要开张了。也有人怀疑，开张要面粉这不错，但案板、大锅之类的东西莫非还须现添现置？

是不是店子换主了啊?! 祝兆乾和大家一样堕入五里雾中。

正在这时，已有好几天不见的云雯满面倦容地回来了，一落屋就嚷嚷着要赶快烧水洗澡，说是这些天一直跟着苏锴在部队劳军，快累趴下了! 再细问，才知道苏锴是应高汤岩陆军医院的邀请，带着全店人马和用具给刚从前线撤回来的伤残官兵做包子去了，她一直在那里帮忙打下手，还说苏锴已经与陆军医院谈妥，以后每周免费往那里送两百客包子。

祝兆乾忍不住问道："这边的店子他还要不要呢?"

云雯说："这边是据点，咋个会不要呢? 明天就要重新开业!"

祝兆乾勉强地笑道："哦，那好，那好!"

云雯揶揄地看着老爹说："是真心话吗? 听说那天有好多人放鞭炮呢，我没说错吧? ……"

祝兆乾说："确实有人放鞭炮。"

云雯看着葛田喜："你们放了吗?"

葛田喜说："没有。"

云雯又问老爸："真的没有?"

祝兆乾就讲了那天的情形。云雯长长地吁了一口气，说："如果放了，今天就是我最后一次回家。"

这话让祝兆乾心头有些不快，心想，你小女子还没进苏家的门呢，屁股倒先坐过去了! 但他没有说出来，只是模棱两可地回道："唉，现在而今眼目下，哪家都有本难念的经呀!"

172

云雯咧咧嘴，未作回答，不一会儿便又开始嚷嚷要马上洗澡。祝兆乾便让葛田喜去外面的老虎灶提一桶热水回来，葛田喜提了木桶正要出门，却被云雯挡下，拿过木桶自己去了。

祝兆乾看着女儿的背影，忽然觉得这些日子女儿变了，跟整个重庆城一样，变得既熟悉又陌生。

五

九园门前终于挂出了"本店今日恢复营业"的告示牌。

几分钟后，门店前便排起了队，不多一会儿，便排到了大街上。店子刚开门，人们便一拥而上，将店门围得水泄不通。更让人瞠目的是，挤在最前面的几位顾客，一开口就要十客八客，甚至还有要整笼端走的！排在后面的人开始大声抗议，进而有人开始开口骂人甚至动手抓扯！

这个情形，把同街那些也在开门迎客的小吃店老板和丘二看得目瞪口呆！就在有人开始发出"挤爆，挤垮"的恶毒诅咒时，一张告示牌出现在人们面前：每人限购两客，本店将确保供应，请各位顾客放心！起初此举并未引起重视，当人们发现举牌子的人乃是少东家苏锴时，拥挤和吵闹便渐渐平和下来，重新变得井然有序。

当天，九园从早上一直开到晚上亮灯，仍不断有顾客上门。云雯过去帮了大半天忙。据她回来说，全天总共卖了两千六百六十八客包子，创下开业之最！

整条街的经营对比也创下了历来之最：全街小吃店当天的营业总收入还不及九园半天的营业额！特别是那天放了鞭炮的几家，包括曹贵的二面黄在内还差点挂了白牌。有媒体报道说，这种情况的出现，除了货比三家，九园包子确实价廉物美之外，也有不少顾客是冲着为"义卖"事件打抱不平去的，所以也有人称之为"买爱国包子"云云。

不久就传来了那两个税二警以"执法不当"受到处分的消息。而九园的盛况则一再重演，不知何时，小吃街在一些市民口中已变成"九园那边"或"九园那条街"。

曹贵气得撒泼骂街，干脆停了生意，到码头上去找兄弟伙帮忙，一路提劲打靶："老子一直没有动真格的，这回嘿嘿，各位就等着看好戏吧！"

未曾料想，曹贵的"好戏"尚未到来，一场大难却已从天而降！

这天午后，祝兆乾正靠在竹椅上打盹，突然被风急火急闯进来的云雯推醒。女娃子冲着他大叫："你没听到防空警报吗？日本飞机要来了！"

祝兆乾打了个激灵，问："你说日本飞机，飞机……到哪里来了呢？"

云雯说："到头顶上来了！赶快到九园那边去躲防空洞！

快!"说着不管三七二十一拉了他便走。祝兆乾清醒过来，跟着女儿往外跑。

在店门口正好遇到从外边回来的葛田喜，云雯责备他道："没听到防空警报吗？咋个还在优哉游哉地灯儿晃啊！"

葛田喜说："不是防空演习吗？"

云雯骂道："啄梦觉啊，炸弹马上就要落下来啦！"

葛田喜便有点慌神，说："憋了一上午的尿，刚去了趟茅房……"

云雯说："不要啰嗦了！赶快把店门关上，到九园来躲！"

苏锴亲自将祝兆乾和云雯带进防空洞。防空洞里的长凳上已经坐着一些左邻右舍的老人娃儿，祝兆乾刚坐下，便听到天上传来一阵气势逼人的嗡嗡声，紧接着便是几声震动大地的闷响……祝兆乾明白，日本飞机真的来了！防空洞里的几个娃儿吓得哇哇地哭着往大人怀里钻，大人则不约而同地捂紧了耳朵。这时外面突然响起一阵密集的砰砰声，苏锴站起身来说："是高射炮，我们的高射炮开火了！"然后便起身往外跑，云雯也跟着跑了出去。祝兆乾不知道他们去做什么，坐在那里没敢轻举妄动。

不一会儿，就见葛田喜双手抱头冲进洞里，惊魂未定地叫道："看到飞机了！看到飞机了！狗日的飞得好矮啊，上面的红膏药疤疤看得清清楚楚！"

祝兆乾担心地问："看到云雯他们没有？"

葛田喜说："哦，刚才觑到一眼，和苏锴一起在街上招呼过路人……"

祝兆乾着起急来，说："飞机就在头顶上，不要命了！"

葛田喜说："飞机倒是满天乱窜，但听说炸的主要是小什字和陕西路那边，这边暂时还没有炸过来……"

外面忽然有响动。祝兆乾探头看时，只见郑大厨背着一个头发花白的老人钻了进来，后面紧跟着曹贵，紧接着又看见云雯和九园的一个丘二搀扶着一个满脸是血的男子摇摇晃晃地走了进来，定睛细看时，竟是苏锴！他赶紧过去帮忙，云雯二话不说，将苏锴交给他转身就跑，说是去红十字急救站拿药包。曹贵见了，也过来帮忙，和祝兆乾一起将苏锴扶进防空洞里。

那个丘二讲了刚才在街上发生的事情。原来敌机飞来时，他们和苏锴、云雯正在街上帮助疏散惊惶跑动的市民，忽然看见曹贵正茫然无措地搀扶着老祖父站在街上，赶紧上前让他们到这里来躲避，但曹贵却不领情，依然搀着老人无头苍蝇似的在那里打转儿……苏锴见了，就让郑大厨强行将老人背上往这边跑，曹贵这才勉强跟着来了。这时苏锴发现老人一只脚上的布鞋掉了，便跑回去捡，就在这时，炸弹就呼啸着下来了，幸好苏锴立即卧倒在旁边的阳沟里，才躲过了这一劫，但头上却被弹片划了一道大口子。

正说着云雯拿着消毒药水和纱布回来了，还带来了独一粉的朱世年和两个丘二，几个过路人也跟了来。

云雯蹲下来为苏锴清洗伤口。朱世年就讲起了外面的最新情况，说是整条街都炸烂了，到处都是残垣断壁和燃烧的房子，他的独一粉肯定全完了！说着就呜咽起来，说他为盘这个小店，现在都还欠着三亲六戚的债，不晓得今后咋个活人……曹贵就问他那儿遭炸没有，朱世年想了想说，他过来的时候瞟到一眼，巷子里全是碎砖烂瓦，他那个烂棚棚连尸骨都没见着。曹贵默然坐下，不再吭声。

云雯一边为苏锴清洗伤口，一边讲着急救站的情形，说整个洞子里都挤满了伤员，头破血流的，断手断脚的，肠子流出来的……死了的就用一张草纸将脸盖上随地停放着……那情形真是惨不忍睹！据急救站的人说，今天单是较场口一带被炸死炸伤的就不下两百人，全市不知死伤了多少！大家就开始咒骂日本人，骂得最凶的是郑大厨，说狗日的肯定都是地狱里的恶魔厉鬼变的，不然咋个会这样伤天害理，大老远地跑来杀人放火呢！又说，日本就几个小岛子，之所以敢来打中国，怪就怪中国人心不齐，不然一个人就是吐泡口水都会把他龟儿子给淹了！……

因苏锴的伤口很深，一直没能止住血。进洞后一直缄默不语的曹爷爷忽然歪着身子在大褂里摸着什么，曹贵问他想做啥，老人却不回答，然后颤巍巍地将一个小瓶递给云雯说："妹子，这，这是云南白药，专……专门治刀枪外伤的，你先给他把里头的保险子吃了，再把药面面撒在伤口上，不出一个星期包好……包好！"

苏锴却阻挡道："曹爷爷，这药很金贵的，你还是留着自己用吧！"

老人却执意地说："拿去拿去，我这把老骨头，用了也是白用！"

云雯见曹贵一直不吭声，就说："还是你老人家留着自己用吧！"

老人着急起来，说："莫推了！俗话说，天助人不如人帮人。今天要不是你们，我们两爷子的命怕都没有了呢！"

曹贵忽然站起来从老人手里拿过药瓶，直接就往苏锴的头上倒，却不小心碰着了伤口，疼得苏锴咝咝地吸气。

老人指责孙子："你娃毛手毛脚的做啥子嘛！"说着又从曹贵手中拿过瓶子递给苏锴说："莫再客气了！再客气我就出去了！"

见老人真要起身，祝兆乾急忙伸手拉住，说道："曹爷爷，警报还没解除呢，开不得玩笑，开不得玩笑！"

苏锴见老人动了气，就连声道谢说："曹爷爷，晚辈我就接受你老的这份重情了！"然后就按照老人的吩咐服下保险子，又让云雯上了白药。

过了一阵，外面终于传来"警报解除"的长鸣声，苏锴让郑大厨出去探看是不是真的，郑大厨不一会儿就回来说：

"是真的！是真的！枇杷山上的红球都变绿了，满街都是人！"大家听了都欢呼着纷纷站起，伸胳膊蹬腿地往外走。

祝兆乾迫不及待走在头里，想看看他的八仙锅盔如何了。当他忐忑不安地来到大街上时，立即傻了眼：对街的一溜店铺包括他的八仙锅盔、赖天佑的四喜球、曹贵的二面黄、朱世年的独一粉和一溜过去的大小店铺都已变成残垣断壁，一片惨景！而九园这边，在防空洞里见其后墙还一直稳稳地立着，还以为躲过了这一劫，到前面才发现店堂已经垮完了，但连着后墙的厨房还在，更奇的是，大锅上的蒸笼竟然毫发无伤，还在嗞嗞地冒着热气！揭开蒸笼，里面的包子尚好，跟平时没有两样。郑大厨说，刚才拉警报时，他刚好上了几笼生包子，苏老板喊他出去帮忙时，他还特地往灶膛里泼了一瓢水，没有想到火还是自燃起来了，而且恰到好处！苏锴说："你不说我还不觉得饿，这样吧，在场的人人有份，我请客！"

祝兆乾拿着包子来到自家店前，木然地捡起一块余火未熄的桁条看了看，又扔了回去。或许是因为大家都彼此彼此吧，祝兆乾并没有大放悲声，其他店家也同样如此，即使是那些平时锱铢必较的主儿包括曹贵在内，也都没有呼天抢地。

祝兆乾看见柜台下的土陶酒缸露了一半出来，便拂去软搭上的碎瓦烂渣，想看看里面是否还有酒，打开才发现缸底和缸身已经分家，正感失望，却看见庾半仙摇头晃脑地走来，便上下打量着他说："你哥子倒是毫发无损啊！"

庾半仙笑道："这叫吉人自有天相。"

祝兆乾递给他一个包子："来吧，九园请的客。"

庾半仙端详着包子感叹："漂亮，做的东西漂亮，做的事情也漂亮！"然后就迫不及待地一口咬了下去。刚好是个糖馅的，因老兄下口太大，那糖油一下飙出来溅到手肘上，他忙不迭地用舌头去舔，不想手臂一抬，那包子里的糖油就流滴到领口里，烫得他嗷嗷直叫，祝兆乾帮他打整了好一阵，方才弄妥帖。此事后来广为流传，在坊间留下了"包子烫背"的趣谈。

此次挨炸，小吃街虽然财产损失巨大，但因转移及时，除了两个执意留守家里的老人被炸身亡，另有几个人受轻伤外，其余皆安然无恙，算是不幸中的大幸。

六

劫后的小吃街，家家的大人娃儿都起早贪黑地在自家的废墟里寻寻觅觅，烧残的梁柱、砸坏的桌椅、摔破的碗盘、一砖一瓦一颗钉子，只要还有点用处的东西，都捡拾在一起以备用场……仅仅两三天的时间，各家各户要么在毁掉的店子里收拾出一个可以容下锅灶的角落，要么在外面搭起一个草棚，九园则率先摆起了露天桌椅，总之各家店铺都因陋就简地重新开始了营生。

因为外面一些同样挨了炸的大餐馆重新营业要麻烦得多，所以迅速恢复生机的小吃街顾客盈门，家家的生意都超过了挨炸以前，曹贵的糍粑块和油果子每天最高卖到三百个，赖天佑的汤圆最高卖出两百碗，祝兆乾的锅盔也打破了单日卖一百三十个的最高纪录，九园包子自然更不待言了，日售一两千客成了家常便饭……一时皆大欢喜。不少店家开始用赚的钱陆续购进砖瓦木料修复店面。九园再次走在了前面，在众人艳羡的目光中，一色的青砖外墙取代了原来的夹壁石灰墙，整个店面焕然一新。不过有的人则无房可修，比如曹贵，他还是在原来的巷口原锅原灶地挣钱。不过他也想得开，说哪个晓得日本飞机还会不会来复二火呢，老子反正就这点家当，不怕他龟儿子炸！

自从那次开张之后，日本飞机短则三五天，长则七八天，总要来炸一回，但都是炸的别处，没有再炸到小吃街来。但小吃街红火的局面却并未维持多久，慢慢又回到了从前那种九园一家独大的景况。于是怨声再起，说这就像是小鱼塘里出了个大乌棒，只要它一张开大嘴，我等小鱼小虾就只有眼巴巴饿死的命！不过这次包括曹贵在内曾躲进过九园防空洞的人，都提出不要再公开作对，而是直接去陈情说项：你九园在轰炸时救了大家的命，总不能又眼睁睁地看着大家饿死吧！

而此时九园内部也有了变化，一直信佛的苏老太爷已将大部精力用在打坐念经上，店子全部交给苏锴，而苏锴却热衷于抗宣活动，店里的日常事务基本上都是交给郑大厨在管。于是众店家就推举祝兆乾和赖天佑代表大家去找郑大厨说项。祝兆乾晓得郑大厨是个四季豆不进油盐的角色，只是碍于大家的情面，勉强承应下来。

这天身负使命的祝兆乾就拉上赖天佑来到九园，但还没开口，正系着围腰在案台前忙活的郑大厨就先打了招呼："我忙得很，几位如果要说事呢就请竹筒倒豆子，如是想来说聊斋吹闲牛呢就请另择时间。"

祝兆乾就说："好，街坊邻居的也用不着客套，我就直说吧……"

不想话还没说完，就被郑大厨挡了个干干净净："老哥，打铁要靠本身硬，自家生意不好该从自家找原因嘞！哪有怪天怪地找到别人头上来的？你们的意思是想让我把包子做得让人看起不顺眼，吃起难下咽，揭开蒸笼就臭一条街才好？没得这个道理嘛！……"

祝兆乾赔着笑脸道："啊，大厨言重了！我们绝对没得这个意思！九园是这条街的招牌小吃，是我等同行的骄傲啊，你就是想怎个整，我们也不会同意的！我们只是想，是不是可以把九园的营业时间稍微调整一下，比如说每天晚个把钟头开门，把早上那趟生意让一点给我们这些店，使大家能勉强养个家糊个口……"

郑大厨思忖了一会儿，嘿嘿地笑道："你这个算盘倒打得精啊！一日之计在于晨，做小吃的掐去早上那一趟还有啥子做头？"

祝兆乾也明白自己是提得过了一点，就转而拿出真实想法，说："那就让晚上吧，如何？"

赖天佑立即附和："对头，就拿点尾巴给我们塞牙缝吧！"

谁知郑大厨依然把头摇得跟拨浪鼓一般，说："你们是只知其一，不知其二。一般的散客就不说了，你们晓得每天晚上有好多公馆大户要到这里来拿包子作宵夜的？华华公司的王总经理家，裕华纱厂的金老板家，聚兴诚银行的李主任家，再往上我都不敢说了，怕你们说我拿起甑盖当官帽——吓唬人！总之，九园就是晚上想关门也不敢呀！"

两人只好悻悻告退。曹贵知情后又开始骂人："狗日的，一个老丘二要啥子大牌嘛！连句软话都没得，惹毛了老子哪天给他撒点药面面，让他狗日的吃不了兜着走！"

祝兆乾喝道："人命关天的，乱来不得哟！何况人家才救过你两爷子，做人还得讲个天地良心嘛！"

曹贵说："老子不撒砒霜，撒点巴豆，总死不了人嘛！让那些好吃狗为抢茅厕打架……"说着倒笑了起来。

祝兆乾却没笑，说："莫乱来莫乱来，怕是人家没进茅厕，你倒进了大牢啊！"

赖天佑沉吟着对祝兆乾说："你姑娘和那个苏锴还有些交往，能不能请她出个面，直接找苏锴通融通融？"

祝兆乾未置可否。其实他早就想到了这一点，只是囿于女儿的性子太烈，怕像以往一样，一句不对头就会闹崩，到头来不仅于事无补，反而会成为障碍，但眼下也确实没有别的路子，也只有硬着头皮试试了。

这天，已返校多日的云雯终于回家了。吃饭时，他见女儿情绪还正常，便从这段时间店里和整条街的营业状况讲起，转弯抹角地道出了心头的想法，然后就察言观色，生怕女娃子风雨大作。不想云雯既未拒绝，也未窝火，只是淡然地告诉他，此事她爱莫能助，因为苏锴已随陪都劳军团出川好多天了，不知啥时才能回来。

"咋没听说呢？"祝兆乾愕然道，"外头的仗打得恁凶……"

云雯说："苏锴来信说，前线啥子都缺，官兵完全是拿命在拼，惨烈得很！我本来想跟着去的，可人家不要中学生……"说着已语带呜咽，停了一会儿，又说："冬天到了，我正在参加抗宣队为八路军募捐寒衣的活动，不知道家里有没有厚一点的衣物。"然后就拿出一张报纸，说上面有八路军的朱德总司令专门为此写的一首诗。祝兆乾接过看时，原来是一张《新华日报》，上面果然有朱德写的四句诗：仁马太行侧，十月雪飞白。战士仍衣单，夜夜杀倭贼。

祝兆乾看后无言良久，然后说道："屋头的那个老木箱里有我的一件旧棉袍，你回去取出来看看，如果要得，就拿去捐了吧！北方冰天雪地的，冷得很哪，穿单衣咋个顶得住啊！"

云雯听了便坐不住，没等祝兆乾道出闷在心头的事情，便忙不迭地回家取棉袍去了。

祝兆乾目送着女儿匆匆远去的身影，心头忽然有了新想法，觉得与其这样绕山绕水，还不如直接去找苏老太爷陈情！老先生笃信佛教，佛教讲的就是普度众生呀！

七

毕竟没有直接跟苏老太爷打过交道，为了确保事情不出岔子，祝兆乾决定还是去请唐老太作个引见，就让一家凑了点钱，买了一斤银耳去打通唐老太。唐老太也来得直接，笑纳了东西就问："无事不登三宝殿，又是为九园的事？"

祝兆乾就说明了来意，不料想唐老太一听就摇了头："这事儿麻烦，麻烦！……不瞒你说，我前不久才为房子被炸的事情去找过他，因为租房时没想到会出现这种情况，所以到底该哪一方出钱修复就成了问题，我好说歹说才把事情说妥，由他们全部负责解决。现在又带你去说这种事，那也得寸进尺了吧？"

祝兆乾觉得老太太也不是完全在说推口话，正琢磨这步棋该咋个往下走，唐老太又开了口："老头子天天上午都要到罗汉寺拜佛喝茶，中午还要在那里吃一顿斋饭，你直接找他就是了嘛，何必要在我这儿来打个转儿？"

祝兆乾说："问题是我从来没有单独跟老爷子打过交道……怕他一竿子给我打回来……"

唐老太笑道："把别个说得恁凶啊！老爷子脾气大不假，但那要看对啥子人！他讨厌那些横行霸道的歪官孽吏，但对一般老百姓却很和善的，接济起穷人来大方得很，那天我在小米市，亲眼看见他给了一个正在哭喊要饭的残疾老人一块大洋，把好多过路人都看得目瞪口呆。你去吧，别的我不敢说，但至少不会像你想的那样一竿子打回来。"

唐老太的话多少使祝兆乾鼓起了勇气。其实他所担心不单是怕有负众人之托，也怕弄僵了会影响云雯和苏错正在萌发的那层关系。他决定碰一下运气。

趁这日天清气爽，祝兆乾换了一件干净的蓝布长衫直奔罗汉寺，想想不对，半路上又买了一包骆驼牌的美国烟以备万一。罗汉寺是重庆主城的一处佛教寺院，以造型各异的五百阿罗汉驰名。祝兆乾以往也常去数罗汉测福祸，虽有敬畏之心，却无怵场之情，但今天他不是去拜佛，而是去求人，所以从出门起就惴惴不安，到达后在大门前"法门平等人天共仰，觉路光明凡圣同游"的楹联前停留了许久，觉得内心平和一些了，方才步入寺里。他先在古佛岩、大雄宝殿和罗汉堂走了一圈，未见苏老先生的身影，便来到悬挂着"佛心禅意"匾额的寺内茶园。茶客不多，十分清静，他一眼就看见身着长袍马褂的苏老太爷正与几个同样花发白髯的老翁坐在竹椅上喝茶聊天，看样子情绪还不错。没想到他刚露面，老先生便注意到了他，且先打起了招呼："哦，祝老板今日也得闲来此啦！来来来，一起喝茶，一起喝茶！"

祝兆乾又惊又喜，不晓得老先生何以会认识自己……但这个惊喜只维持了一两秒钟便倏然消失，因为他立马想起了自己曾去找唐老太试图"劫租"的恶浊事情……以唐老太的精明，还不拿这种送到面前来的人情去向佃户示好？……然而就在此时，老先生已叫唤茶童加座添杯，容不得他再胡思乱想了，急忙上前问候致谢。

苏老先生亲手奉上茶碗说："祝老板是来礼佛？"

祝兆乾干笑道："也算是，也算是嘛。"

老先生似有不解，笑问："咋个叫也算是？"

祝兆乾就红了脸，支吾着不知说何是好。

老先生笑道："老夫只是随便问问，如果祝老板觉得有所不便，就不要说罢，来喝茶，喝茶！"

"没有不便，没有不便！"祝兆乾一时更显尴尬，端起茶碗意思了一下，瞅了瞅在座的几位老人，终于鼓起勇气说道："我想找您……找您老人家说点事情……"

那几位老者听见此话，不待招呼，便借故一一起身离去，留下两个人四目相对地坐在那里。

老先生问祝兆乾："祝老板找我何事？"

祝兆乾便结结巴巴将事情讲了，并打躬作揖地交代了自己因同样缘由曾找唐老太试图"劫租"之事，请老先生大人不责小人怪，海涵谅察。

老先生听罢，脸上并无动颜之态，只是稍稍默忖了一下，回道："此事容我考虑一下好吗？"

尽管这并不是祝兆乾所最期待的结果，但却也没有像曾想过的那样碰一鼻子灰。回到街上将情况告知众人后，大家都不免泄气，不过也表示能够理解，说这无异于与虎谋皮，哪个做生意的不是钱赚得越多越好？赶紧趁早想其他路子！祝兆乾说，还是看老先生到底是个啥子说法吧。

曹贵嘀咕道："看在防空洞的分上，我等三天，也只等得起三天了！"

众人纷纷响应说："对头，这是大家要活命的事情，最多等三天，三天后要死大家一起死！"

八

祝兆乾明白，如果九园这次不能体恤同仁，说不定真会出事。他很想再去向苏老先生讲一下大家的情绪，但又觉得不妥。这无异于下"最后通牒"，毕竟是你在求人家啊！他巴望苏老太爷哪怕是象征性地关照一下大家的情绪都好。眼见日本人如此猖狂，大家也应该和衷共济啊！

然而，一天过去了，在众店家看似漫不经心，实则充满期盼的注视下，九园方面没有任何响动。

又一天过去了，众店家的眼神开始变得黯淡，九园方面依然不见有任何响动。

第三天了，整整一个上午，众店家的眼睛里已隐约可以看到蹿动的火苗，九园方面仍在我行我素，似乎对正在步步逼近的冲突毫无察觉……

中午时分，正在打望的葛田喜注意到从较场口方向进来了一辆黄包车。车子来到街口便停住了。车夫放下辕杆，转身从车上扶下一个戴墨镜的老人，老人下车后，便挺直着身板慢慢往前走，黄包车不远不近地跟在后面。不一会儿就见九园的一个丘二快步跑到老人跟前说着什么，好像要拉老人前往用餐，但却被老人谢绝。葛田喜不禁暗自高兴，心想你九园也有遭拒的时候啊！待老人慢慢走近时，便冲动地想上前碰碰运气，但未及开口，身后已传来祝兆乾惊喜不迭的叫喊声："嘿，苏老先生，你老人家来啦！哎呀呀……"

葛田喜细看时，果真是苏老太爷！小吃街上的店家老板和丘二们也很快认出了老人，所有的人，包括在下面叫得最凶的曹贵都静默无声，像着了定身法一般地呆立在自家的摊点前，看着老人在祝兆乾的陪伴下从面前走过。

就在老人无语地走通全街，坐上黄包车准备离去时，沉寂的街子突然被一阵混乱打破，只见一个系着围裙的妇人冲到黄包车前扑跪在地上哭喊道："苏老太爷！求求你做个好事，匀口饭给我们吃吧！……"

苏老先生低头问道："请问大嫂从何而来，有何难处？"

那女人不知是没听见还是昏了头，依然磕头哭喊不止。祝兆乾只得代其做了回答："她叫胡二嫂，做叶儿粑的，生意不好做，又遭飞机炸，听说老家也遭了灾……"

苏泽九从怀里摸出几块大洋，请祝兆乾交给胡二嫂。胡二嫂拿到钱，一时磕头如捣蒜，直呼救命菩萨大善人，怎么叫也不肯站起来。老先生只好让黄包车绕过她走了。

众人目送着黄包车远去后，不禁议论纷纷，责怪胡二嫂不该出来搅窝子，说老先生走这一趟明摆着是来做做姿态的，完了总得有所表示吧？她这一搅，完了！她个人倒是欢喜了，大家呢，两手空空！曹贵最为激愤，带着一帮人冲着叶儿粑的摊子骂了半天，胡二嫂一直红着脸不回一句话。最后还是庹半仙过来给胡二嫂打了抱不平说："你几个也太急了，凭啥子就一口咬定苏老太爷不会再有举动了呢？还是少安毋躁，等两天再说嘛!"

曹贵平时对半仙就没好脸色，见他出来打掺嘴，更是来了气，忭骂道："啥子潲水猪叫！你他妈算哪把夜壶？给老子滚远点!"又转身对着远远近近的围观者吼道，"老子说一不二，今晚上一过，老子就跟苏家两清了，该干啥就干啥，大不了鱼死网破，同归于尽!"

满街的人都惶然不语，不晓得这个天棒槌到时真的会干出啥子事来。

当天晚上祝兆乾待在葛田喜的棚子屋里没敢回家，提心吊胆地挨到下半夜见街子上静静的，并没有出事的迹象，才在葛田喜的再三劝说下，在铺板上和衣睡去。

正睡得迷迷糊糊，忽然被葛田喜叫醒，说天亮了，九园那边贴了张布告出来，好多人都在看。

祝兆乾警醒过来，睡眼惺忪地问道："是啥子布告?"

葛田喜说："不晓得，我又认不得字……"

祝兆乾就匆匆地蹬上老布鞋，一路小跑到街对面。九园已开始营业，露天桌椅前坐满了或正吃得津津有味或正翘首等包子的市民，有不少人正在新砌的砖墙前指指点点地看着一则启事，祝兆乾不动声色地凑过去细看。这一看，就把他的心看跳了，眼睛也看亮了！启事全文如下：

　　敌寇凶狂，致本街惨遭劫难，同仁损失巨大。泽九深知，没有众位同仁多年的撑持，就不会有小吃街的存在。九园能在此打开局面，实乃受惠于众店家筚路蓝缕的开拓之功。坐享其成，安能不报？为与本街同仁共度时艰，敝店特决定：从明日起，每天限量售卖包子五百客，营业时间亦改为每天上午十时开店，当日售完为止。同时，敝店愿另捐一百五十块大洋，其中五十块作为清除本街路障杂物、修复被毁路面之用，一百块作为资助本街同仁修缮受损店堂之用，前者三天之内开工，后者一周之内兑现。以上小敬，绝不敢冒称公益善举，实只是聊表报答之意而已。恳请本街同仁雪目督察，亦请新老顾客体谅苦衷。

　　　　　　　　　　　　泽九顿首　年月日

　　祝兆乾看了一遍又一遍，直到觉得已把所有的文字都嚼透焐热了，方才兴奋不已转身往回走，恨不得立马告诉众店家，他祝兆乾不负众望，把这件大事办成了！然此时多数店家都尚未出摊，唯见庹半仙气定神闲地坐在八字摊前。想到老兄昨下午挨骂，便主动上前搭讪道："半仙，看到了吗？

这下都解决了，都解决了！"

庹半仙笑回道："我去看的时候你就在那里了，我走的时候你还没有动！不知看了多少遍啊！"

祝兆乾笑着伸出一个巴掌，觉得不对，又伸出另一个巴掌。

庹半仙伸出大拇指："值得值得！说实话，这就叫解衣推食、济世救人啊！帮了大忙不说，还顾及了各位的面子，不愧是大人大量，大人大量！"又往曹贵的摊子指了指，低声道："嘻嘻，刚才他也在看，好多字认不得，又不好意思问我，我也不跟他娃计较，就有意念出声来，他一直侧着耳朵在那里听，嘻嘻……"

九园的启事像一阵春风拂过小吃街，使得原本愁肠百结甚至怒火满腔的小吃店老板和丘二们一个个眉开眼笑，跟天上掉馅饼一般。当然也有少许持怀疑态度的，认为对方只是缓兵之计，背后肯定另有谋算！曹贵就是这种看法。因此到了翌日，也就是九园实行"新政"的第一天，他便暗中观察，来一个顾客就用瓦片在地上划一道印子，不想划来划去就划乱了，而且祝兆乾告诉他，你划得了人头却划不出人家到底买了几客呀！小子想想也是，除非派人去现场监督，不然到底卖了多少只有天晓得！

然而，最后出现的一个事实却把他的嘴给封住了：往常不限量时，九园总是要到晚上七八点以后才关门熄火，而在当日，中午刚过就挂出"包子售罄，明日请早"的告示，收摊打烊了！

一连几天皆如此。时不时还有来晚的顾客闹着要买的，但均被婉言谢绝。这样，每天早上和下午晚间，全都成了众店家的天下，营业景气失而复归，家家都欢喜不迭。

正在此时，出川劳军的苏锴回来了。大家心头又不免忐忑，说少东家不是吃斋念佛的主儿，万一他不认老子的账咋个办？

然而担心的事情并未发生。苏锴回来后，并未改变其老子定下的日销限额，因诸事繁忙，一时无暇处理发放捐助修缮款子之事，还专门给大家约了时间，称届时将亲自将捐助钱款发到各家手中。

云雯因学校组织下乡考察，苏锴回来时不在重庆，回来后听说此事，立马赶到小吃街，想看看可不可以帮上点儿忙。当她在九园见到苏锴时，几乎不敢相信自己的眼睛：仅仅一两个月不见，苏锴变得又黑又瘦，与以前的白皙健硕判若两人！

云雯大为惊诧地问道："怎么……你病啦?!"

苏锴摊开双手道："没有呀！你觉得哪一点不对头吗？"

云雯说："还哪一点呢，全身性变化！你自己没有感觉？"

苏锴调侃道："有呀！身轻如燕，思维敏捷，可以三餐不食、通宵不眠，仍行走如飞，精神超好！"

云雯上前捶打着他说："人家担心死了，还有心思开玩笑！"

苏锴方才笑着解释道："真的没有病，只是在前线确实辛苦，不是日晒雨淋地奔波着，就是战火硝烟里熏染着，常常是劳累一整天下来吃不上一顿饱饭，睡不上一个好觉，但精神却一直高度亢奋，既不感到累又不感到饿，真是这样！"

云雯噘着嘴说："那是咋个回事儿呢？莫非变神仙啦！"

苏锴说："我不是写过信给你吗？主要是前线官兵在那样险恶的环境下奋勇杀敌卫国的精神太让人感动了！你不知道，因为后勤补给跟不上，前线粮食弹药奇缺，有好多官兵都是嘴里嚼着草根，端着打光了子弹的空枪与敌人拼到最后一口气的！有个长着一张娃娃脸的小战士，腹部受伤，肠子都流出来了，被救下来后的第一句话却是'我想吃稀饭'……我们去看他时，他已经牺牲了，枕边放着一碗护士特意送来却没来得及吃上一口的稀饭，后来他的连长哭着把他的嘴掰开，给他喂稀饭……"

见云雯已是两眼盈泪，苏锴赶紧煞住话头，强作笑颜道："我就知道你们女娃子听不得这些……还是讲点高兴的事情吧？"

云雯擦泪点头。

苏锴说："告诉你吧，我在前线见到张自忠将军了！"

云雯从脸上拿开手绢，惊诧地问："真的？"

苏锴说："他听说我家是九园包子店的，还给我开玩笑说，他和他的部下大多都是北方人，想吃面食想到命头去了，等到抗战胜利之后，他要把他的部下都带到九园来，让大家敞开肚子吃个够……"

云雯感动地说："到时候记着叫我啊，我要过来帮忙！"

苏锴说："我现在就要你帮忙。"就将老父承诺捐助大家修缮房子的事说了。云雯欣然答应。

在云雯的协助下，苏锴挨家挨户地给各家各户发放了修房捐助款，接着又亲自参与了街道修复工程。一时间整条街上喜气洋洋，仿佛过节一般。庹半仙的摊子前，委托写感谢信和赞颂辞的人排起了队，但所有信件赞辞送到九园，都被苏锴婉拒了，说现在国难当头，大家理当风雨同舟。众店家都感动莫名，说以前确实是错看两爷子了。

尽管日机的狂轰滥炸仍在继续，但小吃街的生意却各得其所，变得风调雨顺，修缮店铺的步子也加快了。心情大好的曹贵请人在油炸摊子前写了一条寓意双关的流行标语：越炸越强！

九

这天中午，九园刚挂出"包子售罄，明日请早"的告示牌，一辆光可鉴人的黑色林肯轿车便牵着满街目光在店子前停下，车门开处，一个身着皮夹克、脚蹬高靿皮靴的摩登女郎钻了出来，在众目睽睽之下快步走进店堂，冲着正在收拾碗筷的丘二问道："你们老板呢？"口音带点洋腔，不像是本地人。丘二们不知她意欲何为，便回答说："老板不在。"

摩登女郎狐疑地盯着回话的丘二，扬扬下巴道："总有管事的吧？叫管事的来！"

丘二们正面面相觑，却见郑大厨从厨房里走了出来，他看了看门外的轿车，客气地问道："请问小姐有何贵干？"

摩登女郎打量了一下郑大厨，语气有所收敛："我要两笼包子。"

"两笼？"郑大厨歉然道，"抱歉，今日已经售罄，别说两笼，就是两客也没有了。"

"一天才开始呢，就收摊啦？"摩登女郎狐疑地环视着四周，然后一屁股坐在凳子上，从衣袋里掏出一个精致的印花铁皮烟盒，打开取出一支香烟叼在嘴上，又掏出一个锃亮的打火机，啪地一按，火机口立即蹿出一根细长的蓝色火苗。她点上烟吸了一口，然后就像变魔术似的吐出一个个烟圈，烟圈飘荡着冉冉上升，然后又吐出一根长长的白线，把烟圈们穿在一起……一时把在场的丘二都看呆了，一些在门外打望的市民不禁鼓起掌来。

摩登女郎将打火机往天上一抛，然后一把接住揣进衣袋，斜睨着郑大厨说："回个话呀！"

"小姐有所不知，"尽管这种表演在郑大厨眼里已不是新鲜玩意儿，但他仍赔着笑脸道，"敝店每天只额定售卖五百客包子，卖完即收摊，这是全街都晓得的。"

摩登女郎却只顾自说自话："店大欺客啊？快去蒸包子！"

郑大厨耐着性子解释说："店里每天进的面粉和做的馅都是有定数的，今天确实没办法了，不信你可以亲自进厨房去查看。"

摩登女郎提高了声调："你这意思……是要我自带面粉和馅？"

郑大厨见对方如此刁蛮，便忍不住问道："请问贵府是……"

摩登女郎吹掉衣袖上的烟灰，眼睛都不抬地回道："这不是你该打听的事情。我只能告诉你，本小姐今天要包子，非要不可！"

郑大厨脸上终于挂不住了，淡定地说："对不起，今天本店已经打烊，无包子可售。"

摩登女郎霍地站起身，杏眼圆睁地冲着郑大厨道："真要敬酒不吃罚酒？"

郑大厨也一下涨红了脸，回道："悉听尊便。"

"好，你等着！"摩登女郎说罢转身就走。

郑大厨压住火气："恕不远送。"

女子走到门口，突然转身亮出腰间的小手枪，冲着郑大厨高声道："通知你们老板到警备司令部来！"

郑大厨和手下的丘二一时都被镇得愕然无语。

随着林肯轿车离去，在场的人都认定，九园这回麻烦大了！

事后有传言称，自知惹祸的郑大厨立即向苏家父子提出辞呈，以免牵连店子，苏家却以他并无过错，温言挽留。称如有不测后果，均由他们父子出面应对。

出乎意料的是，以后数日，九园风平浪静，并未大祸临头。有传言说是苏老太爷动用了过去的老关系，又花了不少银子，把事情给摆平了。后来又有传闻，说那辆车和那个摩登女郎并不是警备司令部的，而是南山孔园的。那天孔二小姐宴请宾客，让管家搞一个本地名小吃集萃，九园包子首被选中，万没想到亲派的贴身女侍卫竟在九园吃了闭门羹！孔二小姐知情后极为恼怒，扬言要亲自带人上门把九园给废了！但不知何故，后来却一直未见响动。于是又有传闻称此事系被蒋夫人知道后出面阻止，九园才逃过了一劫。但真相究竟如何，只有天晓得了。

尽管众说纷纭，但这之后小吃街上以往常见的军政人员强赊霸吃、仗势欺人的事情却大为减少。于是九园无形中又成了小吃街众老板心目中"手眼通天"的保护伞，遇上棘手的大小事情，都爱找上门去说项求助。苏家父子也总是尽力伸以援手，于是也越发得到大家的敬重。

生意顺了，各家店子的修复也明显加快，两三个月后整条街就大致恢复了原样，不少店面还有所扩大，祝兆乾和赖天佑仿照九园将原来七拱八翘的旧门板改成了半砖墙，曹贵也在巷口搭建了一间小店面，看上去整洁美观多了。庹半仙为此专门写了一副谐对贴在街口上，其上联是"蒸煮煎烤各得其所"，下联是"酸甜苦辣共度时艰"。横批：吃街新景。

十

在修缮房屋时大家也不是没有担心，说搞不好淘神费力地弄好，日本飞机又来复二火了。小鬼子的鼻子还真灵，仅仅几天后，红膏药飞机又来了，有一架在小吃街上飞来绕去，好像在寻找下蛋的地点。大家都猜测，说狗日的肯定是有奸细报信，不然时间咋个会拿得这样准？……但那飞机在头顶上绕了几圈后，却往七星岗那边飞去。就在大家都松了一口气时，那家伙又嗡嗡地飞了回来，正站在店门前张望的祝兆乾忽然看见苏锴从九园里冲出来，朝一个挎着剃头匣子的汉子扑去，那汉子扔掉匣子就跑，苏锴大喊着"抓奸细"紧追不舍。正在锅灶前忙活的曹贵见了立即冲出来，情急之中取下一只拖板鞋朝那家伙砸去，就在那家伙躲身躲闪的当儿，苏锴冲上来将其扑倒，曹贵也跑过去帮忙按住，和随后赶来的祝兆乾、朱世年等人一起，将那家伙反绑起来。苏锴返回去从那剃头匣子里取出一面方镜，说刚才他在街上用这个玩意儿给天上发信号！市里已抓到过好几起"镜子奸细了"。又说小鬼子炸小吃街跟炸菜场、米市的歹毒用心是一样的，都是想破坏市民的正常生活，动摇大家的抗战决心！人们怒不可遏地对那家伙拳打脚踢，然后一路骂着押往警局。失去了目标的飞机，绿头苍蝇似的在天上嗡嗡地乱转了一阵，在骤然响起的高射炮声中，胡乱扔下两颗炸弹逃之夭夭。

事后，苏锴牵头在小吃街组织起防空锄奸队，祝兆乾和赖天佑、曹贵、朱世年都是其成员，每当空袭警报响起时，锄奸队便四下巡逻，盘查可疑人员。在后来的历次轰炸包括最为惨烈的五三、五四大轰炸中，较场口周围包括磁器街、保安路一带都挨了炸，小吃街却受损甚微。

谁都没有想到，就在九园和众店家齐心协力防空防特，小吃街又热闹重现时，唐老太突然找到苏家父子说，她因急需钱用，要卖掉九园的房子，请他们尽快想办法搬家！面对突然生变的老太太，父子俩提醒她说，租期未到，这是违约啊！老太太却称，她自知违约，因此将按照租约如数交付违约金！父子俩一时傻了眼。以当时重庆城内房屋之紧缺，可以说根本无处可搬！更何况经历了这些年的种种磨难，九园已与小吃街血肉相连，融为一体，现在突然要割舍而去，在感情上也难以接受。就提出如果嫌租金低了，可以适当增加，或者干脆由他们父子出钱把房子买下，但却都被老太太拒绝。消息传开，小吃街一下子炸了窝，众老板纷纷跑到九园去打听情况，但别说丘二们，就连郑大厨都不清楚老太太到底是哪股水发了。大家就猜测说，十有八九是老太太被炸怕了，想卖成现钱捏在手头，或者是眼见市面上房源紧张，想涨房租又不好开口，才来了这一手……

众店家中对此事最上心的自然是已将苏锴视为自己未来女婿的祝兆乾。独儿独女的，到时不管是八仙锅盔成为女儿的陪嫁，还是九园成为苏锴的聘礼，只要水到渠成，云雯这辈子也就有着落了。如果九园真的突然搬走，谁能担保这桩好事不会鸡飞蛋打？所以他人前人后都是一句话：加租买下都行，但就是不能搬，大家都帮九园撑起！但庚半仙却吹冷风说，加租无济于事，买下更没有门！他认为老太太突发此举，十有八九是迫于无奈！问他有何依据，老兄却做讳莫如深状，只说走着瞧吧，总有水落石出的一天。

苏锴后来终于从唐老太口中套出了真情。果然如半仙所言，老太太突生此变，确实是受到外人要挟。据说对方自称是红黑两道通吃的人物，看上此房已久，现在决意买下，但价钱上不会让老太太吃亏。老太太以自己孤身一人，养老送终全靠这点房产为由，不愿随便卖掉。不想对方竟下了狠话：卖也得卖，不卖也得卖！受到要挟的老太太悄悄去报了官，结果是前脚才走后脚便受到警告，称再不识相，就来黑道！明白对方"红黑两道通吃"确实不是虚言，老太太不得不明哲保身，答应卖房。

不过苏家父子手上也有一张王牌，即租约上有一条：承租期间，出租方如拟出售该房，在同等条件下，承租方有优先购买权。当他们拿出租约请老太太过目，称他们想买下这处房产时，老太太却不忧反喜，说我咋个就忘了这一条呢？好，哪一方出价高我就卖给哪一方！

对方大约是了解到苏家父子也不是可以随便打发的主儿，为显财大气粗、志在必得，就通过媒体提出于某月某日在九园门前进行公开竞拍！苏家父子立即公开接招应战。这一坊间鲜有之事立即引得舆论大哗，市民们都铆足了劲儿等着看这场龙虎斗。

这天午后，九园当天的包子一卖完，便拉起了"门面竞拍擂台"的横幅，前来看闹热的市民挤满了半条街，其中不少是传媒记者。下午三时许，主持拍卖的四季拍卖行首席拍卖师王一槌出现在拍卖桌前，恭请竞拍双方出场，一方是九园老板苏锴，另一方报的则是大名鼎鼎的华洋商行帮办龙某。围观者都不免纳闷：华洋商行是做洋货生意的，跑到这里来买房干啥？苏锴对此似乎并不介意，与对方行礼如仪后，静候开场。

在众人的猜度中，王一槌报出八百大洋的竞拍起价。

尽管当时房屋紧缺，但以此房的状况和当时的行情，这个价码已明显偏高，因此木槌一响，人群中便爆发出一片惊叹之声，由众店家组成的九园后援队立即擂鼓助威。

苏锴先声夺人："九百！"

然而这个几乎令所有人都感到错愕的大手笔，却没有在对方身上发生作用，话音刚落，对方已紧随而至："一千！"

苏锴回敬："一千一！"

对方反攻："一千二！"

"一千三！"

"一千五！"

"一千六！"

"一千八！"

超乎理智的疯狂抬价，使所有人的神经紧绷，不知何时，后援队的鼓点已渐自乱了节拍，观众中只剩下一片啧啧之声。

祝兆乾看见庹半仙站在人群外头，便溜出去悄声问他："喂，你咋个看这个事儿？"

庹半仙拈着胡须，悠悠地说："风水宝地，值这个钱。"

祝兆乾眄他一眼："你封的啊？"

庹半仙伸手在空中挥了挥，半笑不笑地说："不信？老夫上观天象，下察地脉，发现此为天之心、地之核，吉光照其上，金龟承其下，青龙隐其里，白虎见于外；美宅建于此，富可敌国，官能拜相，福来如东海，寿至比南山，产子则龙种，孕女而凤胎……"

祝兆乾搡搡他："行了行了，你老兄是事不关己，只当笑事看啊！"

一瞬间，叫价已升至两千大洋！现场所有的人都屏息静气，仿佛面对的不是一场公开竞拍，而是一个越吹越大，不知何时就会凌空爆炸的大气球……

原本缩在人群中暗自窃喜的唐老太却成了第一个神经绷断的人，当竞拍价猛推到两千二百大洋时，老太太的心脏终于承受不住，"啊"地哼了一声瘫软在地上。近旁的人发现后，立即揪痧的揪痧，掐人中的掐人中，有人扯起嗓子高喊："房东老太婆都背过气去了，还拍卖个屁呀！"

苏锴听到后立即向王一槌示意暂停，然后急步来到唐老太身边，却发现老太太已经醒过来，看见他后，似乎些惊诧，说："哎你们各人拍各人的呀，来管我干啥子?!"周围的人就笑，说："硬是钱钱钱命相连呀！"老太太挣扎着坐起身来，没好气地回道："你们这些人就是见不得人家有点好事！"

苏锴见老太太确实没事了，便向王一槌示意可以继续，谁知他刚返回台上，防空警报便没命似的响了起来！

所有的人都紧张地抬头往天上张望。因为今天有雾，按理说日本飞机是不会来的，但警报却不顾人们的疑问，仍然一阵紧似一阵地响着，不一会儿就有人发现枇杷山上空挂出了一串三个红球，这是敌机已经临空的紧急警报！苏锴见状招呼大家赶紧进防空洞，但许多人似乎对这场尚无结局的竞拍擂台赛意犹未尽，仍在原地踟蹰着不肯走，有的还笑咧咧地念诵着民间流行的打油诗：任你龟儿子凶，任你龟儿子炸，格老子就不怕；任你龟儿子炸，任你龟儿子恶，格老子豁上命除脱！

不多会儿，天上便传来了飞机的轰鸣声，苏锴见人群仍未完全散去，一下子急了，手持话筒声嘶力竭地叫道："拍卖已经中止，请大家不要再等！赶紧疏散进防空洞，进防空洞！"

不知什么人撂过来一句风凉话："你怕是认输了，在找台阶下吧？"

苏锴焦急地挥手道："好好，认输认输，请大家赶快进防空洞吧，赶快啊！"

直到围观的人群全部散去，苏锴才在郑大厨的催促下进了九园后面的防空洞。刚在洞里坐下，外面便传来了爆炸声。

十一

万幸的是，这一次炸弹没有直接落在小吃街上。邻近的米亭子却遭了殃，一枚炸弹落在川东粮行近旁，当场炸死炸伤十几人。苏锴带了小吃街的人前往救援，意外的是，竟在那里碰到华洋商行的龙某人。两人握手寒暄，都不提竞拍的事。

许多人以为竞拍大约也就胎死腹中。实则不然。没过几天，王一槌便来到九园通报苏锴说，鉴于那天他在竞拍会上没有最后应标，标的已归属对方，并拿出相关文件请苏锴签字确认。苏锴自然无法接受，说当时是因情况紧急没来得及应标，并非放弃。王一槌便指出他当场曾当众说过"认输"的话，苏锴傻了眼，觉得就是浑身是嘴也说不清楚了，只好推托说，此房是家父苏泽九承租，所以一切的一切还得经老人认可才行。王一槌经与对方商量，同意宽限一周，又透露了华洋商行与孔家的关系，要他劝告老父知所进退，自下台阶算了。苏锴这才如梦初醒，把眼下的事情与摩登女郎吃闭门羹的事联系起来，不由得愤从中来。

苏锴深知父亲创业的艰辛和对这个店子的珍惜，不知该怎样面对老人，犹豫了两天才回到家里，将事情原原本本地说了。不出所料，苏泽九听罢不禁血脉偾张，一巴掌竟将桌子上的盖碗茶盅震落在地上，摔了个八瓣开花！他怒不可遏地呵斥道："岂有此理！这个店子乃是我九园的发祥之地，岂能任其巧取豪夺？现在也不是权贵者可以肆意妄为的时代了，我拼了这把老骨头也要跟他们周旋到底！我这就去监察院找于右任院长，请他出面说个话！你马上去将此事的来龙去脉公之于世，让社会舆论来评说是非曲直！去，马上去！"

苏锴下去便把事情捅给了抗宣队的同学，一下引爆了这群正为"前方吃紧，后方紧吃"愤愤不平的热血青年，于是群情激愤，投书报界，猛烈抨击"国难当头，民生维艰，仍作威作福、以势凌人的权贵阶层"，矛头直指华洋商行及其后台南山孔园！一时间，重庆的大小报纸纷纷登载，在各界激起强烈反响，一致对九园的遭遇表示声援，各种"后续追踪报道"接踵而至，形成了一波"街头巷尾，尽谈其事"舆论潮。不少市民致函报界，要求华洋商行就此事公开表态！

但时间一天一天地过去，报纸上却不见对方的只言片语。被激怒的市民打出"豪门不易辙，百姓无活路"的标语，开始上街游行。于右任等元老趁机从内部陈情施压，让与孔家比邻而居的南山云岫楼楼主终于坐不住了。

这天市民一早起来便发现《中央日报》刊登了一则华洋商行的《为答复民众关切并澄清事实公告》。

公告称：关于本商行购置较场口鱼市街唐氏名下房屋（即现九园包子店所在地）一事，坊间讹传甚多，一些媒介不察真相，推波助澜，致酿成公众事件，实为至憾！在此谨澄清事实如下：本商行意欲购置该房，盖因发现该地段平时市民来往频繁，已成为敌机的重点轰炸目标，而全街却没有一处公共防空设施，故拟出资为该地凿建一公用防空洞，供民众使用。经实地调查，发现唐氏房屋后面的崖壁是一理想场所，但因崖壁与唐屋太逼近，故决意买下该屋以便拆除后施工。坊间流传的所谓挟私报复、以强凌弱云云，皆属无稽之谈。唯因本商行秉承一贯的造福公益不事张扬的理念，事前未对相关事宜进行适当说明，也有应予检讨之处。以上真相，请广大市民明鉴。本商行在此郑重声明，一俟房屋成交，便即行施工，并争取在最短的时间内完成这一公共工程。望广大民众体察本商行为民避祸造福之苦心，勿再信谣传谣，多予支持鼓励是盼！

此文一出，令市民大跌眼镜，舆论亦开始出现分化。一些人认为华洋商行言之凿凿，不像虚托，大家是不是真的"狗咬吕洞宾，不识好人心"了？更多的人则认为，这极可能是商行放出的烟幕弹。小吃街店家的反应却比较一致，认为不管对方说的是真是假，既已公开表态，又说得如此具体，真兑现了对这条街子也是好事。九园不妨暂时后退一步，在本街另外择地经营，如果对方食言，再拿其说话也不失为上策。

这天小老板们又三三两两地聚到祝兆乾的店子里聊起这个事儿，主要是凑凑情况，看街面上是否有合适的门面，好推荐给苏锴参考。小吃街上有大大小小的数十个门面，但近期却极少有空出的，偶尔有挂出"门面转让"的，最多三五天就会有新店家入驻，要想马上找一处能容下九园体量的现成门面，基本上是没门儿！就在大家面面相觑时，曹贵却包口包嘴地走了进来。大家都看着他的手上的半截糍粑块发笑，说一天到晚都弄这个东西，还没吃够了啊！

曹贵又咬了一大口说："老子饿惨了饿惨了！"

祝兆乾看着他问："又到哪灯儿晃去了嘛，连饭都忙不得吃？"

曹贵颇为自得地伸出手去："先慰劳一下，来一杯老白干再说。"

祝兆乾便转身吩咐正在柜台里埋头看书的女儿说："云雯，给曹哥儿倒杯酒来。"

云雯不甚情愿地倒了一杯酒，又兀自低头看书。这两天小女子因为九园的事情，情绪一直不好。

曹贵喝掉酒，惬意地抹抹嘴，说道："街尾的大兴茶馆嫌这边的生意不好，已经在临江门那边另找了房子，准备下个月搬家，我跟房东家说了九园的事情，他们很感兴趣……"

众人都兴奋起来，说大兴茶馆的门面不算小，九园搬进去完全够用。这两天一直不见苏锴露面，估谙是到别处找房去了，大家都觉得应该赶快把这个情况告诉苏锴，不要让九园外迁！赖天佑晓得云雯跟苏锴的微妙关系，便笑着问："祝小妹，你晓得苏锴现在在哪里吗？"

云雯回答得干巴脆："不晓得！"

赖天佑被忤得一脸尴尬。朱世年在后头悄悄地戳他的背脊："晓得了吧，锅盔硌牙，水八块辣嘴哟！"

赖天佑没好气地回头打了他一巴掌。大家都窃笑。

就在这时，外面传来了庾半仙拖腔拉调的声音："说曹操——曹操就——到啊！……"就看见苏锴正神色异样地从对街急步而来。云雯立马迎了出去。

"消息证实了吗?"小女子大声问。

"证实了……"苏锴一脸悲戚。

"啥子消息?"祝兆乾很是诧然,把苏锴让进店里。

苏锴一屁股坐在板凳上,喘息着问云雯:"有水吗?"

云雯立即倒了一碗茶水给他,苏锴接过去咕嘟咕嘟地喝了个干净,云雯问他还要不要,他摆摆手,然后红着眼睛对祝兆乾和众人说道:"张自忠将军殉国了!"

一时举座皆惊。张自忠乃是家喻户晓,被老百姓称为关公再世的抗战名将,怎么就……苏锴见大家满脸疑惑,又说道:"我已经反复核实过了,确实如此。"然后便讲述了所了解的情况。原来张将军是前几天在枣宜会战前线出席高层军事会议返回途中,在南瓜店突遭日军伏击,张将军率部英勇反击,终因寡不敌众,陷入重围,战至弹尽援绝,最后身中七弹,壮烈殉国……

说到此处,苏锴突然泣不成声,呜咽道:"上次去劳军时,我曾问张将军:为啥前线官兵一个个都这样面黄肌瘦呢?当时他很动容地说:因后援困难,官兵们很长时间以来就是吞糠咽菜,难得吃上一顿饱饭,常常是饿着肚子跟强敌拼杀……我这个当将军的是看在眼里,痛在心头,经常是彻夜难眠呀!我手下兄弟大多是喜欢面食的北方人,等抗战胜利后,我要做的第一件事就是到你家九园买包子犒赏部下,让大家敞开肚皮吃个够！我听了难受至极，当场表态说：到时我一定亲自下厨给官兵们做包子，要多少做多少，全部免单！我们还当场击掌：决不食言！……怎么也没有想到……没想到啊！……"

面对苏锴的恸哭，在座的人都面带戚色，却不知该如何慰藉是好。云雯含着眼泪上前将自己的手绢递给他，他却一把抓住她的衣袖说："云雯，我现在什么都不想了，唯一的想法就是马上到前线去给官兵们做包子，告慰张将军的在天之灵！不然我也会寝食不安的……"

"我上次说过，我要跟你去的，跟你去的！……"泪水从云雯的眼眶里一涌而出。

苏锴没有回话，只是感动地抓紧她的衣袖。祝兆乾忧心忡忡地问："你父亲呢，他老人家咋个说？"

苏锴揉着眼睛说："父亲和张将军曾有过一面之缘，对其决意以身死国的精神极为感佩，听到张将军惨烈殉国的消息，一时老泪纵横，茶饭不思，半夜披衣起床研墨展纸，写下四行诗：戎马未死国，愧留两鬓秋；长叹老迈身，只为稻粱谋。我看到后，即把自己意欲放下眼前的事情，去前线劳军以践与张将军生前之约的想法告诉了他，起初我还担心他有顾虑，不想他听后却两眼放光，大表赞同，说这就叫小事让大事，家事让国事！还说如果不是年事已高，他也会重披戎装和我一块去的！……"

祝兆乾提起茶壶为苏锴续水，嘴唇嚅动着还想说什么，但最终却没有开口。

"苏少爷，你们父子确实令我等佩服！"曹贵却动容地说了话，"但你真走了，九园咋个办？现在社会上这么多人都在帮你们说话，莫非你们却要在这个时候关门歇业，自己卸下这块金字招牌？做不得这种傻事啊！我们已在这边给你们物色了新店址，等着你们去看呢！"就把街尾大兴茶馆打算搬迁腾房的事情讲了。

大家都七嘴八舌地附和说项，力劝苏锴不要顾此失彼，在此时丢掉九园。

正在这时，店门前忽然来了几个老人，葛田喜以为有生意了，赶紧出去招呼，走在头里的一个留着山羊胡子的大爷问他："听说九园的苏少爷在这里？"

苏锴听见，立即抹掉泪水，迎出去握住老人的手说："赵大爷，找我有事？"

老人摇着他的手说："苏少爷，听说有人要逼九园搬家，你们走不得哟！"

苏锴说："这事还没定，这不我们也正在商谈说这个事呢！"一面将几位老人介绍给祝兆乾等人，原来都是九园的老顾客。

"不耽误你们的正事了，我就长话短说吧！"胡子大爷对苏锴道，"你也晓得，我们几个老哥子一年三百六十五天，天天早上都要到九园来吃包子，已经习惯了。昨天才听说有人要逼你们走。我们只想对你说一句：这条街上少不得你们，千万不能走啊！只要你们不走，不管官司打到哪里，我们都做你们的后盾！要是你们走了，我们以后就只有不吃早饭了哟！……"

苏锴向老人鞠躬致谢，说："九园自打开门店起，就多蒙山城父老厚爱关照，所以绝不会一走了之！"几位老人这才有所释怀，露出宽慰的笑容。

送走老人，满屋人都笑称是来了一阵"及时雨"。

苏锴含泪抱拳道："感谢各位的深情厚谊，此事容我再回去与老父细商一下好吗？"

祝兆乾终于开口道："说来你们父子的拳拳报国之心和毁家纾难的大义之举，也是给我们这条街甚至整个餐饮界争面子的事情。反正是希望你们两头兼顾，既想到前方，也不抛下后方吧！我提个建议，我们各家都应为苏老板的此番出行有点表示，反正力所能及吧，不知大家觉得如何？"

"好，赞成！"

"没得问题！"

话音未落，外面又传来了防空警报声。大家听出只是预警，都坐着没动。苏锴见了，就站起身来说："感谢各位的关心支持！今天的事就到此吧。万一敌机来了，都到我那边的洞子去将就挤一下。"

但大家仍旧坐着没动，似乎都对这个带点告别意味的聚会依依不舍，直到警报再次响起，街上的行人都纷纷加快了脚步，方才在苏锴的再三催促下往外走。曹贵边走边念："飞机头，二两油，鹅公岭，挂红球。日本飞机丢炸弹，山城到处血长流。跑不完的警报，报不完的深仇。烟囱变成高射炮，膏药飞机磕响头！……"

赖天佑嘀咕道："最后半句应该改成'栽河头'，狗日的天天飞来害人，莫非还要让它临死打个响片吗！"

朱世年说："对头，让它龟儿死个闷鸡（机）才安逸！"

众人应和道："要得，死个闷鸡、瘟鸡、倒栽葱鸡！"

祝兆乾说："嘻哈乐神的，哪像是去躲警报啊！"

正在门外收摊子的庹半仙摇头晃脑地接嘴道："这就叫民不畏死，奈何以死惧之啊！"

几个没听懂半仙说的啥，经苏锴解释后，心头就油然升腾起几分豪气。

十二

经与老父商议，苏锴最后决定将现有的九园人马分成两拨，一拨以郑大厨为掌门人留守重庆，另一拨跟他赴前线劳军。

苏泽九拿出多年的积蓄，加上各方朋友鼎力赞助，购买了一百六十袋面粉和各种主辅材料；饮食同业公会赠送了一辆脚踏炊具车；小吃街的众店家则凑份子赠送了二十八斤猪油、十五斤冰糖、十二斤蜜玫瑰；抗宣总队则出面联系民生轮船公司，得到一条顺水驳船的免费舱位。市民们也纷纷来到店子里表示支持和敬意，有人还投书报纸，称："有了民众的这种爱国精神，何愁强房不灭，胜利可期！"

　　出发的日子很快来临。抗宣总队和饮食同业公会联合在精神堡垒举行欢送会，为"九园出川劳军团"壮行。因地方显眼，按照市民防空指挥部的要求，大会定在早上七时开始，七时半准时结束。自发前来的九园老顾客和其他市民数百人，将漆成黑色的木制精神堡垒围得水泄不通。由祝兆乾领头的小吃街同仁站在最前面，一面写有"业界翘楚，侪辈之光"的锦旗分外引人注目，其句、字均出自庹半仙之手。

　　此时庹半仙也是站在队伍里，不过与兴奋喳闹的曹贵、赖天佑、朱世年等人相比，神情稍许显得有些落寞。原来昨天老兄忽然心血来潮，也想跟苏锴一起到前线去劳军，说是重活累活干不了，代笔为官兵们写写家书遗言还是可以的，要祝兆乾务必让云雯去向苏锴说情。祝兆乾劝说无效，只得对云雯说了。不料云雯一口回绝，说他要去，怕是得抬一副滑竿跟在后面啊！女娃子虽然声音不大，但还是被待在外面的庾半仙听到了，当即气呼呼地冲进店里对云雯说，啥子滑竿？到时候只怕是你走不动了，要庾爷爷来背呢！云雯不跟他顶撞，只是耐着性子解释说，这次包括她在内去了好些抗宣队的大中学生，代笔代言的事情都有人做，完全用不着他亲劳大驾。一句话：心意她可以代领，但忙肯定帮不了。祝兆乾也打圆场说，小女子走了我连个说话的人都没得，你就留下跟我打个伴吧，再说这条街上好多事情都还得仰仗你老人家呢！庾半仙见两爷子一唱一和，执意不肯帮忙，只得吁着气认了。

七时整，欢送大会正式开始。苏锴和抗宣队、餐饮界的代表先后上台讲话，祝兆乾也上台代表小吃街的业主向苏锴献了锦旗，主持人还特别让云雯站出来跟他一起亮相，激起一片鼓掌叫好声，让祝兆乾好不受用。在跟苏锴握手时，他语意双关地悄悄叮嘱了一句："云雯此去就交给你了啊！"心领神会的苏锴也极郑重地回了一句："你老就一百个放心吧！"祝兆乾心头的一块石头落地，脸上笑成一朵花。

大会临近结束时，主持人突然激动地宣布："军事委员会副委员长冯玉祥将军在百忙之中应邀与会，为九园劳军团壮行！"欢声雷动中，冯将军在苏泽九陪同下缓步登上主席台，向台下的市民微笑招手。主持人恭请他讲话。他欣然答应，站在话筒前高声道："我听说防空指挥部给大会的时间就剩两分钟了，因此我也只说两句话：其一，我这个北方大兵对九园包子情有独钟，九园包子好吃不贵、人见人爱，确实称得上是面食中的上品！其二，我是张自忠将军的老长官，对九园此番出川给张将军还愿，我深表谢忱！相信此举将会载入抗战史册，传之久远。九园，就是久远之园嘛！"然后把一张他手书的"踏出夔门，打走倭寇"题词的照片赠送给苏锴，并解释道："这八个字已经镌刻在三峡的崖壁上，每个字都有四张八仙桌大，就是要彰示咱中国人与侵略者血战到底的气概！"一时群情激奋，欢呼声和口号声此起彼伏，壮行大会达到高潮。

主持人宣布散会后，劳军团在苏锴的带领下，前往朝天门码头登船，一行将在万县与先期抵达那里的几支民众劳军团汇合，然后同舟出峡。

劳军团在朝天门登上民生公司的驳船后，许多自发前来送行的市民仍然待在岸坎上挥手示意，希望慰问团一路顺风，圆满而归。记者们举着相机，将这动人的一幕永远定格。

当时在场所有的人大约都没有想到，劳军团这一走，就一头扎进了烽火连天的抗战前线，没见再回来——预定劳军日程完结后，在张自忠将军旧部的盛情挽留下，全体人员欣然作为特招后勤人员入伍，在以后数年中跟随部队转战各地，直至抗战胜利。

在重庆的苏泽九老先生得知儿子的选择后，便将店子转让给了旧识傅文彬先生，傅后来将九园连同留守员工一起移往关庙经营，使九园在苏家父子之后，得以继续根留重庆。苏泽九老先生后来寄身佛门，黄卷青灯，终老丛林。

祝兆乾在云雯离开后的第二年，因突发脑溢血病逝，八仙锅盔就此不存。吊诡的是，庹半仙在此前后也悄然隐遁，不知所踪。

华洋商行在买下九园老店之后，或许是迫于舆论压力不得不假戏真做，还真将原有的老洞扩建成为一个可容纳两三百人的大洞子，又在九园原址上修建了一幢与洞子连为一体的房舍，建成之初也曾向市民开放过一段时间，但不久洞子就变成了商行的仓库，不允外人再越雷池。人们再怎么骂其"挂羊头卖狗肉"，也无济于事了。

九园的搬迁和八仙锅盔的关门，使小吃街的魅力骤减，随着大后方的经济日趋吃紧，餐饮业的境况大不如前，四喜球、独一粉也都先后关门走人，少数留下没走的也只是勉强撑持，小吃街再也没有重现当年的热闹景象。但原本最该走的曹贵却留了下来，二面黄就此成为小吃街"四大元老"中硕果仅存的老字号。

至于苏锴和云雯后来的去向，坊间则众说纷纭，莫衷一是。但曹贵却言之凿凿地说，在全市民众欢庆抗战胜利的那天晚上，他曾在精神堡垒远远地看见过苏锴，当时他正和怀抱婴儿的云雯一起挤在人群中观赏焰火，他拼命地向他们挥手喊叫，无奈鞭炮震耳、鼓乐喧天，两人未能听见，最后消失在人山人海里。但老吃街的人大多都认为他是看走了眼，说如果苏锴和云雯果真回到重庆，无论如何都会到老地方来看一看的。

原载《中国作家》2017年第2期

命缘

楔　子

在一次老战友聚会上，有人突然晃着手机大喊："各位看看！看看我们这些人已被说成什么精怪啦！"大伙儿纷纷拿起手机按图索骥，最后聚焦在一则题为"没有爱情故事的一代"的文字上。其称："我们的爷爷奶奶，也就是当年高唱着'我们年轻人有颗火热的心'走进新中国的那一代人，给后人留下的话题远不如在他们之前的战火硝烟一代和后面的广阔天地一代丰富多彩。尤其令人费解的是，整整一代人就没有留下什么打动人心的爱情故事，莫非他们的婚姻家庭都是无爱之合？……"一时举座哗然，笑骂声四起，说这些写手也真是挖空心思了，这种把无知当本钱的玩意儿也敢拿出来博眼球！

几个陪同爷爷奶奶的男娃女崽趁机跳出来撺掇，要老头老太们干脆都出来现身说法写文章，集中起来出版一本《我们的爱情故事》，让那些信口开河的家伙闭上臭嘴，也让他们这些乖乖子孙学习学习开开眼界。

这个鬼点子却未得到预期的响应。老头老太们笑眉眨眼地互相观望着，远的努嘴巴，近的碰肘拐，就是没人站出来接招。当时我正担心着住在医院里的老伴，自然就更没有心情搭理这种事情。不想坐在旁边的老闺蜜蛮妹却怂恿我说："惠兰，开个头炮吧！"

我极不以为然地回戗她道："人家的伤痛就是你百看不厌的万花筒啊？真是的！"

"哎，这才叫生在宝山不识宝啊！"她咧咧嘴说。

"下辈子我们对换吧！"我板着脸伸出巴掌去。

她扬起手煞有介事地比试着，但却迟迟不见落下来，对峙了一阵，便自己收了风。

会场慢慢冷落下来，就像下了一场过路雨。大家偃旗息鼓的理由也很实在：说的是风吹，打的是石铁。一辈子都这样过来了，还发什么老来疯呀！

这倒是实话。我们年轻那会儿，"谈情说爱"这几个字虽说没有列入贬义词，但离那儿也不远了，自视为有志青年的我辈是唯恐避之不及的。男婚女嫁这个坎儿自然还得过，但除了面对极个别贴心贴肺的知己，断然不会轻易外露个人的情感隐私。一句话：鞋子合不合脚都是自个儿的事，成天正事儿都忙不过来，哪有时间人前人后地秀恩爱或诉不幸呀！那是会遭白眼的。

会后蛮妹陪我去医院看望老伴，出来时又感慨唏嘘地冒了一句："惠兰，你们的故事是有说头的，真的不该沤在肚子里啊！……"

"好啦好啦，下辈子再说吧！"我没好气地一把将她塞进出租车。

　　数月后，老伴去世。悲戚之中，后院忽然起火：我对老伴（儿子继父）的后事安排，竟因儿子的强烈反对，不得不搁置下来。面对着难以入土为安的老伴骨灰，我时常通宵无眠，泪湿枕巾。社区里一些知情的老人安慰说：莫恼气啦，家家都一样，就是那个该死的代沟啊！这些从小养尊处优的娃儿，哪里晓得我们这辈人的命运遭际、酸甜苦辣呀！……但当我慢慢冷静下来之后，却不得不承认一个事实：儿子心头犯堵的真正原因至少有一半是出在我们自己身上。从小到大，我们除了扮演父母角色之外，极少有过别的深度交流，对个人的感情和婚恋经历更是守口如瓶。以至从小到大他早已习以为常，后来连了解探究的兴趣都没有了。儿子的这种态度实际上也是我和他继父结婚时与他缺乏沟通所留下的后遗症。他既对你们的那些过往一片茫然，又如何能理解你当下的所作所为？

　　唯一的办法是让孩子了解真情。然而那些本来早就应该点点滴滴地让孩子知晓的事情，已在我心里积压成一笔沉甸甸的宿债，一时真不知该从何说起……何况儿子已在国外定居十余年，随着母子间因时空远隔而日益加深的陌生感，我对口头表述这种事情的心理障碍也越发严重，每每拿起电话总是未语先崩，弄得儿子在那边一头雾水，怀疑我是否老年痴呆了，为此还专门请了一位从医的朋友前来探视，查明没问题后方才放下心来。那位医生了解情况后笑着对我说："阿姨知书识字的，为啥不尝试着写一部回忆录呢？这样不但可以让儿子全面真切地了解自己的父母，化解心头的芥蒂，还可以留传给子孙后代呀！并且也能充实阿姨的晚年生活，防止真正可能产生的老年痴呆……好处很多啊，阿姨何乐而不为呢！"

他的话就像在冥冥中为我打开了一扇窗，使我几近绝望的心境一下子活泛起来，没过几天便下了决心，开始动起笔来……

一

我母亲生下我不到十天就得月子风死了，父亲认定我是个讨命债的，加上又是个女孩，把我扔到外公外婆家后就再也不见回来。外公外婆倒是很疼爱我，尽管家境贫寒，仍让我上了两三年学。但他们一直有个心病，害怕哪天他们两眼一闭，丢下我一个人无依无靠遭罪可怜，所以很早就给我定了"娃娃亲"。

在我们滇东北老家，定"娃娃亲"的仪式可繁可简：有钱人家可以大办酒席吃上几天几夜，穷家小户也可以喝一碗茶水就了事，但婚约本身却同样庄重有约束力，如果不是遇到病亡等极特殊的情况，负约或毁约的一方都会受到舆论的谴责和乡邻的白眼，在本地很难再立脚，有的人家就为这个不得不背井离乡，迁往外方。

我至今还记得很清楚，这天清晨，我正在被窝里睡得迷迷糊糊，忽然被外婆叫醒揪了起来，然后就手忙脚乱地为我收拾打扮。我只以为大人要带我去赶街子，高兴得不得了，谁知弄好后却被反锁在屋子里。外婆说，中午有贵客来，不能把衣服弄脏了。整整一上午，我的眼睛就没离开过门板缝，猜想着会有什么贵客登门。吃午饭时，果然有两个客人来到家里：一老一小，都一式地打着青布包头，穿着对襟衫、大腰裤。老的满脸络腮胡子，活像庙里的怒目金刚，看着让人害怕；小的却长得很是俊秀，站在那儿就像一棵迎风挺立的小栗树。外公把我叫到客人面前，让我叫老的"楼老伯"，叫小的"楼哥哥"。原来他们是父子俩。

一起吃过饭，外公从屋后抱来一方石料摆在门前院坝里，这是我们那里出产的一种质地密实的青石，家家户户都用来打磨盘、舂钵、水缸什么的。楼哥哥从一个布捆子里取出了铁锤、錾子，蹲在石料跟前前后左右地瞄了瞄，就叮叮当当地动手打了起来。外公和楼老伯抽着旱烟，笑眯眯地坐在一旁观看。不多会儿，左邻右舍的乡亲都闻声而来，在院坝里围了一圈，小娃们都盯着楼哥哥手上的锤錾，大人的目光则在他的身上扫来瞄去。我却傻乎乎地端了个草墩坐在他的对面，嘴里不停地问着："你整哪样？你整哪样？……"
逗得看热闹的大人们不停地讪笑。我不明白他们为啥要笑，
也跟着傻笑。

楼哥哥闷头打着，却不回话，石渣溅在脸上，麻酥酥
的。因为我越凑越近，他怕石渣子飞进我的眼睛，不时就会
提醒我坐远一点，结果又莫名其妙地引发起周围的笑声。也
不知过了多少时辰，石料终于显出一点轮廓来，这时他才笑
着让我猜。

"是石狮子！"

我猜着了。到吃晚饭时，一尊颈挂铃铛、脚踩绣球的
小石狮子就活灵活现地出现在众人面前。眼见外公外婆和
邻里乡亲都满口称赞，我竟在众目睽睽之下扑上去一把抱
住小家伙，大喊大叫起来："我要！我要！……"引来一阵
哄堂大笑。

下来之后我禁不住一次又一次地追着楼哥哥问："楼哥
哥，你咋个会打石狮子呢？你咋个会打石狮子……"

他腼腆地看着我，不知如何回答是好，问急了，才轻言
细语地说："是跟老爹学的……"

后来外公告诉我说，楼哥哥祖上好几代都是石匠，他的
高祖父还曾被征调去北京修大庙。他八岁就开始跟父亲学石
匠，现在都能够自己挣钱吃饭了。乡下人都晓得"灾荒年饿
不死手艺人"，外公外婆一心想的就是要给我找一个以后不

会让我饿饭的男人。当时我哪里懂得大人的这些心思，只晓得天上突然掉下来一个小哥哥，一个会打石狮子的小哥哥。

楼家父子在我们家住了十来天。楼哥哥除了帮着楼老伯为我们家打了一盘石磨之外，其余时间几乎都是在陪着我玩：下溪沟扳螃蟹，攀屋檐掏雀窝，到林子里采摘野莓山果……还领我去赶了一趟街子，看了一回猴戏，简直是玩疯了！打从记事以来，我还从来没有被家里这样"放纵"过，我也从来没有想到跟一个男娃子打伴会有这么多的乐趣！这时候我的问题又冒了出来，追着他，你咋个会这样咋个会那样的问个不停。有时弄得他实在都无法回答了，愁眉苦脸地告饶说："惠兰妹妹，你哪儿来这么多问题呀？……"这时我就会嬉笑着放他一马。

外公外婆杀了一只鸡来招待楼家父子。我长这么大，吃鸡的回数扳着指头都数得过来，上桌后那个馋劲啊，眼睛盯着盛鸡汤的瓦罐都不会动了，外公才请客人动筷子，我就叫着要吃鸡头。谁知外公却像没听见似的，夹了鸡头就径直放到楼哥哥的碗里去了，只是往我碗里夹了一根鸡翅膀，我一时大感委屈，立马就眼泪汪汪的了。外公这才告诫我说，鸡头应该给客人吃，这是规矩！外婆也在一旁诓哄，这时楼哥哥却不声不响地将鸡头放到了我的碗里。

我立即破涕为笑。不料外公却拉下脸来不准我吃。从小到大我还少见外公拿这样严厉的脸色对我，一时愣在那里，泪水又开始往上涌。

"老伯，就让惠兰吃吧，我在外面经常吃着的。"泪眼模糊中，我听见楼哥哥在说。

"这小女子真不懂事，怪我平时没有教好……"外公赔礼道歉着。

在楼哥哥的坚持下，外公最后松了口，让我和楼哥哥一人一半分享了那个鸡头，于是饭桌上又开始有说有笑了。

后来我才听外婆说，我们当地的风俗，不管是定"娃娃亲"还是定成人亲，都是男方上门提亲，女方杀鸡请客，但吃饭时鸡头都归男方，以示对男方将来"当家"的认可。我这一闹却将这个老规矩给搅黄了。据说那天下来后楼老伯曾私下嘀咕儿子不该太迁就我。楼哥哥却说："我比她大这么多，理应让她嘛。"楼老伯也就不吭声了。

我们就这样定下了"娃娃亲"。楼哥哥名叫楼景春，当时他十五岁，我九岁。

二

楼哥哥每个月都会来我家一次。开初是两爷子一道来，慢慢地楼老伯就来得少了，变成他一个人来。他来了就抓着事情做，耕田耙地、修屋捡瓦、推磨砍柴，家里的重活累活全揽了。活路做完了就带着我到处玩儿。外公外婆都很喜欢他，成天景春前景春后的叫喊，听着比叫我还亲切。但我并不吃醋，反而很高兴，因为他们喜欢他，他就更愿意到我们家来了。

只要楼哥哥一到家，我立即就成了他的小尾巴，不管他是在做事还是歇下来，总是脚跟脚地跟着他转，小嘴巴叽叽喳喳地说个不停。有时他就故意吓唬我："哎呀耳朵都吵熟了，当心我用粘棍把你的嘴巴粘上！"我觉得挺有意思的，追着他说："你粘呀！你粘呀！"我们经常将蜘蛛网搅绕在竹棍尖子上做成粘棍，用来粘捕秋蝉和瓢虫，有时也互相粘头发玩儿。

这天我正没完没了说得高兴时，他拿出一根粘棍吓唬我："惠兰，我真要粘你啦！"

我不但不怕，反而噘着嘴凑上前去："来粘呀，来粘呀！"

他做出认真的样子："你以为我不敢？"

我督他道："你敢你敢你啥都敢，但怎么不动手呢？"

"好吧，把眼睛闭上！"他煞有介事地举起粘棍。

我立即闭上眼睛，脸上却笑容不减，心想，哼，看你来粘！

一团黏糊糊的东西糊到我的嘴皮上，我哼哼着抿紧嘴巴扑了上去，想要以牙还牙。

他嬉笑着跳开了，一副幸灾乐祸的样子。我张嘴想啐他，忽然感到嘴里甜津津的。当楼哥哥从背后得意地拿出一节竹筒来逗我时，我才恍然大悟，立即不依不饶地追了上去！他跑了几步就停下来，把小竹筒递给我看。竹筒里装着小半筒浓稠黄亮的液体，用指尖蘸着尝了尝，原来是蜂蜜！我的脸上顿时笑开了花。他拿过竹筒示意我张开嘴巴，我立即乖乖地听从了。当一股甜甜的蜂蜜流进我的嘴里时，整个心都甜透了。

高兴的日子过得特别快，我和楼哥哥的交往一晃就是两三年，在我的心目中，我们已完全是一家人。

在我十二岁那年，有一天我和楼哥哥一起到镇上去买盐巴，看见街口上好多人在围观什么，不时传出吆喝叫好声，钻进去一看，原来是有人在耍蛇卖艺。只见一条碗口粗的菜花蛇正缠在一个赤臂光头男人的脖子上，不断地收缩着身子，已是脸红筋胀的光头男子仍在口沫横飞地为其鼓劲叫好……我挤在人丛中正看得愣怔，忽然听到脑门子后面咔嚓一声，跟着就感觉到后颈窝凉飕飕的不大对劲，伸手一摸：哎呀，我的独辫不见了！回过头去，只见一个戴瓜皮帽的二流子正捏着剪下的辫子缩头缩脑地往外钻。楼哥哥发现后，立即拉着我去追那个盗贼，但挤到外面时，那家伙已逃出去半条街。楼哥哥怒喝着拔腿猛追。眼看就要追上了，那家伙突然转身，举起剪刀朝楼哥哥刺来，楼哥哥的左臂顿时鲜血迸流。正当我吓得惊叫之时，却见楼哥哥猛扑上去，一拳打在那家伙的眼睛上，那家伙立即丢掉手里的东西，捂着脸蹲下身子，鬼喊呐叫起来。楼哥哥上前抓起剪刀，掀掉那家伙的瓜皮帽要来个以牙还牙，不想暴露在光天化日之下的却是一个花里胡哨的癞痢头。他气愤地往上面吐了几泡口水，然后捡起掉在地上的辫子拉着我匆匆离去……

　　外公听我们回家说了发生的事情，立马变得焦忧起来，说那家伙是镇上龙舵爷的癞子幺儿，平时为非作歹惯了的，恐怕不会就此甘休。他让楼哥哥马上离去，以免遭遇不测。听说楼哥哥要走，我就像掉了魂儿似的，泪珠子一串串地往下滚。但外公焦虑的面容和决然的话语使我不敢放声哭闹，只是抹着泪在楼哥哥身边不停地转来转去。楼哥哥一直没有忙得赢跟我说话，直到打点好行李，才把我拉到一边，指着手里的小辫子对我说："惠兰妹妹，送给我好吗？"我说不出话，忍着泪水使劲地点头。我清楚地记得，他把那截辫子仔细地缠在受伤的那只手臂上了。

　　不知为什么，从此以后，楼哥哥就不见来了。外公和外婆都在念叨，却弄不清是咋回事。我心里却"明白"起来：独辫没了，变成了一头鸡窝似的乱草，楼哥哥不喜欢我了……越想越伤心，成天揪扯着头发，恨不得马上长成原来的样子！千不该万不该，不该去看那场卖艺的！后来连邻居们也有意无意地"关心"起这个事来，弄得我无脸见人，心里一直想不通：白天怕龙舵爷他们撞见，可以晚上悄悄来呀！楼哥哥真的不喜欢我啦? ……

外公外婆也感到事情不大对劲,决定到楼家去看看到底出了什么事情。楼哥哥家所在的石阳寨,离我们樊家坳有二三十里路,中间要翻好几座山,清早出发,到那里也得擦黑。我死活要跟外公一块儿去,外公无奈,只得应允了。

这是我从小到大出过的最远的一次门,还没走到一半,两只脚上的布鞋就一个掉帮一个穿洞了。我二话不说,脱了鞋赤着脚继续走,到得石阳寨时,两只脚上已全是被碎石芒刺割伤的血口子。趁着天未黑尽,我们好歹找到了楼哥哥的家。出乎意料的是,家门紧闭,怎么敲打都没有回应。向寨子里的人打听,才知道早在几个月前父子俩就被乡上派差去省城修飞机场了,全寨一共去了十几个人,一半是石匠,至今音讯渺茫,也不知是死是活。外公和我都傻眼了。望着面前空寂无人的小石屋,我的眼泪禁不住扑簌簌地往下掉。

我和外公在一户人家的牛厩里待了一夜,第二天天不亮就悄然离开了石阳寨。外公一路上千嘱咐万嘱咐:回去后千万不要对任何人说起到石阳寨的事!我当时并不完全明白他害怕什么。直到长大一些了才明白:未过门的媳妇自己跑到公公家来,这本身就是很没脸面的事情,结果还吃了"闭门羹",更是双重没脸面!

回家后我就病倒了,脸上烫得火烧火燎,身子却像掉进冰窟窿里似的冷得打哆嗦。外公请了郎中来看,说是打摆子。熬药吃了不见效，又请了端公来驱鬼，还是不见效。一连数日昏迷不醒尽说胡话。外公外婆见了，担心我凶多吉少，都后悔不该让我跑这一趟，甚至开始淌眼抹泪地悄悄谈论我的"后事"。

没想到这天中午，两个老人正坐在冷锅冷灶前无语相对时，我却突然翻身下床往门口跑，外公大为惊骇地一把抱住我，不知发生了什么事情。

"他来啦！他……来……啦！……"我使劲地往门口蹭。

"惠兰，你说什么来啦？"外公急切地问。

"景春来啦！……楼哥哥来啦！……"我大喊大叫。

"哎呀可怜哟，我的孙女可怜哟！……"外婆颠着小脚过来捧着我的脸，一时老泪纵横。直到两位老人扶着我来到空荡荡的门外，我才慢慢从梦中清醒过来。

尽管阎王老爷这回没有收我，但没有了楼哥哥，我变得形单影只，度日如年。

三

景春再次来到家里时，我已长成十四五岁的半大姑娘了。他是一个人来的。几年不见，他已变成一个高大的青年，嗓音变得特别厉害，说起话来又厚又沉，好像有个风箱在助阵。那时我已懂得羞涩，当我确定面前的他就是我日夜思念的楼哥哥时，一张脸霎时间便红到了脖子根，竟转身躲进了房间，捂着怦然乱跳的胸口，悄悄地在门边听他和外公说话。直到外婆进屋来叫吃饭，我才低眉垂眼地走出去。

景春高兴地从饭桌边站起来招呼我，好像对刚才的那一幕完全没在意。我落座后问他："老伯咋个没来呢？"刚才我在屋里好像听见他说楼老伯什么的，但没听清。他面露悲戚，欲言又止。

外公说："在省城修飞机场时病死了。"

我放下刚拿起的筷子，怔怔地盯视着景春。

景春这才道出了实情。原来楼老伯和景春一起被派差到省里修机场，来自全省各地的几千民工全都挤住在水洼遍布、又脏又烂的临时工棚里，没多久就开始流行霍乱往外抬死人了。楼老伯也不幸染了病。监工发现后，立即将其转移到"隔离区"，在那里除了发给一些吃了根本不见效的白色药片之外就再无别的措施，其实就是让病人眼睁睁地等死。景春有一天晚上偷偷潜入隔离区见到已是骨瘦如柴、奄奄一息的父亲，不禁泪如雨下。父亲自知无救，对他唯一嘱咐就是四个字："赶紧逃走！"当时已有跟他同样年轻的民工染病，他明白，如果自己不逃，难免同样命运。按照上面的规定，为免引发新的感染，死去的霍乱病人全部集中消毒掩埋，一律不准家属领尸自葬，所以他就是想要留下为老父尽孝也是不可能的！但就是这样，他仍然犹豫着不忍丢下父亲独自逃生。直到有一天监工告诉他，父亲已经病逝并已与同时病逝的十余个民工被拖往一处保密的地点深埋"处理"后，方才最后死了这条心，连夜逃往滇南，打算去个旧锡矿求生……

想不到楼老伯会死得这样惨。楼家就他们父子俩，老的走了，他一个人孤孤单单地咋个过呢！当时我对那个旧锡矿完全没有概念，还傻乎乎地问他那边有没有他家石阳寨远，听他解释后，很是吃惊，就问他还打不打算再去，得到他的肯定答复后，就心事重重地吃不下饭了，胡乱扒了几口便丢下碗筷离席而去。

晚上外公让我去他和外婆的房里睡，腾出床来让景春住，同时很认真地告诫我说，出去千万不要对外人说起楼家父子的事情，走漏了风声官府要来捆人的！那天晚上我平生第一次失眠了，眼前晃来晃去全是景春在外面颠沛流离、忍饥挨饿的可怜情景……同时反复寻思着一个问题：咋个就没想到躲在我们家来呢？村里也没人知晓他们父子在外面的事情呀……

第二天清早我端着木盆去屋后的井边打水，发现景春赤身裸体的只穿着裤衩在那里冲澡，一身发达的腱子肉在晨光中显得分外惹眼，一时把我给看呆了。正不知如何是好，他却已回过头来抹着脸上的水说："惠兰要打水吗？来，我帮你!"我移开目光嗯了一声。他麻利地提起前面的吊桶放进井晃荡两下便提起一桶水来往木盆里倒,又问我要不要端回屋去,我说自己端,但不等我弯下腰,他早已抢过去噔噔噔地端上跑回屋去了。他洗好后,又一趟趟地往厨房里提水,直到装满水缸。还没歇过气来呢,又对我说,"惠兰,等会儿跟我一块上山去砍柴好吗?"见我抿着嘴不置可否,就笑看着我说:"几年不见,惠兰变啦?"

我终于忍不住回了一句:"你才变了呢!"

"我怎么变啦?"他问。

"你心里没有我们这个家!"我做出不高兴的样子。

"呵,我心里怎么没这个家啦?"他依然笑着。

"我不说,你自己清楚!"我边说边扭过脸去,但不等他开口,话已从我的嘴巴里飘了出来:"老伯不在了,你独自一人咋个就没想到来我家呢?"

他摊开双手:"我这不是来了吗!"

我嘟着嘴说:"是在外面待不下去了才想起这里吧……"

他走近我小声道:"惠兰,你想想,要是我一逃出来就往这里跑,后面的追兵不就跟来了吗?那时不但我跑不掉,连你们都得受连累呢!你说是吗?嗯?……"

我无言以对。近距离地感受着他那青春四溢的男子汉的气息,内心里突然隐隐地生出一股冲动,想扑过去搂住他说一声:"楼哥哥,这回你就不要走了好吗?俗话说,在家千日好，出门处处难。再说这个家也正需要人啊！……"

但我既没敢这样做也没敢这样说。我也晓得，我们还没有正式拜堂，就这样不明不白地让他长住在家里，难免让人闲话，外公外婆也不会同意。而当时我们那一带的乡下女子嫁人，至少也得满十六岁，我还差着一两岁呢。

吃过早饭，景春就收拾好砍刀绳索和背架，让我和他一块上山砍柴。外公很爽快地同意了，我自然求之不得。

因为单靠种庄稼不能糊口，我们那一带的乡民常年都是靠砍柴卖钱来贴补家用，镇子上一年到头最热闹的市场就是烧柴市场。我很小就跟外公进山砍过柴，只是后来越砍越远，才不让我去了。近年来随着外公日益年迈，他自己也已很少进山了，所以别说卖柴贴补家用，就是平时家里烧柴都是就近捡一些枯枝败叶来凑合，既不耐烧，烟气又重。景春肯定是注意到了这个情况才决定上山来砍柴的。

我们翻过好几道山梁，才勉强找到一片烧柴林。山上多是松树，如果不是为了盖房修厩，砍柴人一般不会整棵地放倒，只是砍伐长在下端的枝柯。景春选定了一棵树后，就吩咐我在下边接应，然后将砍刀插在腰间，搂住树干几攀几爬地就到了树腰。伴随着极着力的刀劈声，长短枝柯哗哗地落了下来，比起外公在下面用长柄弯刀紧砍慢砍省事多了！看着景春矫健的身影，我心里不禁又扑腾起来：楼哥哥，你这次住下就不要再走了好吗？你都看到了，眼前这个家就缺你这样一个男子汉，一根顶梁柱啊！……

可我也意识到这不可能，说出来只会令他为难自己尴尬。

景春将砍好的烧柴捆扎成大小两垛，他背大垛我背小垛往回走。来到一处缓坡上时，景春问我要不要歇歇脚，我点头同意。其实我是想让他歇，他背的柴垛大得跟小山似的，至少比我多出两三倍。他先放下柴垛，又帮着我放下，两人轻松地仰靠在地上，望着头顶上的蓝天白云啊啊地吼叫，聆听山间的回声。

"惠兰，你唱个调子吧！"他忽然说道。

我心头一下就蹿热起来。我是听着外婆的花灯调长大的，久而久之自己也能哼上一些了。但外婆唱调子多是现编歌词，见啥唱啥，我却没有这个本事。

"唱哪样呢？"我笑着自问自答，"就唱《砍柴歌》吧：砍柴上山坡，一路唱山歌。山歌不停嘴，背上空落落……"

"唱《胡桃开花》吧！"他认真地说。

"你晓得的，我唱不完啊！"我说。这首歌也是从外婆那儿听来的，外婆也唱不完。以前跟他在一起玩耍时他曾跟我学唱，有时还唱得眼泪汪汪的，说是想阿妈了。他阿妈是他四岁时被疯狗咬后得恐水病死的。

　　胡桃开呀花哟吊吊长哟喂，远离家乡想亲哪娘，

　　娘想儿哪啰想呀想到老，儿想亲娘哭断哪肠！……

我发现景春听着听着便背过脸去，探头看时，发现他的眼眶里已噙着泪水。我心头一酸，停下说："不唱了，惹你伤心了。"

他不好意思地擦着眼睛："你一唱，我就听入神了，就想起小时候我妈坐在门前一边纳着鞋底一边瞅着我笑的情景……"

我低头说："你还有妈可以想呢，我连爹妈的样子都不知道……"说着也不禁红了眼睛。

景春一下子醒豁过来，搂着我的肩头说："惠兰，都怪我不好，我是男子汉，不应该这样……好，你在这儿等我一会儿啊！"说着便一跃而起，飞跑到一处悬崖边去了。

我以为他是去撒尿，自己也赶紧找个背静处清爽了。不一会儿却见他举着一团在阳光下红得亮眼的东西跑了回来，一到近前就赔着笑脸说："来，送给你！"

原来是一束山茶花。我接过娇艳欲滴的花束，发现上面还停着一只小小的蜜蜂。我从小就喜欢山茶花，外公以往进山砍柴总会给我带几朵回来，放在盛水的竹筒里养着，成为我从早到晚守望呵护的伴儿。可惜现在外公不能进山了……我默默地嗅闻着散发着淡淡清香的花朵，压在心头的话又开始萌动起来。

我把山茶花插在柴垛上，和景春一前一后沿着山箐往回走。走了一程，景春又变得沉默了。我知道他还在想他妈，就回转身去焦眉愁眼地望着他，本想说一句什么引他发笑的话，不料冲口而出时连自己都羞红了脸："楼哥哥，以后我来当你的阿妈吧!"

知道自己说飙了嘴,我跺着脚用双手蒙着眼睛,心悬悬地等着受罚。不想等来的却是一句悄悄话:"惠兰,以后我就来当你的阿爹吧!"

我的心头一热,也顾不得背上的柴垛,伸出双手就紧紧地搂住他,嘶声哑气地哭喊道:"楼哥哥,你快来我家吧!你早点来把我娶了吧!……"

万没想到,当天夜里景春就悄然离去了,只有外公一个人去送了他。

四

景春走后,外公身上出现了一个非常明显的变化:开始关心外面的时局。当时就连我们那样偏僻的小地方,都在流传着国民党的军队正开到北方去和共产党打仗的事情。尽管家里十分拮据,外公每个星期还是少不了要去镇上坐一回茶馆,从南来北往的茶客口中打探一点外面的消息。

这天,我正和外婆在厨房里磨荞子,外公急匆匆地走进来,一见我们就兴高采烈地说:"景春他们的事情弄成了!弄成了!"看着他一脸的高兴劲儿,我和外婆面面相觑:什么事情弄成了?……

外公反身闩上房门对我们说:"外面有消息,说是六十军起义了!"

"六十军,背时的不是也被蒋介石调派到东北塞炮眼去了吗?"外婆问道,"啥叫起义呢?"

"哎呀连这个都不懂!"外公点上老旱烟猛吸一口,吐着烟子说,"起义嘛,就是说,就是说归顺了共产党,调转枪口来打老蒋啦!"

"哦,那老蒋不气死呀!"外婆眨巴着眼睛,"先前就听说是老蒋硬要打内战的,好多手下都反对。但那么多人马,听说从云南出去的时候走了好几天才走完,说调转枪口就调转枪口了?"

"惠兰,你晓得不——"外公没回答外婆,却一脸兴奋地转向我,"这里面有景春他们的功劳呀!他就是受共产党派遣,专门到六十军去策动起义的!"

我大吃一惊。当年红军长征时曾经从这一带经过,当地老百姓都晓得共产党领导的红军是给穷人撑腰打天下的,乡民们活不下去时,常常会私下发飙,说当时真该跟红军走啊!……听外公细说后,我这才知道,景春去锡矿后投奔了共产党的"边纵"。上次就是受组织派遣,准备打入国民党六十军策动起义,路过这一方时特地来见了我们一面,并给外公留了话,说万一他遭遇不测,就给我另外找个好人家……我一听,没等外公说完,就哇哇地哭着奔出门去了。

外公笑着叫住我说:"惠兰你哭个啥呀?我又没说景春有个什么三长两短!听清楚啊:景春没有死,而且做成了大事儿,成了大功臣啦!"

我听得懵懵懂懂的,但从外公的语气和笑脸上意识到景春并没有死,而且有出息了!……一股从未有过的荣耀感和幸福感一点点注进我的心头,但我没好意思立即破涕为笑,只是忸怩着站在那里,毕竟,我那时已经高过外婆半个头,不再是小女孩了。

五

刚解放那些日子,乡间真是红火欢腾啊!清匪、反霸、搞土改、兴互助……天天都像是在过节。外公成了积极分子,被大家推选为村长,我也当上了乡里的宣传员,祖孙俩成天忙来忙去,不到天黑难得落屋,害得外婆老是抱怨,连门前的老黄狗都诧生我们一老一小两个"公家人"了。也不知是老眼昏花了还是怎么的,确实有两次我们半夜开会回家时被它号叫着堵了门,是外婆出来打了招呼才解围的。

令我纳闷的是,一晃半年多了,景春连个音信都不见。是工作太忙,还是遭遇了什么不测,抑或是……每当有怪念头出现时,我总是慌忙掐断,不让自己去乱想,却又总是禁不住要想，越想越觉得心头空落落的不是滋味。

有一天我忽然开了窍：可以主动写封信去打听一下呀！于是就一个人关起门写起来。可是笔一落在纸上，那满腹满腔的话儿全都没有踪影，写了半天，信笺上翻来覆去就是这么几句话：你最近身体好吗？工作忙吗？我在这里一切都很好，只是外公外婆时常叨念起你，希望你接信后及时回信……收信人地址反倒没有多想，写的是"东北原国民党六十军起义部队共产党员楼景春收"，落款写的是我们村和外公的名字。写好后就揣在怀里，跑到镇上的邮政所，偷偷地看别人是怎么买邮票、贴邮票、投邮筒的，然后亦步亦趋地照样办理。这是我这辈子第一次写信寄信，投递后仍一步三回头，心头怦怦地跳个不停。

没想到这封信没几天就原封原样地退回来了，信封上贴着一张小纸条，上面写着：原信地址不详。外公收到退信后很是奇怪，问我是咋回事儿，我尴尬极了，拿过信来，跑回屋里伤伤心心地大哭了一场。外公和外婆知情后倒也没责备我的丢人现眼，反倒宽慰我说，你跟景春定"娃娃亲"是大家都晓得的，写个信去问也不算失礼丢人。景春是个厚道人，不会就这样把我们一家忘掉的，迟早会有信来。

为了迎接国庆一周年，区里召开基层宣传员和青年积极分子会，我也去了。中午的时候，乡政府招待大家吃午饭。那两天我想景春想得特别厉害，面对大盆小碗的菜肴却没有胃口。朱区长夹起一片回锅肉放进我的碗里，别有意味地调侃道："樊惠兰，吃饭不积极，思想有问题哟！"朱区长曾在我们村蹲过点，知道我和景春的事情。

"这两天我有点不舒服，可能是感冒了……"我红着脸笨拙地申辩着，引得周围一片哄笑。

朱区长笑道："那好办，我那里正有治感冒的药，你吃过饭到我办公室来拿吧。"

朱区长一离开，我心头便开始扑腾，觉得他好像不是随便叫我去的，囫囵地扒下一碗饭，便往他的办公室跑。朱区长已在办公室等着，见我进去，便端了一杯水过来笑眯眯地问："惠兰，景春和你的事情，怕是差不多了吧？"

我没想到他一开口就是这个话，一时尴尬万分地站在那里不知说何是好，过了好一会儿才忸忸怩怩地说道："现在还很难说……"

"哟，这样薄情寡意呀？"他夸张地瞪圆了眼睛，"要是景春听见了不寒心才怪呢！"

"他……才不会呢！"我心头的隐忧被触动了，气鼓鼓地回道。

他意味深长地盯了我一眼，从墙上取下一个鼓胀的军用挎包递到我跟前，说："来，这是楼景春同志带给你的！"

大约是发现我很是疑惑吧，他啧了一声，打开挎包从里面抓出一大扎金黄色的毛线来："不信？你仔细看看，天津货呢，本地哪儿去找？"

我将信将疑地探头细看，毛线货牌上确实写有天津字样，一时又是兴奋，又有点惶然。

朱区长说："怕有三四斤呢！够给你外公外婆和你自己各打一件毛衣了。"末了又接了一句，"楼景春肯定是个精细人，不然组织上也不会让他去六十军搞兵运了。"

朱区长说罢回到自己的办公桌前，这无疑是表示我该走人了，但我仍心有不甘地在挎包里面翻来翻去。

朱区长笑问道："翻什么呀？"

我迷惘地抬起头来说："他没写信吗？"

"哦，差点忘记了——"朱乡长拍拍脑袋说，"东西是他托一个来云南出差的战友捎带的，那人在路上把信给弄丢了，幸亏还记得县名和你的名字，就把东西送到县里请求帮助查找。县里趁开区乡干部会时贴了个启事，我一见你的名字就直接揭了榜。事情的经过就这样。"

"那位带东西的同志没留下景春的地址吗？"

"好像没有，听说来去匆匆，交下东西就走了。"朱区长说，忽然瞪大眼睛，"啥呢，你现在还不知道他的地址？"

这本是我心头最大的纠结，可在那一瞬间该死的自尊心却将已蹿到喉咙口的话变了样："主要是前不久听说他有调动……"又因为在领导面前撒了谎，不禁一下红了脸，拿了毛线转身逃也似的离开了。

后来我把这个事情给同村的小姐妹蛮妹讲了。蛮妹寻思说，送东西的人把信给弄丢了，肯定回去得给楼哥说一声，让他再来个信说明一下吧！但不知为什么，天天等天天盼，一两个月仍不见有景春的音讯来。外公说，没有景春的亲笔信，毛线不能动。实际上那时的乡下姑娘有几个会织毛线？只好用来压箱子了。特别想他的时候就拿出来闻闻嗅嗅，感受他留在毛线上的气息，心里多少得到一丝安慰——不管咋个说，他总还活在这个世界上，总还记得我们家和我樊惠兰啊！

六

一九五一年春天，西南公安学校到我们那里招收学员，我报了名，经考试、体检合格，如愿以偿被录取。更令人高兴的是，蛮妹也同时被录取了！

新学员在县里集中学习三天之后，分乘两辆敞篷卡车出发去重庆。十五个女学员乘头一辆车，车上还有一个年轻男同志，姓龚，是专门来接我们的随队校医，瘦瘦高高的身材，与众不同地穿着一身很合体的黑呢子中山装，坐在我们这些东倒西歪的女子中间，显得格外打眼。也许是因了他是我们当中唯一的男性，也许是因了他的健谈和风趣，很快就成了我们这个喧闹的车厢里的中心人物。他时而表情严肃地讲起了卓娅与舒拉的故事，让这两个异国青年英雄的命运抓紧了我们这群初出家门的乡下女子的心；时而他又绘声绘色地讲起了"秀才过沟"的笑话，让大家笑得前仰后合……

到底是大地方来的人啊！我躲在角落里悄悄观察着他，心中充满了莫名的钦佩之情。

卡车在弯来绕去的山间公路上颠簸，摇得人翻肠倒肚，许多人开始呕吐。龚医生一边给大家发药，一边大声问："哪个会唱歌的，站起来带个头！"

话音未落，蛮妹就把我一把推了出去："她是我们乡里的宣传员，出了名的亮喉咙！"

"哎呀安心出我的洋相啊！……"我急得什么似的推搡着，在家门口随便唱唱跟在外面是一码事儿吗？

"樊惠兰同志，起个音吧！"没想到龚医生直接点了我的名，"算是帮我的忙，好吗？"

面对着他爽朗的笑容和鼓励的目光，我一时真有点受宠若惊，心口怦怦直跳，我连一句话都没跟他说过，他咋个晓得我的名字呢？

"来吧，大方点儿！"他热情地向我招手。

我觉得很难拒绝，只好站起来，镇静片刻后硬着头皮起了音："我们年轻人有颗火热的心……"

大家一开唱，我就缩了回去，顺手给了蛮妹一巴掌。

两天后我们来到了贵州的七十二道拐。虽然事前听龚医生讲过七十二道拐的险峻和有关安全注意事项，我还是和大家一样，对于"车祸"二字完全没有概念，就跟小时候听外婆讲"狼来了"的故事一样，觉得那不过就是"故事"而已。等我终于把它当回事时，已经躺在医院的病房里了。

当我从昏迷中蓦然醒来，诧然地打量着陌生的房间和围在床前的医生护士，不禁大为惊惶：我怎么会躺在这里？我的同伴们呢？……

就在我努力挣扎着想要坐起来时，龚医生出现了，双手捧着一大堆糕点水果。

"哦，我就觉得你该醒了！"他高兴地在床头边放下东西，弯下腰来给我牵着被子，"知道吗？你已经在这儿昏睡两天两夜啦！"

我诧然不已："这是在哪儿？"

"贵阳市工人医院。"

他告诉我，遭遇了一个小车祸，全车有一半的人受轻伤，经简单治疗后就继续赶路去了，只有我受伤最重，左小臂骨裂加一节腰椎错位，需要留院治疗一段时间。

我一时慌了神，说："我不想待在这里，我要跟大家一块走！我保证我能坚持！我保证……"想到自己将孤零零地被扔在一个人生地不熟的地方，我真是不寒而栗。

"这不行，如不及时治疗，会落下终身残疾的！"他很郑重地摇头道。

"可到时我到哪儿去找你们呀！不，龚医生，我要走，我要跟你们走！请你跟队领导说一说好吗？"我急得直掉泪。

"他们已经走了。"龚医生平静地告诉我。

"都走了？"我觉得他是在诓我，"那你怎么还在这里呢？"

"是带队领导专门让我留下照顾你的。"

我将信将疑看着他。

"真是这样，我就住在附近的旅馆里。"他说。

"蛮妹他们都走了吗？"我觉得一切都像是在梦中，刚才大家还挤在车上说笑唱歌呢，怎么就……

"蛮妹一直想留下来陪你，但队领导不同意，最后决定我留下来陪着你治疗。"

我不得不接受这个突如其来的变故。面对着面前这个陌生的环境中的唯一的"熟人"，我就像是出门怕被大人丢掉的小孩一样地央求他："那你就待在这儿，不要离开我！"

他温和地调侃道："小妹仔，我也希望这样呀！可医院对探病时间是有规定的，不能一直待在这儿啊！"

那天他在我身边一直坐到很晚才走。我发现这里的好些医生护士都认识他，而且交谈时会流露出一种钦敬之情。他走后我不无好奇地向一位值班医生打听。医生困惑地说："你们一起的还不知道啊？龚宁可是大名人呀：自己给自己割盲肠，在全世界也没有几个先例的呀！"

大约是见我仍不甚了解吧，女医生便详细地讲了割盲肠是怎么回事儿，自己割盲肠又是怎么回事儿，一时吓得我汗毛倒竖，连连失声尖叫。听罢也没有像他们一样将龚医生看成是令人崇拜的对象，更多的感觉是遇上了一个匪夷所思的"异人"。想到这些天和我们这群乡下女子挤在卡车上嘻嘻哈哈的，竟是一个敢用刀切开自己的肚子，自己割了盲肠又自己缝上的男人，感觉就怪怪的甚至有点后怕。打此以后，每当见到龚医生时，就会产生一种心理不适的反应，甚至不敢正眼看他。加上一出来就遭遇车祸，使从小就很认命的我，感到刚在面前展开的外面世界，似乎一下子变得危机四伏起来，再不像出门前那样充满无边的美好想象了。

七

　　一个月后，我在龚医生的陪护下抵达山城重庆，他带我到公安学校补办了报到手续，然后把我直接送到宿舍房间里。握别时我想说点感激的话，结果憋了半晌才憋出一句乡土味十足的客套话："龚医生，谢谢你喽！有空时常转过来坐坐啊！"其实他所在校卫生所就在我们女生宿舍旁边，过来过去都会碰上的。到校后我才知道他是校卫生所的所长。

　　龚医生前脚才走，蛮妹便一阵风地旋进来，一把抱住我叫道："前天就听说你们要回来了，刚才在操场上远远地看见你们……哎呀咋个会胖成这个样子啊，看来我们应该换名字啦！"又顺手拿起一面小圆镜对着我，"自己看嘛，眼睛都挤成一条缝啦！"

"一天到晚就躺在床上，吃了睡，睡了吃，都快变成猪了！"我用指头推着鼻子做了个猪相。

蛮妹放开我，帮我收拾铺位。听说考虑到我才受过伤，这间寝室只安排了我们两个人，我既感动又高兴。蛮妹笑道："这是小意思，大家都说你这回是因祸得福，还没报到就享受了特护待遇！"

我明白她说的是龚医生一直陪着我的事，也由衷地说："确实，全靠龚医生在了，不然我至少还得多在贵阳待十天。"

"龚医生这个人确实不错咧！"蛮妹说，"那天卡车撞在崖壁上，他也受了伤，却忙着一个个地救人，然后又联系车子把大家接回贵阳，最后又主动要求留下照顾你……"

她把"主动"两个字说得别有意味，我也没见她的怪，只是顺着话题说道："你晓得吗？他还是个大名鼎鼎的人物呢！"就把在贵阳医院里的见闻讲了。

"妈呀，自己割盲肠？这可不是一般的本事啊！"蛮妹惊乍乍地说，"我听卫生所的李大姐说，他原来是个孤儿，在洋人办的孤儿院里长大的，后来到教会医院打杂，偷偷学了点东西，再后来就是参军进了一段医训班……真是人不可貌相，海水不可斗量啊！"

"你今后可以多跟他学着点儿！"我趁机来了个小反击。

不想她却罚酒当敬酒，大咧咧地说："那是呢，我已经跟学校领导表示，以后分班，我想学医当卫生兵。人吃五谷生百病，再凶的人也离不得医生。"

这倒是我没想到的。就问："领导咋个说？"

"说有志者，事竟成。让我自己多努力。"

蛮妹的话使我对自己的未来也有了心思，一晚上都辗转反侧没睡好觉，但想来想去心头却仍是一片茫然，连一点头绪都没想出来。

公安学校的生活是军事化的，我因伤情尚需继续康复被特许不出操。经常是大家在操场上累得气喘不迭的，我却悠悠然地坐在一旁当"检阅官"。

但没过几天，我的"检阅官"就被免职，被卫生所要去做些搓搓棉球、洗洗器皿之类的事情，或者偶尔搭个帮手什么的……总之，就这样莫名其妙地成了卫生所的一员。我的因祸得福让蛮妹艳羡不已，尤其是遇上外出野营拉练之类训练，回来累得瘫倒在床上，嘴里哼哼叽叽地鬼念个不停，说早知如此，当时该跟我一起受伤就好了云云……我也听之任之，权当她放松一下。

所有新学员都知道，我破例进入卫生所是学校领导做出的一个特殊安排，但我心头却也有一种若明若暗的感觉：龚所长在背后一定起了作用。但他在我面前却是一副公事公办的样子，没有一丝显露，我也就不好主动表示谢意什么的，只能是"心存感激"了。

不久，我作为见习生正式调入卫生所。有道是老天不负有心人，几个月后，卫生所扩编，蛮妹也心想事成，和几个男女学员一起也作为见习生安排进了卫生所，听说都是龚所长点名要的。大家那个高兴啊！都在心头把龚所长当成最值得信任和尊敬的所领导。龚所长每个星期专门抽出两个下午给我们上业务培训课，每次上完课还会特意留下与我们待上一阵，聊聊天或者打打球、唱唱歌什么的，对我们这几个他亲自从云南带出来的年轻人特别有感情。他很喜欢云南的花灯小调，经常让我和蛮妹教他唱，其中百唱不厌的是一首《安宁小调》：

安宁州来安宁州，安宁海水满悠悠。要吃海水莫害（呢）怕，要唱山歌莫害（呢）羞。
郎骑白马来四川，妹骑海骝下云南。只要郎心合妹（呢）意，哪怕四川隔云南。

我们独唱，合唱，分部轮唱，没完没了地唱，陶醉其中。每唱一次，他总会双目微合，对优美的旋律和纯情的歌词赞不绝口："哎呀真是太美，太有韵味啦！……"那种满足的神态，真像如饮甘醇，如沐春风。这支歌成了我们师生欢乐小聚时的保留节目。

实在讲，我也非常喜欢这支家乡民歌，经常在四周无人时轻轻哼唱，而且会偷偷地把最后一句改成：哪怕东北隔四川……

八

是的，不管新的生活对我有多么大的吸引力，对景春的思念仍无时不在，且随着时光的流逝和年龄的增长而日益深切。

当时抗美援朝正打得十分激烈，东北又紧挨着朝鲜，我就猜测他是不是也随部队出国打仗去了。这样想着时，我就更觉得自己必须一心一意等着他。我每天清晨醒来的第一件事就是在心头默默祝祷远方的他平安无恙，并暗中希望他成为万众瞩目的英雄，有朝一日胸前佩戴着金光闪闪的奖章出现在我跟前……如果真有那一天，我的所有等待所有付出都值了！

蛮妹是知道我的这份心思的，也常为我宽心，但却爱莫能助，说来说去都是一句话："对这种事情我就相信'缘分'，有缘千里来相会，当来的时候他自会来，何必傻乎乎的在这里空自相思白伤神呢!"

蛮妹是个快嘴,一开始我就叮嘱她千万为我保密,她也信誓旦旦地让我绝对放心。

这天星期日,我从浴室洗澡回来,看见蛮妹正跟龚所长坐在房间里谈着什么。见我进去,蛮妹隐含得意之色地将我拉到桌前,指着上面的一沓尚未封口的信封说:"龚医生有好几个战友在东北,我请他帮忙写信去打听打听景春的消息。"

我一时愣在那里,心头非常生气,只是因为龚所长就在跟前,才不得不勉强笑道:"真不好意思呀,这种事情也要领导来操心费神。"

"应该的嘛,"龚所长显得有几分疲惫,但仍不失温和地笑道,"昨天晚上写的,算是加了个夜班……你看看行不行?"说着便起了身。我感谢连声地送他到门外,然后赶紧回身一一看了那些信。信的内容大致相同,就是请那些战友帮忙查找楼景春,但却没有直接道出我的名字和与他的关系,只称是"我们所里的一位小同事,想寻找可能在你部当兵的一位名叫楼景春的童年小伙伴"云云,心头的气这才消去不少,觉得龚所长考虑很周到,既帮了人的忙又不使被帮的人难堪,联想到他当年在贵阳对我精心照顾,心头更多了几分感激。

下午我约蛮妹一块去邮局把那些信交发后,两个人在街上随意地逛了一阵,最后来到濒临嘉陵江的沧白路,本地人称之"城墙边"的地方，那里有一座古炮台，上面有一尊铁铸的清代土炮。

当我们说着话信步往那里走去时，蛮妹忽然拍拍我轻声叫道："惠兰你看，那个人是？"

我顺着她的指向看去，只见炮台所在的堞口前，有个男子正一动不动地在凝望什么。我看了半天，回头反问她："像是龚所长？"

"就是他，百分之百！"蛮妹抓住我的手转身就跑。

我挣脱她说："跑啥呀！"

"万一他是在跟女朋友约会呢，我们一去不就把人家给搅了吗！"蛮妹煞有介事地说。

我立即就认可了她的提醒，和她一起悄悄撤退了。走了好远，回头发现"龚所长"仍纹丝不动地待在那里。

"好痴情呀！"蛮妹大发感慨，"真想回去看看他等候的到底是一个啥样的国色天香、绝代佳人……"

龚所长无论医术、人品、责任心，在所里和整个公安学校都口碑极好，唯一被大家议论的是在个人问题上眼光太高，据说多年来别人介绍的、自己结识的女子不下一个班，但至今已三十挂零还没有找到意中人。当有人劝他适当降低标准时，他的回答就是四个字："宁缺毋滥！"使那些白费心机的红娘们纷纷退避三舍，没有上佳人选不敢轻易拿去过他的法眼。他自己对此却毫不介意，依然我行我素。皇上不急太监急，我们这批由他亲自接来的兵对这个事儿也都挺关注的。前不久有人信誓旦旦地说某个周末的晚上亲眼看见他和一个妙龄女郎在公园里亲昵交谈，后来却被查出是"虚假情报"——那个周末他一直待在宿舍里，还被叫喊出来看过两个急诊。蛮妹曾直接问过他到底有没有对象，他笑而不答，模棱两可。至今也没人拿到过任何真正靠谱的蛛丝马迹。

傍晚在食堂里排队打饭的时候，看见龚所长，拿着饭盒站在一群年龄都比他小的单身汉中间，神情显得十分落寞，我就估谙我和蛮妹白天的猜测不太乐观……想到他一直以来对我的无私帮助，一种恻隐之心不禁油然而生，在心里默默祝愿他能早日如愿以偿，遇到一个中情中意的值得他爱也很爱他的女子。

九

这天，按照校本部的指示，卫生所全体人马开到市中心宣传反对美帝细菌战的爱国卫生运动，因我正来例假，被安排在家值班。在值班室里百无聊赖地坐了一阵，传达室的黄老头抱着一摞报纸走了进来，我赶紧起身相迎。

"来，签个字。"黄老头将一份电报交给我，然后递过收发签单。

我公事公办地签了字。

黄老头提醒说："是你个人的！"

我诧异地拿起来细看时，收报人栏上果然写着我的名字，心头不由得一阵慌乱，首先想到的就是外公外婆生病了……细看发报地址时，却分明写着西安，赶紧拆开来看：

　　惠兰：本月7日由西安到成都，住省军区招待
所，预计逗留三日，盼能前来面晤。切！景春。

我一时几乎要屏住呼吸！这也太突然了！首先就疑心是不是蛮妹他们搞的恶作剧，要不就是邮电局出了差错……要弄清真相得等到他们晚上回来，也不敢擅离职守跑到邮电局去查证，一时坐也不是站也不是，拿着电报绿头苍蝇似的在屋子里来回乱窜。很快就觉得不对：蛮妹不至于开这种玩笑吧！邮电局再出差错也不会同时知道我和楼景春的名字呀！……于是另一个想法就越来越强烈：可能就是他发来的。然而要照电报上的要求急赶急地去一趟成都谈何容易！

当时成渝铁路刚修通，列车尚在试运行，最把稳的还是坐客车，但因车辆老旧路况又差，中途得在内江住一晚，次日下午才能到达成都。现在已是5号，也就是说，即便是一切顺利，明天一早就出发，最快也要7号下午才能到达，而

且今天就得请好假买好车票！然而眼前所里空空如也，连一个临时顶班的人都找不到，向谁请假又拿哪双脚出去买车票？万般焦灼中，我的目光落到大操场对面的一溜青砖平房上。那里是校务处所在地。早上校务处徐主任还过来转了转，人挺随和的。何不找他谈谈？

徐主任听我结结巴巴地说明事由后，眨巴着眼睛道："除了'老乡'这一层，这个发电报的人与你还有没有什么特殊关系呢？"

那时我们这些小当兵的在领导面前是不敢说假话的，尽管十分窘迫，我还是如实交代了。

"哦，你们这些小鬼呀，我就猜到是这么回事儿！"他笑着从藤椅上站起来，"按照规定，你们一年有一次探亲假，但只能探视直系亲属，这种情况是不能准假的。退一万步讲，就算网开一面准你的假了，你颠簸两天赶到成都，充其量也只能匆匆忙忙地跟他打个照面而已，然后马上就得各自回程，这又有多大个意思啊！所以惠兰呀，我劝你……"

他的话还没说完，我的脸上已是火烧火燎，我已记不得当时是怎么回答的了，只记得差不多是逃也似的离开了那间办公室，心头后悔死了。

傍晚，蛮妹他们回来了。我也顾不得她正在洗脸，就迫不及待地将事情讲了。她听罢抬起头来盯了我一下，然后丢下洗脸毛巾拉着我就往外走："去找龚所长说明情况，要走就得赶快，不然就来不及了！"

我们来到龚所长的寝室，他正和衣靠在床上闭眼养神，连脏鞋子都没脱，看样子是累趴了。听蛮妹讲了情况，脑筋好像没有马上反应过来，愣怔了好一会儿，才从我手里接过电报去看。

"哎呀你当时莫去找徐主任就好了。"他放下电报为难地说，"他既有言在先，所里就不好再说话。"

这个话无须解释我也明白，但心头却难以舍弃这个盼月盼年才盼来的见面机会，一时泪如泉涌，泣不成声。蛮妹使劲地搂住我，也跟着抹起眼泪来。

"龚所长，你能不能想办法帮惠兰一个忙嘛……"我听见她在恳求。

"这事真的不好办了……"龚所长说，"如果校方不了解实情还好说，我这里还可以派惠兰去成都出个差什么的，但现在不行了，一做就要露馅。"

想到是自己一时沉不住气把路子给堵死了，我越发哭得厉害。景春哪景春，我多想见你一面，跟你好好谈谈啊——几年来心头堆积得满满都是想要对你说的话呀！莫非是天老爷不愿我们相好，执意要为难我们吗！……

"小樊，我倒有个想法……"正当我冲动得不能自抑时，龚所长开口了。见我似乎没有反应，蛮妹摇着我提醒道："莫哭了莫哭了，听龚所长说，听龚所长说！……"

我收小了哭声。

龚所长重新说道："我有个想法，你可不可以马上给他拍个电报去，请他到重庆来见面？他出差在外，时间安排总会活络些吧……"

就像黑暗的隧道里突然闪出一线亮光，我收住哭声，脑子里飞快地打着转儿，末了抬起泪眼问他："电报……咋个说呢？"

"这还不好办？就说你病了，病得很重！"蛮妹抢话道。

龚所长未置可否，实际上是默认了。当晚我就和蛮妹一起上街拍了电报。

按最保守的估计，他7号到成都，至少我8号会收到他的回电的。可是我8号心神不定地守候了一整天，却竹篮打水一场空！挨延到9号，照样毫无音讯。我不禁慌了神，开始胡思乱想，一忽儿猜测是否他的日程有变化，一忽儿担心他是否出了什么意外，甚至像我当年一样出了车祸……越到后来就越往出车祸上想，弄得我魂不守舍，几乎要神经错乱！龚所长和蛮妹都帮着我分析情况，但说来说去也都是一些往好处想的假想和推测。

几天的"可望时间"就这样活生生地挨过去，他们俩再拿不出什么可以安慰我的话。我完全绝望了！但就在这时，他的信却到了，是从西安寄来的。

信确实是景春的字，但非常潦草，到处都是涂抹痕迹，显然是急就章，内容大致是说，因为在西安的事情没做完，耽搁了一天，他是8号才赶到成都的。一住进省军区招待所就收到我的电报，但所谈的想法完全不现实：他是军务在身的人，岂敢擅自跑到重庆来？何况成都的公务只剩下两天时间，必须抓紧办理，根本不可能有任何时间跑来重庆云云，请我务必谅解。有关他的情况，信中只是说了他现在吉林省军区后勤部门工作。在信尾处他留了通讯地址，又特别说明，因他常年出差在外，为免信件遗失，今后我给他的信一律寄给一个叫李华的同单位战友收转。我当时连想都没想就认同了。

尽管见面失之交臂，但悬着的一颗心总算落下来了。最重要的是，中断这些年后，我们终于恢复了联系！它证实了我一直以来的信念：景春不会忘记我，就像我不会忘记他一样！

十

景春回到吉林后，我们之间就开始了比较固定的通信。从他一封封的来信中我才算慢慢地了解到他这些年在外面的情况。

原来当年他按地下党的安排打入国民党六十军后，被安

264

插进一个机步团当后勤参谋，随军前往东北后，便接受上级指示参与筹划起义工作。但由于缺乏经验，不久便引起特务的注意，幸好上级党组织及时发现，将他安全转移。后来他被安排到吉林省军区后勤部军需处任参谋，参加过清剿土匪的战斗，也挂过彩负过伤，但均无大碍。抗美援朝开打后，他所在单位全部纳入志愿军后勤部门指挥，被派往全国各地催收、检查、押运援朝物资，一年四季风来雨往，几乎都在外面跑，还去过几次朝鲜，冒着敌军的飞机大炮将急需物资直接运往前线……他解释说，到东北后他之所以很少给我写信，主要就是生活实在太紧张了，每天忙得像陀螺在转，根本停不下来，参加抗美援朝之后就更紧张了！但有一次在朝鲜一个叫春兴里的地方，刚好遇到志愿军慰问团的人，就匆匆写了几句话，托他们带回，但后来一直没有收到回信，也不知道是没收到还是有其他情况，以后就没有再写。念及我还年轻，一门心思想的就是等着把仗打完了再回云南找我。现在朝鲜那边处于两军对垒、打打停停的胶着状态，我方立足于长期打下去，后勤工作抓得更紧，成天忙得脚不沾地，难有消停，真的是身不由己！周围跟他情况相仿的年轻同志多的是，大家都是把个人私事放在一边，全副心思都放在全力支援前方打胜仗上，真是如此！但他心里一直想着我，从来没有忘记过……

　　知悉这些情况后，我也就释然多了，久违的幸福感开始一点点地注入心头。

我特意将平时盘在头上的辫子放下来，进城去照了一张便装全身像寄给他，意在让他知道我现在已是一个亭亭玉立的大姑娘，再就是想提醒提醒他，当年他带走的我那一条早已被我私下视为定情物的少女发辫是否依然保存完好？在照片背后，我还写了两句话：千里姻缘一线牵，鸿雁传书胜过年。

他很快也同样回寄了一张全身相片：头戴毛皮军帽，身披毛皮军大衣，腰间还别着一支驳壳枪，一副英气逼人的军人模样。照片后面同样写了两句诗：男儿远戍守边关，愧对家乡小惠兰。看得我双眸噙泪，不忍放下，直到照片上的他和记忆中的他慢慢融合成一个人……但他在回信中却没有提到当年的那截发辫，又使我心头若有所失，不是滋味。不过在后来的回信中我并没有主动提及这个事，只是期盼他能在什么时候自己能想起说出来。

他在后来的通信中不时也会冒出三言两语的童年往事，有一次甚至提到了那次在镇上看卖艺的遇到非礼一事，但却始终没说那截发辫的最后归宿，不知是在有意回避或者压根忘记了。这让我越发不是滋味，久而久之竟成为心头一个郁结。加上我寄给他的信一直得由那个名叫李华的"战友"收转，也慢慢成为心头的一个疑窦……因为白天忙于工作，这种搅扰尚不明显，但一到夜晚独自躺在床上，它们就出来作祟了，常常弄得我辗转反侧，耿耿难眠。

有一天晚上，我躺在床上又陷入莫名的怅惘，发现蛮妹那边尚未发出酣畅的气息，终于忍不住向她吐露了真情。

"早就等着你的这个话啦！"她霍地翻起身来，带点奚落地说，"是怕他飞了吧？长得那么潇洒帅气，又那样年轻有为……换了我早就扑爬筋斗地跑到东北去要他一锤定音了！"

"去不了呀！连去个成都都批不准……"我万般委屈地说。

"不批就自己去呀，顶多受个警告处分不得了啦！你要明白，一旦飞了，就是别人的楼哥哥了啊！"

她的话重锤似的敲打在我的心上，突然间就真产生了这种冲动。是呀，俗话说不怕一万，只怕万一。当年孟姜女可以不顾一切地万里寻夫，我为啥就不能跑去东北一趟呢？快二十岁的人了，在这个节骨眼上必须要拿出主见和魄力来！

然而当嘹亮的出操晨号将我从梦中惊醒，我和蛮妹又跟往常一样手忙脚乱地穿衣套鞋来到脚步杂沓、口哨声和吆喝声此起彼落的大操场上时，构想了一夜的"北伐"大计，早已躲缩得不见踪影。

后来我干脆剪了一缕头发夹在信中寄给了他。

终于有了反响！回信中，他似乎对我的满腹心事毫无所知，以一种非常欢悦的口气说：见到你寄来的头发，我捧在手里闻了又闻，又放在脸颊上左右摩挲，就像你来到了我的身边……我从箱底里翻出了一直悉心地保存着的当年你留给我的那一条发辫。把它们合在一起放在枕边……我要每天都在你的气息中入眠！童年的气息和现在的气息交织在一起，真让我心醉呀！……读着这些动情的语句，我当时就自责地哭出声来：景春哥，惠兰错怪你了，错怪你了！

十一

在卫生所工作的第二年，蛮妹请假回云南，与她在云南长途汽车运输公司当调度员的表哥结了婚。我没有回去，只是托她返回时，把外公接到了重庆。

两三年不见，外公显老了许多，头发花白，背也佝偻了，但精神尚好。龚医生主动地把自己的房间让出来给外公住，自己在办公室里搭了一张行军床凑合，没几天又亲自带老人到市里最出名的川东医院进行了全面体检，结果除了血压偏高和老年白内障之外，其余皆无大碍。我心头的一块石头落了地。

按照事先的考虑，外公一到重庆，我就给景春去了信，要他找机会前来团聚。因为我和他通信一年多，双方谈工作、谈学习、谈乡情，天南海北都谈了，唯独没有开诚布公地谈一下我们之间已经迫在眉睫的大事。尽管解放后不兴"娃娃亲"了，但彼此的关系已经到了这一步，照理说男同志应该主动一些，把事情给点破，让彼此心里都有个数吧！

可他就像有意跟我为难似的，始终不开口。本来前些时候我追问他解放后为何不及时跟我联系的事，就想把话题往这上面引，结果他又像懂不起一样，始终不见呼应。总不能让我一个姑娘家先去捅破这层窗户纸吧！我想，只要他来了，外公就一定会主动谈起这码子事，下一步也就顺理成章了。

他回信很快就到了，谈了很多外公年纪大了，要多注意营养、注意休息、注意安全的话，末尾却说，他"因工作脱不开身，不能前来一起共尽孝道了"，要外公和我"多多谅解"云云。我放下信后，一股气直往上冲。如果他也像我想念他一样想念我的话，无论如何也不会采取这种态度，这样轻易回绝的！想来想去回不过味，就疑心他是不是另有隐衷，在有意回避这个事？特别是想到我一直心存疑窦的那个面目不清的"李华"时，心中就更是扑腾得厉害……那两天刚好外公的血压有些波动，我去卫生所开药时，龚医生还特意嘱咐我务必让老人按时服用，不能掉以轻心，我一急之下就跑到邮电局去给他发了个"外公病重盼速来"的电报。

电报发出去后，我才感到有点后怕。毕竟我夸大了外公的病情，如果他真来了不知会怎么样。

不想一连数日却不见他的回电。这反倒让我悄悄松了口气，猜想他可能出差去了——唯愿如此！我随即写了封信去，说明外公的真实病情，同时也让他了解一下我这些天来的感情波动，多少受点触动。

这天下午，我正在所里给一个受伤的学员推葡萄糖，门房黄老头来电话说校门口有人找我。我把针管交给蛮妹，自己去接了电话。

"喂，是樊惠兰同志吗？"听筒里传来一个南腔北调的声音。

"我就是，请问你是……"我的心有点跳，隐约觉得这个电话可能与那个电报有关联。

"我是楼景春。"

"嗯？！"我惊讶得电话差点掉在地上。

"惠兰，我是楼景春，我是楼景春呀！"那边加重了语气，而且后半截变成了云南口音。

"你……你来啦？"我的全身都不由自主地颤抖起来。

"是呀，我现在就在学校大门口，你可以出来接我一下吗？"

我听出来了，确实是他的声音！"好，好，我就来，就来！"我梦游似的回道，然后神志恍惚地放了电话。

"哪一个？"蛮妹在远处目光炯炯地盯着我。

"他、他……来了。"我激动得话都说不清楚了。

"真的吗？"蛮妹发出一声惊喜的尖叫。紧跟着，整个卫生所都像发生了什么重大新闻似的，大家都围过来刨根问底，七嘴八舌地嚷成一团。

我张口结舌地摇着头，什么都说不出来，然后就撇开众人，高一脚低一脚地朝校门跑去。

从卫生所穿过操场有一个花坛，花坛正对着校门，中间是一条长长的三合土路，路两侧挺立着两排枝繁叶茂的桉树。此刻在桉树的尽头正站着一个身着军装的黑大汉，两只灼亮的眼睛定定地注视着越走越近的我。

　　我在距他十来步的地方站住了，心跳得简直要从胸口里蹦出来：啊，是他，是照片上的那个人！

　　"惠兰！"他也同时认出我来，趋前几步两脚啪地并拢，给我来了一个标准的军礼。

　　我一时手足无措，本来想问他有没有看到我后来给他的信，但憋了好一阵子却恍里惚兮地飙出一句："你是咋个来的？"

　　"坐飞机。"他笑着指指天上，露出一口白净的牙齿，"昨天中午从长春起飞，在北京和西安各转了一次机，又在成都过了一夜，耽搁到现在。"

　　这个回答让我感到吃惊，因为那时候能坐飞机的人可谓凤毛麟角，我们公安学校就只有校长一人坐过，突然就觉得与他之间有了一种天上地下的距离感。见我愣怔着不说话，他伸出手来，我迟疑地伸出手去。他握住我的手使劲地摇着，我的心却开始下坠。那时在我的心目中，握手只是久别的同事或战友之间的礼节，所以他这一握非但没有让我们拉近距离，反而显得诧生了。

　　我们一前一后地往宿舍走去。我心绪纷乱地低着头，回避着臆想中的从各个角落投射过来的探究好奇的目光，路过卫生所时，连脸都不敢朝那边转，与其说是羞怯，不如说是惶恐。

"外公现在怎么样了？"走进宿舍楼时，他回过头来关切地问道。我的脸一下子涨得通红，感到事态严重了。

见我踟蹰不语，他显然误解了我的表情，突然停下脚步，不无紧张地问道："惠兰，我是不是来晚了？"

面对着他极为认真的神情，我的背心发凉，感到一阵虚脱。

"问你呢！外公现在怎么样？"他盯住我问。

我意识到沉默不是办法，终于鼓足勇气道出了真相："外公没有生病……电报是假的。"

"嗯——？！"从他的胸膛里冒出一声闷雷般的吼叫，跟着，手中的提包沉重地滑落下来，啪然落地的声响，就像是砸在我的心上。

他惊愕无比地望着我："惠兰，你怎么，怎么能这样！……"

我无言以对。

"外公知道这件事吗？"他转而问道。

"没有告诉他……"我说。

"那就不要告诉他老人家了！"他紧张地思忖着说，"你就说我是出差路过这里的，明天就得走。"

"来都来了嘛，这又是何必呢！"我跳了起来。

"惠兰，我们都是革命军人，这样知错就错的事是军纪不容的呀！"他急切地说，"我来前正在搞入朝物资转运，非常紧张，大家都是不分白天黑夜地连轴转呀！我是首长拿着电报硬把我从第一线上撤下来的。现在一切都清楚了……你说我还能待下去吗！"

我一下慌了，好像他马上就会从眼前消失似的，急不择言地说："这样吧，我马上给你们领导写信去，说明情况。千错万错都是我的错，你是完全蒙在鼓里的！请求他们同意准你的假……"

"那怎么成，那怎么成呢！"他瞪眼看着我，这时候我才发现他眼角密布的血丝，"惠兰，要知错就改呀！"

"这也要看具体情况呀！不管怎么说，路费花了，人也来了，就这样回去，也是一种浪费呀！"

"不行，我不能做这种事情！你不知道，就在我这次离开之前，我们运输营还牺牲了三位同志，其中一个驾驶兵的妻子刚生了孩子，连照片都没看到就走了。因为是在路上，天上还有敌情，只能将三个人草草地安埋做了个记号，就又继续上路了。这样的事情可以说随时随地都在发生……我能在这里将错就错地安心地闲住吗！"

我也不是没有一点觉悟的人。从道理上讲，他都是对的。但他毫不通融的态度却让我难以接受：难道我在他的心目中就这样没有分量，这些年来我一直是一厢情愿地思他念他吗？……

他真是说得出做得到。一放下行李就通过学校的电话向部队领导报告了情况，结果领导反倒很通融，不但没有批评他，反而准了他三天假。三天中，我一直打着肚皮官司，也没心思好好地陪他出去玩儿。外公则是完全蒙在鼓里的，尽在一边说些不着边际的话。倒是龚医生和蛮妹看出了些许端倪，商量着买来一些酒菜，给我们办了一桌"团圆席"。龚医生还向学校借来一部教学用的照相机，在校园里给我们拍了几张照片。

他走的那天，老天爷就像专门要为我们这次不愉快的重逢增加一点伤感色彩似的，突然飘起了蒙蒙细雨。外公的身体不适，只送他到校门口，龚医生和蛮妹把我们送到公共汽车站后，也"自觉"地留了步。出于起码的礼节，我打着伞一直送他到朝天门码头。因为情况有变，领导让他先坐船到汉口，再转铁路北上回东北。一路上他不断地对我说着话，我却是沉默的多，开口的少，即便开口，也只是支吾应付。我要让他知道，他的行动对我的伤害有多深！我不时地偷觑他，希望能在他的脸上找到一点沮丧和追悔的表情，如果这样我也许会多少得到一点宽慰。然而他就像猜中我的心思似的，丝毫不露"破绽"，呈现在脸上的始终是一副"理当如此"的神情。世事沧桑，人的变化有多大呀！当年跟我难舍难分的楼哥哥呀，你到哪里去了？……

来到码头，离别在即，他也不像路上那样多话了，两眼愣愣地望着地面，仿佛陷入了沉思。无言良久，他突然开口道："惠兰，你还记得我曾经答应过你，在我们见面时要告诉你一件事吗？"

我心头不禁咯噔了一下，这是三天来我一直等着他开口的话题，以为他早已抛之脑后了。

"随你的便。"我故作淡然地说。

他颇为平静地对我讲述了他从未对我提及的一段经历。

原来，他从国民党六十军转移出来到东北新区参加清匪反霸的那个阶段，认识了一个年轻的女同志。姑娘姓安，原是沈阳的一个学生，其叔父是省军区后勤部副部长。不知为什么，相处时间不长，这个姑娘就喜欢上了他这个黑不溜秋的来自云南边地的土包子，而且很快就爱到了不管不顾的发狂程度。他私下里再三告诉她自己已经"有了"，她却只当耳边风，非跟他好不可，还扬言如果他不答应，这个世界上就没有值得留恋的东西了，她就要去死。一时搞得他十分紧张。云南解放的消息一传到东北，他就曾动过给我和外公写信的念头，但一来确因工作太忙，二是她纠缠得太紧，所以一直没能静下来写信。安部长原本对他的印象也不错，见侄女已为他到了茶饭不思的地步，就叫他去谈了一次话，要他"是好是歹，干干脆脆一句话，拿出当兵的样子来"。他只得原原本本地把我和他的事情道了出来。原本以为老首长知情后就会转去做侄女的工作，不想他却哈哈一笑指点着他的脑袋说：

"你一个堂堂正正的革命军人，怎么成了封建包办婚姻的俘虏啦！莫非战火中产生的革命友谊还不如老辈之间的一句话！"尽管安部长后来也曾澄清，说那只是一句玩笑话，要他自己做主决定取舍，他还是惶恐不安，弄得相当苦恼。安姑娘一心要排除我这个"绊脚石"，不断地向他打听我的姓名住址，说要亲自给我写信甚至亲自跑到云南，来个快刀斩乱麻。门房只要有他的信，她都特别留心。弄得他更不敢跟我们联系了。

有一次他到锦州开会，跟他同室居住的听说他是云南人后很感兴趣，说是会后要到云南出一趟差。他灵机一动，买来几斤毛线，写上外公和我的姓名地址，拜托那位同志届时带给我们，当时他就是想让我们知道他还活着，并且还惦记着我们。当时他并没有写信，也没有留下地址，怕我们的回信落到安姑娘手里闹出乱子来。那位同志半路把信"弄丢"的事，不过是我们的猜测而已。

这种不死不活的情形一直持续着。他心想我的年岁比他小得多，来日方长，所以也没有太着急。直到后来安部长出面，将侄女调去别的地方之后，他才得到了解脱。而那时，我已经来到重庆了……

尽管我对他的讲述存有若干疑问，但基本上还是相信了。所以当我在轮船汽笛声中目送着他在船舷边挥手远去的身影时，不禁泪眼迷离。

没想到，一回到学校，蛮妹迎面就来了一通爆发，把我刚刚稍见平和的心境搅了个天翻地覆。她大声武气地说："哼，老实说，我这两天完全是耐着性子在侍候'姐夫'，像他这样不近情理的人，我还真没见过！"

"也怪我，"我说，"不该一时冲动，拍了那个假电报。"

"假什么？这个假正说明了你的真！他连这一点都想不到吗？要是哪个敢这样对待我，早就让他滚蛋了！"

"不过，他确实也有他的难处……"

"什么难处？人心藏在肚子里，平时遮掩着，就是在这种时候才会暴露出来！我真怀疑你在他心头到底有几斤几两！"

面对蛮妹义正词严的话语，我突然怀疑起景春所讲述的那个故事的真实性来，觉得他一定对我隐瞒了什么。别的不说，如果真如他所说，那个安姑娘已经调到别处去了，为什么一直还劳神费力地让那个"李华"中转信件呢？……

我的心颤抖了。

十二

屋漏偏逢连夜雨。景春匆匆离去后，我虽然一再对外公解释说他"确实是工作太忙"，但老人仍旧忧心忡忡，成天独自坐在门边抽闷烟，除了偶尔咳嗽几声，屋里一天到晚难得听到他的声音。我知道他心头是对景春的"变化"有想法，却没敢吐露自己拍假电报的事情，加之自己本身就对景春憋着一肚子气，除了偶尔提醒他注意添减衣服、别单独出校门之类的事儿，别的也就没太在意了。

这天清晨，老人照例去公厕，在半路上不慎滑倒，当场就小便失禁，人事不省。虽然很快被人发现并立即送往卫生所抢救，但冷敷、按压、电击、针刺，能做的一切都做了，仍不见起色，急送市里的大医院，诊断为严重脑溢血，打了一针强心剂后，情况似稍有好转，但也只是睁开眼睛看了看，很快又陷入深度休克，不管我在一旁如何呼喊叫唤都没有任何反应，拖到当天晚上，便溘然去世了。我抱着他余温尚存的遗体，哭得死去活来。

外公的死无疑与景春的这次不近情理的现身是有因果关系的，连蛮妹都看出了他的淡漠，一心牵挂着此事的老人还会看不出来？想到这一点，我连噩耗都不想报给他了！蛮妹支持我这样做，龚医生却冷静些，劝我不要意气用事，造成彼此间的新隔阂。我勉强给他拍了个电报去，但没有提到是否要他回来奔丧，让他自己去想吧！

回电出乎意料的快：

> 惊悉噩耗，万分悲痛。外公对我恩深久重，未及报答，竟成永诀。因有要务在身，加之月前已请过假，无法再请假奔丧，请代在老人家灵前跪哀，

并请你千万节哀保重！景春急呈。

　　读罢电文，我的背心一阵发寒。是的，我没有主动要求他来，但他不是不知道，外公对我恩重如山，而我在重庆举目无亲，在这种时候是多么需要亲人的慰藉啊！何况我还得独自承担起为外公操办丧葬后事的一切事宜……就算我上次谎报了外公的病情，但他已经用行动"惩罚"了我呀！如果他心中还有我，如果他还懂得做人的话，无论如何也不会袖手旁观，只用这样几句司空见惯的说辞就搪塞过去的！

　　我的暗盼落了空，他最后真没来。

　　当时我整个的心都被极度的悲伤攫住，几乎无法清醒地做任何事情。蛮妹一直寸步不离地陪伴着我，龚医生白日里四处奔波，联系棺木、坟场等事宜，晚上还过来代我守灵，完全当成了自家的事情。

　　当时重庆还没兴火葬，外公的棺木安葬在西郊翠云山中的一座零零星星地长着一些野山茶，让人想起云南老家的坟坡上，是我和蛮妹、龚医生一起看了许多地方才最后选定的，希望这样可以缓解老人的思乡之情。

　　在我悲恸得六神无主的那些日子里，龚医生和蛮妹一个为我脚板翻飞地奔上忙下，一个终日形影不离地陪着我，使我在近乎绝望中感受到了友情的温暖。我从心里感激他们。

十三

外公的离去在我的心灵深处留下了一块巨大的感情空白，使我时常难以自拔地陷入一种过去很少有的孤独茫然和感伤忧戚之中，成天除了上班下班、吃饭睡觉，对什么事情都提不起兴趣，一张脸僵硬得跟木头似的。外公健在时曾搅扰得我心绪不宁的婚姻大事，在倍感孤寂中却反而淡漠下来，仿佛变成了一个遥远而缥缈的旧梦。

不错，我仍在和景春一封一封地通着信，但我感觉那更多的已是一种理智驱使的你来我往，一种为维持而维持的联系。

但当我真正意识到我和他从小"命定"的这件人生大事已经出现不祥之兆时，我还是感到惶惑和害怕了。我开始在心头默默地为他开脱：也许，那不过是男人在为人处世上的一种惯有的粗疏；也许，他确实有他不为我所知的难处；也许……也许……说来说去，只怪天遥地远，双方缺乏起码的日常接触和了解！如果长此下去，后果真是难以预料了。唯一明智的是快刀斩乱麻，尽快完婚，结束这种牛郎织女的生活！

于是我在给他的一封信中，郑重地提出了结婚的事情。

我在忐忑不安中收到了他的回信。我没有想到，完全没有想到，他竟然直截了当地说：

> 关于结婚之事，我的想法是可否往后放一放再
> 说。现在抗美援朝正进入关键期，敌我双方正在三
> 八线一带进行着激烈的拉锯战，志愿军总司要求我
> 们克服一切困难，把给养和弹药直接送到前线的战
> 壕里。我和大家一样都写了请战书、决心书，有的
> 同志甚至写了血书和遗嘱……在这种情况下我能向
> 组织提出结婚的事吗？那是要被人视为没有觉悟，
> 甚至是想开小差当逃兵的啊！惠兰，你现在身在大
> 后方，每天都可以按部就班地上下班，享受和平安
> 宁的生活，是多么的难得呀！我觉得你应该把精力
> 集中在工作和学习上，而不是过早过急地考虑个人
> 问题……

少女的心都是敏感的，何况是在我当时的那种状况下！
我觉得他这实际上是以一种冠冕堂皇的借口回绝了我，而且
是以这样一种居高临下的口气！难道革命工作和结婚成家就
是一对非此即彼、不可调和的矛盾吗？难道结了婚就不能
"妻子送郎上战场"吗？……这种事情原本就不该由女方来
提出，他难道想不到我是克服了多少心理障碍才主动开这个
口的吗？……一张热脸却贴在冷屁股上！我越想越气，自尊

心受到前所未有的刺伤。

极度气愤之中，我给他写了一封措辞十分激烈的信，大意是说，你对这件事情到底抱什么想法，不妨直言相告，免得我天遥地远的在这里自作多情！

信寄出多日，却迟迟不见回音。

我感到自己的猜测没有错，心头极为沮丧，压了又压，又给他写了一封措辞稍许缓和的信，要他谈谈"具体想法"。

石沉大海。

我的心被一种沉重的失落感笼罩着，甚至滋生出不想活的念头。似乎只是在这个时候我才清醒地意识到，原来我和他之间的关系并不是平时所感觉的那样千丝万缕、牢不可破，而是像放飞在云端的风筝，看上去很美，但随时都可能断线消失，留下的只是手头的一截残线……

眼见我精神恍惚、茶饭不思，几天时间人就脱了形，蛮妹终于以不容回避的强硬态度逼我吐露了真情。

"我的恁妈，你憋在肚子里沤蛆呀！"她还没有听完就冲着我大喊大叫起来，"在别的事情上我的脑袋瓜子可能不如你灵光，但在这一条上我绝对比你有发言权！告诉你：男人都是贱坏子！你越是巴心巴肝地对他，他越是做出一副高高在上的样子。你再写封信去，说再不回信就一刀两断，看他金口开不开！"

见我犹豫不决，她拿起笔就亲自动起手来，一边大声嚷嚷："你怕得罪他，我来当这个恶人好啦!"她三下五除二地就把"威胁信"写好了，但装信封时却被我扣下。我有点忌讳"一刀两断"这样太过绝情的话。

蛮妹急得跳脚，声言再不"吃饱了撑的多管闲事"了。可是晚上已钻进被窝了，却又撑起身来对我说："喂，我有个新的主意：你再给他写封信去，就说他如果再不回信，你就要通过组织查找他的下落了! 嘻嘻，这叫鹅卵石打癞蛤蟆——不叫也得叫!"

原本两厢情愿的事情走到这一步，也实在是可悲。但当时我心头已快被此事弄得要发疯，也就病急乱投医了，当即披衣下床，拿出纸笔，她说一句我写一句。第二天一早就把这块鹅卵石给寄了出去。

这一招果然灵验! 几天后我便收到了他匆忙寄来的一封航空信。但当我急不可耐地拆开信封时，却立即感到有些异样，因为他用的不是以往我看惯了的那种很规整的红框竖行信笺，而是一张自裁的连方正都说不上的白纸，而且字迹潦草至极。开头的称呼惠兰倒是还跟过去一样，但往常必有的诸多关切问候却都没有了。我和蛮妹屏息静气地看了下去：

惠兰：

你好! 来信收到。你在信中所流露出的焦灼和气愤，我完全理解。事到如今，我也不能再向你隐瞒真情了：我已经结婚成家，对方就是那个姓安的姑娘。在重庆时我没对你讲实话，怕你感情上接受不了，更怕给年事已高的外公带来伤害。如今，我却是不能不说了！……

　　惠兰，你骂我吧！你恨我吧！你彻底地忘掉我吧——就当我已经死了！

　　衷心地祝愿你将来能遇上一个忠实可靠、真心爱你的好伴侣！

　　　　　愧对你的楼哥哥　月日

　　读罢，我最初的感觉是麻木的，好像身上的血都在读信过程中一点点地凝固了，从躯体到灵魂都处于一种僵死状态。

　　据蛮妹后来跟我讲，当我从一动不动的僵硬状态中回活过来，第一个反应是冷笑，令人有点毛骨悚然的断续怪异的冷笑，但不多一会儿就突然爆发成狂笑，从来没有过的令人恐怖的狂笑。我做的第一件事就是把他过去写给我的所有信件都统统搜罗出来，不听劝阻地在大庭广众中付之一炬……最后，我吃了双倍的安眠药安安静静地躺下，像死人一样沉沉地睡去了。

　　三天后，我重新站了起来，一如既往地投入到工作和学习中，不，我工作得更努力，学习得更专心了，内心里却回荡着一个不为外人所知的誓言：一辈子独身，坚决不再谈婚论嫁！

然而尽管如此，每当夜深人静、耿耿难眠之时，内心仍然波翻浪涌，无法完全接受这个事实，无法彻底抛却这份已然融入我生命的情缘苦恋。

为了慎重起见，我又给景春去了一封信，要他"至少给我一个不是过于潦草马虎的说法"。

迟迟不见回信。我以为他也跟我一样陷入了情感的挣扎，或者感到了良心的自责，就耐着性子静候。不想一个月之后，却等来了一个冷冰冰的"原件退回"，在退信清单上冷冰冰地写着"本人拒收"。

拿着被退回的信件，我先是感到一阵犹如被置于猛火上的强烈烧灼感，但我并没有爆发，而是强令自己冷静下来，这一冷，很快又变成了落入冰窖般的彻骨之寒。我用火柴将退回的信烧掉，茫然无感地看着黑色的余烬幽灵似的满屋飞舞。

先前那样深情地写在寄给他的照片后面的那两句诗："千里姻缘一线牵，鸿雁传书胜过年"，已变得那样缥缈和可笑……而他所写的"愧对家乡小惠兰"则真相毕露，要"愧对"到底了！

蛮妹的表哥来探亲了。天天在眼皮子底下看见小两口亲亲热热、如胶似漆，我却毫无所动，跟庙里的泥塑木雕一般。

蛮妹怀孕了，我对着她微笑点头，却没有什么多余的话。

蛮妹回云南去生孩子了，我寄去了红包。却没有兴趣参加女同事们的热议。

不管人们用什么目光看我，也不管背后有什么叽喳议论，我一律矜持以对。但是我的心并没有真正平静下来。俗话说，当时不痛事后痛。楼景春给我的沉重打击和过去的美好记忆时常不期然地交织浮现在我的脑际，令我陷入深深的伤痛和困惑不能自拔，觉得人心叵测，感情又是如此的靠不住，那么人活于世的意义何在？都说时间是治疗心灵创伤的万验良药，但我认为自己是个例外，或许一辈子都会生活在突遭情变的阴影中了。

好在学校里只有我和蛮妹知道这件事情，我又特别嘱咐过她不要外传，所以一般同事议论归议论，却并不知道我和楼景春到底是怎么回事儿，议论了一阵，也就慢慢失去了兴趣。

十四

一晃两三年过去，不觉间我已成了二十几岁的"老姑娘"。或许真是债多不愁吧，我对于谈朋友找对象的事儿越来越淡漠。因为不断有人碰软钉子，一些原本很关心我的"个人问题"的同事朋友也都慢慢地退避三舍，不再自讨没趣了。只有蛮妹还在皇帝不急太监急地暗自操着这份心，尽管常常是弄得人家下不了台，却仍然我行我素，棒打不回头。

　　龚医生对我一直很关心，对于此事不可能没有耳闻，但大约是怕伤我的自尊心或者觉得这不是什么大不了的事情，所以绝少在我面前提及此事，因为他本身就是个独身主义者，而且对这种一人吃饱全家不饿、独来独往无所牵挂的单身生活十分满意，什么时候都是一副潇洒自得的模样。遇上意欲主动帮忙的热心人或者暗通款曲的有意女士，他有一句传得很广的经典式回答："算了吧，还是一个人过起自在些！"

　　或许是惺惺相惜吧，所里有什么好的外出进修或者出差的机会，如无特殊要求，他一般都会优先考虑我，而且理由堂堂正正：惠兰没有家庭拖累，来去方便嘛！他有一手好厨艺，特别是红烧排骨、糖醋鱼块、宫保鸡丁，绝对有餐馆水平，他对此也颇为自得，加上拿着跟校长差不多的高工资，遇有节假日食堂不开火，他就会提前通告，他做什么什么好吃的，凡愿意来"吃大户"的都欢迎！一般有家有室的人自然不会去，只有包括我在内的几个单身男女经常享受这份口福。蛮妹虽已成家，但两口子分多聚少，也经常加入到这个行列中来。不过她不像我只是到时带着一张嘴去，到底是过了门的媳妇，晓得做饭待客的烦琐累人，总会提前去帮帮忙。受她的影响，后来我没事时也跟她一块去帮忙。

　　每当我们在龚医生家热热闹闹地大快朵颐时，我都很有感触，觉得单身并非想象的那样可怕，甚至还是一种挺不错的选择。

　　偶尔遇上别人都有事，只有我一个人去时，龚医生显得特别客气，杀鸡剖鱼怕我伤着指头，烧炉子怕我熏着眼睛，可谓呵护备至。尽管我经常半玩笑半认真地"提醒"他：什么时候我成了娇生惯养的大小姐啦？我可是你从穷山旮旯里接出来的乡下妹子呀！

　　后来他才对我说，我总会让他想起一个人。在我的一再追问下，他终于讲了当年他在教会孤儿院的一段经历。

　　当年在教会的孤儿院里，有个教名叫杜玛丽的女孩子，不但与他同年出生，而且和他一样是抗战时流落到重庆的"难童"，因此在孤儿院里相互关照，特别要好。尽管孤儿院戒律森严，个人交往的机会非常少，他们还是能凭着一句问候、一个眼神，传达着彼此的心仪和牵挂。在孤儿院待了两年后，他被安排到教会医院里当杂工，她留在孤儿院里当听佣。在他们满十四岁的那一年，玛丽不幸染上肺结核，住进了教会医院的隔离间。肺结核是当时人们谈虎色变的严重流行疾病，他天天为玛丽祈祷，而且不顾玛丽的拒绝，每天都要利用做杂活的机会悄悄去探望她，并开始暗中学医，希望能帮上玛丽。不想玛丽的病情发展很快，持续低烧伴随大量咯血，不到两个月后便出现了呼吸衰竭症状。他最后一次去看她时，她已经说不出话。他泪眼迷离地握着她的手，要她无论如何也要挺过来。她喘息着，深情而又无助地看着他，努力地对他点了点头。不想第二天他再去看她时，隔离间就只剩下一张空床了。嬷嬷在孤儿院的早餐会上带领大家作了祈祷，从此再也没有提及过她，就像她根本没有在孤儿院里存在过一样。

龚医生说，玛丽去世后，他便离开了教会医院，先后辗转于几家私人诊所和医院，勤杂工、护理工、手术助理什么都做过，也一直在自学医术，重庆解放时参军随部队进军川西，在成都被送入华西医科大学进修，毕业后被分配来公安学校当校医。

这是我第一次听龚医生讲自己的故事，一时很受触动：一个看似处处春风得意的人，原来也曾有过这样的坎坷经历啊！

到底是女孩子，在唏嘘感叹了一番后，我不禁好奇地问了一句："那个玛丽一定很漂亮吧？"

龚医生却似有碍难地嗫嚅起来。他的表情使我产生了误解，觉得那个玛丽可能长得并不咋样，不料这时龚医生却少有地赧然一笑，开口道："她长得有点像你，特别是咧嘴一笑的时候……"

轮到我嗫嚅着不知该说什么好了。或许是因为我从小就"有主"，所以一直不太在乎自己长得漂不漂亮，进了公安学校后在一大帮年轻女子中，倒是悄悄地给自己打了个"中等偏上"的分，但我从来不知道自己"咧嘴一笑"到底是好看还是难看。因为涉及自己，也不好再追问，我只得模棱两可地跟着干笑两声，环顾左右而言他了。

这以后我跟龚医生单独在一起时，说话就谨慎多了，生怕一不小心又飙出什么蠢话来将自己的军。

龚医生对我一如既往地友善关心，但再也没有在我面前提及过他的这些人生经历。

十五

不知道老天对于人世间的事情，到底是洞若观火，还是雾里看花，不然咋个会安排出这种让人完全无言以对的姻缘来呢！

这天晚上，我像往常一样，吃过晚饭独自在校园里散了会儿步，就去锅炉房提了一桶热水回宿舍漱口洗脸，然后就想舒舒服服地泡个热水脚上床睡觉。这时蛮妹却不请自来了。婚后她已搬出去另住。因为相距不远，平时我们随意地串来串去，哪怕一个已经钻进被窝，被另一个敲门叫醒也是常事，进屋后或许就是凑近耳朵说一两句无关痛痒的悄悄话，或许是因为自己睡不着来拉另一个陪绑，总之多是抱团取暖瞎闹腾。

我瞅着她问道："怎么，屋里钻进老鼠啦？"

她却一点不笑，大咧咧往凳子上一坐，两眼煞有介事地盯着我，然后用一种不容分辩的口气说道："从实招来，坦白从宽!"

我以为她又来闹着玩儿,就说:"课堂上学的都还给老师啦?审判人犯可得先作提示啊!"

"别跟我装蒜啦!天底下没有不透风的墙……不过惠兰你的保密课也真没有白上,我怎么就没看出一点破绽来呢!"

"咦,说什么疯话呀!喝酒啦?"

"转移目标啊!还是竹筒倒豆子,如实汇报你和龚医生的事儿吧!"

我大感惊愕,问:"我和龚医生?我和龚医生怎么啦?"

她却一脸哂笑:"都到这种地步了,还跟我装模作样的!"

我一时真的蒙了,说:"蛮妹你今天怎么啦?我真不知道有什么事情呀!"

或许发现我确实不像在装瞒,蛮妹的目光开始变得不那么咄咄逼人。

"惠兰,"她终于说道,"我是说,龚医生给你写的那些信……"

"他给我……写的信?……什么信?"我完全是一头雾水。

"你说的是真话?"

"蛮妹呀,这种事情,我再隐瞒也不会隐瞒你呀!"

蛮妹闭目思忖了片刻,然后睁眼看着天上,自言自语地说:"看来,他确实没有说假话……"

我以为她在说我,急切地接口道:"你想嘛,我有必要对你说假话吗？"

"我说的是龚医生。"她收回目光说，然后以极认真的神情看着我，"惠兰，我发现了龚医生的一个秘密，天大的秘密！"

我突然敏感到什么，心猛地收紧，接着又像脱缰的野马似的狂蹦乱跳起来。在我紧张莫名的盯视下，蛮妹吐露了真情。

下午她正在药房里清点药品，龚医生过来让她下班后到他住处去一下。她以为又是去张罗周末请客的事情，下班后就径直去了。但一去就发觉气氛不对。龚医生显得有些心神不定，好像遇到了什么棘手的事情，请她落座后方才开口道："蛮妹，惠兰是不是和她在东北那个对象吹了？"

因为猝不及防，她冲口反问道："你怎么知道的？"因为这件事情我只告诉过她一个人，而她对此一直守口如瓶。

龚医生说："到时自会告诉你的，我现在只想问你这个事情是不是真的？"

蛮妹一时很为难，因为当初她给我保证过，绝不向外透露此事。但龚医生却不是一般的人，而是所里的领导，他关心关心自己的部下，在情理上也说得过去……

她支支吾吾地说："所长……你觉得这件事很重要吗？"

龚医生似乎已预料到了这种局面，稍稍沉吟后说道："蛮妹，你也可以不直接回答我所提的问题……"说着就从衣柜里取出一个红漆描金的极精致的小箱子放在小圆桌上，

"请你帮我私人一个忙可以吗？如果我问的事情属实，就请你代我将它交给惠兰，如果没有这回事，就算我没有说过这个话。"说罢便垂下眼睑等蛮妹回答。

"这里面装的什么东西，可不可以透露一点儿？"出于谨慎也出于好奇，她端详着精致的小漆箱试探道。

"可以。"他边说边打开小漆箱。她发现里面塞满了叠得整整齐齐的稿笺。因为他很有文才，还在报刊上发表过诗歌散文，起初她还以为是他写的什么大部头作品，但当她接过那一大摞稿笺时，却发现全部是他写给什么人的书信，粗略地数了一下，共有上百封，落款从1950年5月开始，一直延绵到几天之前，时间长达四年有余！每封信的抬头上都写着同样的拼音文字。

蛮妹的双手不禁有点发抖——以她开处方学得的一点拼音，不太吃力地就拼出了那个她几乎每天都要叫喊上无数次的名字。她不无疑惑问了一句："这些信，你给过她吗？"

"没有。"他回答得十分平静，"她完全不知情。"

她低头思忖了一会儿，然后抬起头来说道："好吧，我可以帮这个忙。"

"谢谢！"他欣喜而又不失克制地站起身来，向她鞠了一躬。

蛮妹很快就返回去把那个小漆箱给抱了来，带着少有的庄重神情放到我的手上，说了声"物归原主"，便匆匆地转身离去了。

我独自端详着面前这个从天而降的小漆箱，但却并无马上打开它的冲动。我虽然对龚医生一直很钦佩，甚至还有某种亲近感，但却从未有过与之建立私交的想法。我已意识到这些信件的非同一般，但内心却波澜不惊，更谈不上有何喜悦，反倒感觉到一种骤然而至的压力。还没有打开箱子，我已开始想着应该如何对付即将到来的难题，考虑今后如何与龚医生相处，甚至是不是会调离卫生所了……我把小漆箱放在桌子上，就这样放了整整一夜。

第二天上班时听说龚医生外出开会去了，不知何时回来。原本忐忑紧张的心情才稍有放松。蛮妹过来悄声问我"感觉怎样"，我没有回话，只给了她一个模棱两可的表情。她自作聪明地说："嗯，一百多封呀，得要点时间来看呢。"

第二天仍不见龚医生回来。我照例做着自己的事情，心头却莫名其妙地生出一种过去少有的空落落的感觉，仿佛整个卫生所突然被抽去了温度和灵魂，变成了一个让人备感冷清无聊的空壳。一个怪异的想法突兀地冒了出来：如果他永远不回来了……

晚上，当整个宿舍楼都安静下来之后，我打开了那个确实非常精致的小漆箱，开始清点阅读那一大撂比我这辈子所收到过的所有信件的总和还要多出几倍的出自同一个人之手的书信，每封信的落款都是一个既熟悉又陌生的名字：龚敬。

我用两天两夜的时间，一字一句地读完了箱子里的全部一百零六封信——严格地讲，这些信更像是一些与我相关的日记，所以我开始读的时候还有些不习惯，就像在窥探他人的隐私似的。其实在前几十封信中，我并没有看到那个我很怕碰触到的敏感字眼，而只是因为我的"相貌和言谈举止都太像"他一直不能忘怀的玛丽，引发出他对我的特别关注和好感，以至情不自禁地关心呵护。直到我调进卫生所之后，信中的笔触才慢慢转化为对我的一种时而朦胧时而强烈的情感，我的阅读也从好奇引发的关切，变成了骤然的心理紧张和情感波动……其中一封是他在与外公的一次无意交谈中得知我早已"名花有主"，却正陷入与恋人万里远隔、失联多时的痛苦中时，彻夜无眠地写下的：

    传言终于变成了事实，我仿佛从霞光万道的山峰突然坠入了一片漆黑的深渊！整整一个下午我心神不宁，茫然失措，在给一个训练时肘关节脱臼的学员复位时，原本手到擒来的活儿竟然接连失败了三次！

    我充分意识到这种精神状态的危险性，因此在我给你写这封信的时候，已经自我提醒不下一百次了！我再三追问自己：如此的神魂颠倒、不堪一击，这就是你曾想要对她表白的"这是一种能让我的人格变得更加崇高的神圣爱情，是一种为了你的幸福可以牺牲一切的爱情"的具体写照吗？

我对自己说，你必须振作起来，用行动来证实你对她的爱是超越了世俗之情的真正至高至纯的爱，一如你当年对玛丽的情感一样！

现在离凌晨还有两个小时，我决定马上开始给自己所能想起来的所有在东北和志愿军工作的战友写信，请他们帮助查询楼景春的下落，让他们一有确切信息就及时告诉我！

惠兰啊，但愿老天怜恤你的一片痴情，早日结束你的思恋之苦！世界上不应该再有第二个可怜的玛丽，请相信吧，龚敬一定会竭尽全力帮助你！

惠兰，你应该有最幸福的人生，而你的幸福就是对我龚敬的最好报答……

面对着这些令人无法平静的文字，联想到楼景春突然来到重庆那两天，龚医生龚所长——不，龚敬，不但极为理解地特许了我的假，还专门上街请我们和外公吃饭，还向学校借来相机，跑上跑下地为我们照相的情形，以及当年我车祸受伤，他一直毫无怨言地留在贵阳陪守我的往事，心中漾起感情的涟漪……

我完全没有想到，在楼景春之后，世界上还会出现这样一个对我一往情深的男子，一个明知无望却仍然默默地爱着我的男子……兴奋和忐忑在心头交相涌动，令我无法自抑。这就是人们常说的，老天在给你关上一扇门的同时，也会给你打开一扇窗吗？

戳破了这层窗户纸后，蛮妹便成天对我吹耳畔风，什么"好事有脚，不能久拖"啦，什么"缘分到了，就要认领"啦，让我不能不认真考虑这个已经来到面前的际遇。所里的同事从一闻悉此事起，便开始见缝插针地冷敲热鼓起哄，让人藏无处藏、躲无处躲，后来甚至校领导也开始关心过问起这件事来……仿佛有一只无形的手无时无刻地在身后推着，终于使我在半推半就中滑入那个原本以为已经遥遥远去，其实仍隐伏在身边的人生轨道。龚医生用兄长般的无微不至的温存关怀，渐渐融化了我那已然冷硬的心，开始重新有了陷入恋情的感觉。在一个单位朝夕相处了这么些年，相互都极为熟悉了解，所以我们的感情发展很顺利，彼此间连寻常的磕碰不快的小摩擦都没有过，到后来就真有点如胶似漆、甘之如饴了。鉴于两个人当时都已属大龄，结婚也就成了顺理成章的事情。

然而在那个周末的上午，当龚医生像往常一样来到我的房间，突然单膝跪地从身后拿出一束清香扑鼻的黄桷兰，满含深情地双手递送到我面前的时候，我却没有立马幸福满满地迎上去，而是一脸茫然地接过花来坐回床沿，默默地流下眼泪来。龚敬八成是将此看成"情到深处人无语"了，温存地坐到我的身边，掏出手绢轻轻地为我擦拭眼泪告诉我说，花是他特意过江到南岸找花农买的，不为别的，就为花名中有一个"兰"字。然后便激动不已地拥吻着我，反复地说着："惠兰，你在我的心目中比任何花都香艳千百倍！我已经离不开你，让我们结婚吧！结婚吧！结婚吧……"

我没有回话，只是更紧地握住了他的手。以他的冰雪聪明，他不会不懂我的这个"手语"，也不会不懂得我此时为何会流泪无语。

是的，尽管我无数次在心中对自己说："与过去一刀两断，让生活重新开始！"但我的内心里依然深藏着一团挥之不去的隐痛。我现在才明白，一个女人要想彻底摆脱从少女时代就在心头扎了根的无邪无猜的恋情和由此而生的美好人生憧憬，岂是咬咬牙发发誓就能做到的！与楼景春断了这么些年，尽管我恨他骂他不愿再提及他，但只要一不经意地想起他来，出现在脑海里的却依然是从小到大的那些音容笑貌和从小到大说过的那些话，唱过的那些歌，做过的那些梦……而当我蓦然意识到自己已经被那位安姑娘取代之时——说句难为情的话——我心头便会醋意难抑。我真不知道安姑娘给他灌了什么迷魂汤，可以让他乖乖就范，做出这种绝情绝意的事情！

而今我已将成为他人之妇，终于要在过去和今后之间落下一道大闸，在此诀别之际，我怎能不百感交集……

龚医生心里清楚，却从来不主动碰触我的这些伤痛，他理解我、同情我，明白什么是自己应该做、可以做，也能够做到的事情。我庆幸自己遇到了这样一个疼我爱我的大哥哥。

蛮妹知道我已答应龚医生的求婚后，先竖起右手拇指说了四个字："天作地合！"随即又竖起左手拇指说了四个字："水到渠成！"

我和龚敬的婚礼办得很简朴，就是在食堂里摆了几桌酒席，请学校和所里的同事一起吃了个饭。校长罗长贵是个爱开玩笑的老头儿，他端着酒杯来到我们身边，先举起一根筷子问龚敬这是什么，龚敬回答是筷子，他就让龚敬用那根筷子"弄点菜起来"，结果自然是徒劳无功，而后他又让我同样空忙了一场，这才煞有介事地举着筷子对我们说，这叫光棍！然后用两支筷子合在一起麻利拾弄着菜说，大家看，想怎么撮就怎么撮，想怎么夹就怎么夹，这才叫筷子嘛！今天我要送给新郎新娘的一句话就是：既然你们两个光棍已经合成了筷子，那就筷子筷子，快生贵子吧！说罢将杯中酒一饮而尽，转身离去。

幸好龚敬的反应还算快，冲着老校长的背影大声回道："坚决完成任务，不负前辈厚望！"

这个笑谈后来成为婚筵的保留节目，在学校传了好多年。

十六

　　民间将"洞房花烛夜"称为人生的三大喜之一，作为一个从小在乡下长大的初嫁女人，我对此自然是极其看重。我们的婚房就设在龚敬那个带厨房的单间里，尽管当时条件有限又正值社会上大力提倡新婚新办，我还是尽最大努力将其布置成了一个温馨的小巢：带荷叶边的淡绿色窗帘，插着水仙花的碎瓷花盘，铺着方格布的小圆桌，摆放在五斗橱上的暖瓶和茶杯，甚至还做了一个别致的小书架……当然最引人注目的还是挂在墙上的那个手工着色的双人相框和相框下新打制的婚床，婚床上摆放着我亲自从百货商店选购的充满喜气而又不失雅致的粉荷清涟三件套，前来参观者都赞不绝口。

　　那天晚上，龚敬激动得一波未平一波又起地折腾了我整整一夜……面对狂热得难以自持的他，我尽管心绪纷纭、体力透支，仍努力配合，始终如一尽到了妻子的义务。然而当他终于从极度的亢奋和满足中跌落下来沉沉睡去之后，我却因内心的惶愧不安而失眠了！

　　几乎是从龚敬关掉电灯在床上与我亲热开始，我的脑子里便不断闪现出另一个男人——楼景春的身影，尽管我竭力地想甩开这个不速之客，却劳而无功，在双双都进入奔潮怒

300

涌的状态时，更是不断地产生幻觉，将在现实中的男人和意象中的他转换了角色……

由于传统乡俗的影响，我和楼景春虽然定亲多年，彼此也早已认可对方，但却从未逾矩有过肌肤之亲。不过，作为一个"名花有主"的待嫁女子，我却对将和他一起度过的"洞房花烛夜"有过无数美好的憧憬，做过无数醒来后仍脸红心跳不止的销魂梦。没想到那些未能成真的憧憬和梦境，竟然会以这样一种方式顽强地撞入到我的初夜里……

当一切归于平静后，面对因心满意足而对我情意绵绵百般抚爱的龚敬，已经清醒过来的我，内心里不禁充满了难以言喻的愧怍和犯罪感，以至天亮后都不敢正对他的眼睛，而他却把这个表现当成了女孩子的羞涩，又激起了新一轮的冲动。

按照当时的社会新风，配偶之间不分性别都时兴称爱人，人家这样称谓我和龚敬的关系，我们也向人家这样介绍彼此，涉及家庭或个人的表格也都这样填写，给到处都洋溢着革命战斗氛围的新社会平添了一股温馨可人的新风。爱人爱人，自然应该是彼此唯一相爱的人，唯一就意味着要全心全意，我觉得像自己这样常常在两人如胶似漆时蓦然走神移心的状况，是有愧于这个称谓的，每每在别人当面提及或自我介绍相互的关系时，都会潜生出一丝外人难以察觉的窘态，多年后仍然是这样。

婚后我和龚敬一直没忘记老校长那句"快生贵子"的祝

福，也确实进行了不懈的努力，想早日迎来我们的小宝宝。我总是想，有了小宝宝之后，我心头的那团阴影和隐痛也许就会淡化消失。然而眼见后来的好几拨新人都生的生了，怀的怀了，我的肚子却一直不见动静。我不免暗自着急，甚至怀疑是我做功课的时候"用心不专"所致。但龚敬却非常满足于这种二人世界的生活，一直不愿去医院做检查，还不断地拿古今中外许多没有子嗣却依然幸福美满的婚姻来说服我。后来我真有点怀疑是不是他知道自己有问题才这样说的，就自个悄悄地去做了检查，不想却发现是我的输卵管狭窄所致。好在不是大麻烦，很快就解决了。

不久我就有了。龚敬得知后非常兴奋，常常情不自禁地伏在我的肚子上聆听动静。他希望我生一个女儿，畅想着"我们的小天使"将是如何如何的美丽可爱。有一天他不知从哪儿找来一本英文旧画报，指着上面的一个非常活泼漂亮的金发小女孩对我说："这是美国好莱坞童星秀兰·邓波儿，我梦中的女儿就跟她一样，一个黑眼睛黑头发的秀兰·邓波儿！"我把画报捧在手中仔细端详，又是兴奋又有点莫名的担心，笑望着他说："你有这个把握吗？你有把握吗……"

"惠兰，我觉得老天一定会成全我们……"龚敬捧着我的脸热吻着，"一定会让我们梦想成真的，一定会的！"

那段时间，龚敬隔三岔五地杀鸡炖髈给我吃，对我的关照真可谓无微不至。现在回想起来，那真是我们一起度过的最幸福的时光。我心头原有的那一抹自遣情愫，也在这种融融的温馨中不知不觉地开始远去、淡化了。

十七

小时候常听老人们说一句话："出头的椽子先烂。"却并不解其意，待长大懂得之后，又觉得这与我毫无关系。然而自从与龚敬结婚之后，这种担忧却在心头慢慢滋生了。龚敬在公安学校里算得上见识不俗、才华横溢的名人，不管在哪里一站，都给人一种玉树临风的感觉。我在虚荣心得到满足的同时，却也没忘记经常提醒他"虚心使人进步，骄傲使人落后"，在为人处世上要尽量谦虚谨慎一点。他却不太介意，称自己生来就这么个德性，做不来假惺惺的事情。其实不管在卫生所还是整个公安学校，他上上下下的关系都是不错的，平时也极少听到有人对他说长道短，兴许是我自己太神经过敏了吧。

可叹的是，一次"大意失荆州"，却成为龚敬"走麦城"厄运的开始。

五七年开春，警校在拆除旧房时发生垮塌事故，造成在场的六名学员受伤，其中两人骨折、一人脑震荡，另有三人皮外伤。卫生所查清伤情并进行临时处理后，龚敬决定将骨折和脑震荡的三个重伤学员及时送往市里的大医院，另外三个只有皮外伤的轻伤学员则留校观察治疗。安排完毕后，他便赴遂宁出席省里紧急召开的一个血防现场会议去了。不料三个轻伤学员中的两人不久便出现了发烧症状，但未引起重视，只采取了一般的药物退烧和冷敷等物理手段进行治疗，一段时间后发现效果不明显。直到龚敬开会回来，发现病员已出现抽筋等明显的交感神经功能障碍时，才赶紧送往医院，结果两人均被确诊为内脏型破伤风。由于耽误了最佳抢救时间，最后造成一名学员不治身亡的重大责任事故！上级知情后极为震怒，指示一定要严查严办，以儆效尤。龚敬作为无可推卸的主要责任人旋即被停职。但因他坚持认为事故出于经验不足，加上他多数时间又不在现场等等客观原因，被斥责为"态度极不端正"，被加码为"隔离反省"，在反省过程中却搭上了随之到来的那场运动的"顺风车"，他平时"自命清高，目中无人""推崇西医，贬低中医""从骨子里崇洋媚外，女儿尚未出生，就一心向往着要将其培养成美国的好莱坞明星"等等问题均被"检举揭发"出来，并一直深挖到他当年在教会孤儿院和教会医院里的那段"接受帝国主义奴化教育"的经历，于是顺理成章地成了"另册"中的一分子，被开除公职，直接送往大凉山劳动改造。或许是见我当时已身怀六甲，又是贫农出身，学校只是告诫我一定要在思想上与龚敬"划清界限"，其他方面倒也暂时没有太为难我。

龚敬到大凉山后，情绪极端低落，几至绝望，在来信中流露出"真想一死了之"的念头。我不得不回信正告他："难道你是完人，没有一点错误？有错误，改正不就得了！你当年有勇气自己割掉病变的盲肠，怎么就没有勇气改造自己的错误呢！"并表明态度说，"只要你活着，我就会等你一辈子！如果你自寻短见，我将会恨你一辈子！"

他接信后痛哭流涕，回信说我的话"惊醒"了他，为自己竟然冒出这样"狭隘自私"的想法而深感愧疚，表示一定要坚强地活下去，"争取早日归来"与我和孩子团聚。从此他坚持每个月给我写信，我亦坚持每信必回，虽说彼此谈的不外乎就是关心、问候、叮嘱和一些日常见闻琐事等等，但这种"见字如面"却使我们在别离后始终感觉到家的存在和温暖以及共同的责任。儿子出生以后，自然就成了我们谈不完说不尽的主要话题。他提议给儿子取名龚望，我立即就同意了。虽说老天爷跟一心想着要一个漂亮女儿的他开了个大玩笑，但我们却都非常疼爱这个来得不是时候的儿子，下决心再艰难也将他抚养成人。

然而厄运接踵而至。儿子刚满两岁，我就因"机关精简"被转业安置到市内的一家集体所有制小型电池厂医务室工作，因警校的补贴没有了，每月只剩下不到四十元的净工资。不过比起一些被直接复员回农村的人，这已算不幸中的大幸。因此我非常知趣，得到通知二话没说就离开学校来到了电池厂，将一间仅九个平方的破旧小屋收拾成我和儿子的新家。

要命的是，因妊娠养胎没跟上加之思想负担太重，孩子生下来时羸弱多病，不得不三天两头地跑医院，我实在顾不过来，不得不请了一个保姆。保姆包吃包住外加每月十元薪酬，说来并不高，但我就那么点工资，再怎么计划节省都拉不拢，实在抓瞎时甚至不得不向她几毛几分地借钱救急。后来我将自己的窘况告诉了已调到昆明和丈夫团聚的蛮妹。蛮妹知情后，当即就寄了十五元钱过来。并告诉我说，她在那边日子还比较过得，两口子除了工资收入还有这样那样的补贴，只要没有意外的大开支，每个月都小有结余。她远在天边帮不上我什么忙，杯水车薪就算是老朋友的一点心意吧。我知道这都是情谊上的话，他们不但拖着两个孩子，双方都还有老人需要赡养，挤出这个钱绝不会是轻而易举的事情，每个月十五元，这对我完全是雪中送炭，天大的人情了。我感激涕零地给她回信致谢，同时也声明：借钱还债，天经地义，只要以后情况有所好转，一定"打包归还"！她很快回信说："我们情同姐妹，千万不要再说这种见外的话，不然我会不高兴的！"

我在给龚敬的信中说了这个事情，他回信说："请你告诉蛮妹，滴水之恩，涌泉相报；涌泉之恩，生死以报！如果我龚敬这辈子报答不了他们夫妻的大恩大德，下辈子做牛做马也要报答!"

对于龚敬所遭受的灾殃,我也并没有完全采取逆来顺受的态度,特别是对他被定下那一条最严重的罪名,即"崇洋媚外",我是最清楚的当事人。在电池厂安顿下来之后,我即开始向有关部门写申诉信,要求有关方面重新核查龚敬的问题,严格按照党的政策,不冤枉一个好人!尽管寄出去的所有书信都石沉大海,我仍不知疲倦地一封接一封地写着。有时实在写不动了,脑子里就会浮现出那一箱子情书,就想或许这是老天特意给我安排的一次偿还情债的机会吧,于是就又写了下去。

有句老话:夫妻本是同林鸟,大难临头各自飞。这场突如其来的无妄之灾不但没有打散我和龚敬,反而加深了彼此的感情。

当时毕竟还算年轻,又是从事穿白大褂的工作,在厂子里面还是比较显眼的,平时也少不了受到一些骚扰,明里暗地献殷勤的也不乏其人。市工管局的一个部门主任来厂里视察工作时因小有不适,到医务室来拿了点药,然后顺便到我那个逼仄得打转身都困难的住房里坐了坐,下来后便亲自要求厂领导给我换了一处稍宽的房子。我出于感激,给他写了一封信表示感谢。他接信后很高兴,打电话向我表示要请客祝贺我的乔迁之喜。我先有些犹豫,但出于礼貌最后还是去了。不想自此他开始隔三岔五地打电话给我,表示还可以帮忙把我调到好一些的单位去，再后来就直接约我出去吃饭看电影……我觉察到他别有企图后，便慢慢地淡化了与他的联系。但他却并不死心。有一天他打电话给我，表示他已与市五金公司疏通，对方愿意调我到该公司卫生所工作，如果我同意便立即向电池厂发商调函。五金公司是市级国有单位，级别和条件都是电池厂不能比的，我一时不免有所心动，但思虑再三，还是觉得这种好处不能要！天下没有白吃的午餐，到时候你拿什么来作为"回报"呢？最后我婉言谢绝了他的"好意"。大约见我是个针插不进、水泼不进的人，从此也就中断了来往。这类事情我都是自行处理后便丢开了，从来不透露给龚敬，他的精神压力本来就很大，唯一的安慰和寄托就是这个还在等着他回来的家，如果有了这方面的担忧甚至疑虑，天晓得会发生什么事情！

随着"三年灾害"来临，物价见天见日地上涨，不涨的只有工资，家庭开支的压力越来越大，十天半月不敢进菜场是常有的事。保姆早已请不起，为了确保儿子的营养，我咬紧牙关给他订了一磅高价牛奶，粮本上每月可购的少许白米，大多都给他做了米羹，我自己则只能从早到晚红苕当顿。但再怎么节衣缩食，仍然处于捉襟见肘状态。厂里的同事情况都差不多，为了互相帮衬共度时艰，由工会出面组织大家"打会"，即参加者每人每月均等地出几块钱，集中起来后抽签使用，中签者可以先领取一笔钱去用着。我的运气特别不好，从来没抽中过一次。有好几次都因儿子生病或家里实在拖不走了，不得不厚着脸皮向"中会"的同事伸手借钱暂渡难关。

蛮妹听说四川的严重灾情后，在我没有任何暗示的情况下，主动将给我的资助一下子翻倍到每月三十元！还不时寄来一些当时非常珍贵的全国粮票，而且一寄就是十斤八斤。要知道，当时在黑市上一斤粮票已可以卖到四五元的高价！据她说，云南的情况比四川要好一些，老百姓的生活也大致正常，因为长途运输公司开始实行多劳多得的计件工资，她和丈夫的收入都有较大的增加，所以才对我"水涨船高"的。蛮妹每次来信都忘不了嘱咐一番：一定让正在长身体的孩子吃饱饭，也千万不要太亏待自己！没有经历过那个年代的人，是难以体会到这种解衣推食的深厚情谊的。

1961年10月，也就是自然灾害最难熬的时节，我突然接到龚敬所在林场的通知，说根据上级的指示精神，所有服刑人员的家属都有一次来场与亲人团聚的机会，时间为一周，沿途费用由家属自理。我接到通知后立即写信向龚敬落实，信还未交，他的信已来了，还真有此事！他在信中急切地希望我能快去，最好能带上儿子，越快越好！我当然理解他的心情，因为我的心情与他是一样的。我立即向厂里请了假。但对带儿子去却顾虑很大。林场在大凉山深处，听说从重庆过去坐车加步行得四五天，孩子受得了吗？万一路上病倒了或者出了事如何是好？而且我也不愿意孩子因这样的经历在幼小心灵上留下阴影，从小我就诓他说"爸爸在很远很远的地质队工作"。我写信将自己的考虑告诉了龚敬，他勉为其难地同意了。

当时市面上一片萧条，什么吃的都见不到，我不得不专程跑了一趟长寿湖，拿出一个月的工资向当地渔民买了几条盐渍风干鱼，然后将儿子拜托给厂里一位平时要好的女工，便匆匆忙忙地上了路。

五天后，我终于连滚带爬地来到了大凉山深处的那个荒僻的林场，见到了正和其他人犯一起为迎候家属抢修道路的龚敬。我虽然一路都在想象着他又黑又瘦、目光呆滞、表情木讷的样子，做足了思想准备，但当一个两鬓苍苍、双颊塌陷、瘦得跟竹竿似的男人在管教人员的吆喝声中向我跑来时，我的心却兀然收紧了，直到他兴奋不已地冲到我跟前叫了一声："惠兰，你来啦！"我才兀然确定他就是我要探望的人，已经阔别三年多的丈夫。

然而在嗣后的接触交谈中，龚敬的表现却完全推翻了这个令我难以接受的最初印象和一路的想象。他住在一排竹筋泥墙的棚屋尽头的一间摆放着一张木架子单人床和一张小条桌的小屋里。床上的蚊帐不知已多久没有洗过，已全然变黑，散发着一股霉味，门后堆放着锄头、砍刀和斗笠蓑衣之类的劳动用具，脸盆、洗漱用具和碗筷摆放在另一边的屋角，只有桌子上的一支未燃尽的蜡烛和一本旧字典，还勉强可以和主人过去的身份联系在一起。龚敬悄悄对我说，因为那场"责任事故"压在身上，场里几次想调他去卫生室都被上面制止，而他也并不想去，怕万一又遇上什么麻烦吃不了兜着走。体力劳动虽然日晒雨淋，但很单纯，没有精神负担，每天劳累下来更好睡觉。

在林场的几天中，我和龚敬除了谈儿子，他对我说得最多的就是林场的四季景观和他们"春挖笋，夏采菇，秋收果，冬烧炭"，还有什么"麂子撞上树，野鸡飞进屋"之类的有趣生活，好像他们在这里过的是活神仙的日子。我完全明白他为什么会这样，所以也就没有老盯着他何以这么快就变得"两鬓苍苍十指黑"说事。后来亲自体验了几天林场的伙食，特别是亲见了他和周围的"同事"们风卷残叶般地扫荡了我带去的那几条盐渍风干鱼后，就更加证实了自己的想法。他在林场每个月有两元零用钱，但仅够买肥皂牙膏和定量供应的两包经济烟，一年到头都是囊中空空，想偶尔从附近村民那儿买几个鸡蛋什么的来解解馋都不可能。从重庆出来时我东拼西凑地带了八十元钱，精打细算地留下十二元的回程路费后，准备将余下的全部交给他，但他坚决不要，说借钱是要还的，这些年来，我对你们母子没有一点奉献，本身就无地自容了，哪里还能这样拖累你们！但经不住我左推右磨，甚至赌气发火，才眼泪汪汪地勉强留下了十元钱。

当时我还不到三十岁，他也才四十挂零，三年多的时间没有在一起，照理说该有一番久别胜新婚的死去活来才是

311

吧。然而去到的当天晚上，在那张特地加固的木板床上，他却一触即溃，而且接后几天都不见起色，尽管我竭力宽慰他，他仍沮丧不已。直到临别前夜，方才在我的配合鼓励下，重拾信心，如愿以偿。离开林场后我突然意识到，在几天来我们并不顺利地共行夫妻之事时，我的脑海里竟然没有像过去那样挥之不去地出现楼景春的身影，即使有也是一闪即逝，几乎没有带来什么困扰！也就是说，在与龚敬结婚近六年之后，我终于化解了那个对我影响至深的初恋情结，走出了那一段沉重的人生阴影！

我为自己感到高兴，也为龚敬感到高兴。

十八

蛮妹对我的资助持续了整整二十年，甚至1977年儿子考上大学，还特别奖励了三百元，直到1978年龚敬得到彻底改正，恢复公职和工资后，资助才暂告停止。为了答谢蛮妹一家，1980年春节，我们一家三口特地去昆明向她和她的丈夫当面致谢。

二十几年不见，蛮妹除了稍显发福之外，变化并不太大，还是跟过去一样快人快语，其丈夫老刘却不甚健谈，每当蛮妹滔滔不绝时，多只在一旁安静地微笑聆听。她的一双

312

儿女笑称，平时家里的话语空间几乎都被老妈的大喉咙占满了，其他人只有洗耳恭听的份。兄妹俩都已在昆明就业，哥哥是公交司机，妹妹是电台播音员。蛮妹对女儿咧嘴道，我喉咙再大也比不上你呀，一开口旮旯角落都响转了！看着一家子其乐融融的样子，不禁心生羡情，人生的幸福就在这种亲人的团聚和相处中啊！

在交谈中，我们了解到这些年蛮妹一家子的日子其实也是过得紧巴巴的，还曾有过多次险些揭不开锅的经历。她在信中所说"水涨船高"，只是对我们而已！可以想象得到，这些年他们是怎么从牙缝里省下钱来资助我们一家的。

这天晚上我们在翠湖酒家包了一个雅间宴请蛮妹一家，我们一家轮番向他们一家敬酒，表达深深的感激之情，并当面表明：借债还钱，天经地义。我当场拿出早已准备好的银行存折，要连本带息地全部归还这些年来他们的资助，蛮妹和丈夫孩子似乎却早有准备，坚决不肯接受。双方僵持着，桌子上的汽锅鸡和过桥米线不得不热了又热，连服务员都啧有烦言了。见此状况，蛮妹拉过老刘，附耳说了几句什么，然后极郑重地面对我们，道出了一个已经严守了二十多年的秘密：所有那些资助我们的款项除了前三个月是她从家里抠出来的，其余所有的钱都是出自另一个人的援手……

大约是发现我们一家子的眼睛中都流露出同样的困惑表情吧，她加重了语气："这些钱全部来自东北……吉林……"

我的心头猛地咯噔了一下，一时脸色骤变。我抚着剧烈狂跳的心，定定地看着她，小心翼翼地问道："蛮妹，你是说……"

　　"惠兰，"蛮妹的神情却变得出奇的平静，"这件事情我做了二十几年，也瞒了二十几年，既是受人之托，忠人之事，也是出自我的本意……现在我可以公开告诉你们了：这些年是楼景春在资助你们，我只是充当了一个中间人，他对我只有一个要求——永远保密，一定不要让你们知道真情……"

　　我的脑子便轰然炸开了，刚才的感激之情迅速地被一种仿佛遭到奇耻大辱的无名烈焰所包围，一时竟完全失去了平素的矜持和起码的理智，站起身来冲着她吼叫道："蛮妹，你好糊涂呀！你怎么能做这种事呢！我再苦再难也不会接受他的怜悯和施舍呀！你把我这辈子的人格都丧完丧尽了！唉，你怎么会发这种昏做这种事呀！"

　　满桌的人一时鸦雀无声，尤其是老刘和三个孩子更是惊讶莫名。显然，除了龚敬和蛮妹本人，所有的人都不明白我陡然动怒的原因。

　　蛮妹却并不来气，待我在龚敬的拉劝下，哀然长叹着坐下之后，仍以非常平静的口气说道：

　　"惠兰，我们相交也不是十年八年了。我能理解你此时的心情，但是对于这件事我有不同的想法。反正你和楼景春的事情也没有什么见不得人的，我就打开天窗说亮话吧！你也晓得，当初我对楼景春所作所为是如何的气愤，但当他的离去却玉成了你和龚所长之后，这种气愤就慢慢淡化了，坏事变成了好事嘛！所以当他得知老龚遭难，向我表示想帮你渡过难关时，我就觉得他能有这种负疚和弥补的表示，也算是还有一点人性吧，而且他一再要求不让你知道，表明他也并没有什么羞辱你的意思，而且你当时确实也太艰难太需要帮助了！就是出于这种考虑，我才决定做这个事情的。我说完了。"

我沉默了，感到自己的冲动多少有点过分，因为我不能说她的想法就错到哪里了，至于楼景春这样做动机到底是出于负疚还是怜悯施舍，在没有得悉真情之前，也着实用不着这样恼羞成怒，有失大雅。我低头回想了一阵，转而问道："楼景春怎么知道龚敬的事情呢？"

"据他说，他是在重庆报纸上的一篇批判文章中得知龚所长的遭遇的。他可能不太好直接给你写信，就写信向我了解情况，当时我已调回云南，信是公安学校转过来的。我收到他的信后，还压了一阵，不想理他。后来看见你这样困难，才忍不住写信告诉了他，觉得你们从小青梅竹马，就算长大后因天各一方，婚嫁不成，但至少还有那么一段交情吧？在这种时候他有这样一个想法也不奇怪，说明他也还人性未泯嘛！结果他不但这样做了，而且一直坚持下来，说实话，这也不是太容易啊，或许是他真的良心发现，对自己当年的所作所为感到愧疚，想以此作为一种弥补吧。"

我一时语塞，正犹豫着不知说何是好，龚敬却在一旁插了话："我觉得不管楼景春的主观动机如何，他的长期资助，在客观上是救了我们一家子的，我们同样要感谢，这些钱，我们也一定要偿还，连本带利地偿还！"

龚敬的话多少有点出乎我的意料，我原以为以他的身份对这个敏感话题会一直保持沉默，过后才来跟我说聊斋的。他的话似乎还含有提醒我的意思。这使我很是感动，多年的磨难并没有改变他为人处世的态度。

不想蛮妹却着急起来，冲着龚敬说道："哎呀龚所长，你这人咋个永远都摆脱不了知识分子的清高呢！还什么呀！楼景春会差这几个钱？他是解放前参加工作的，就是按资历也该是像模像样的官儿了啊？更何况他脑子灵光，那么早就懂得攀高枝，说不定早就是个什么大官了！我出于好奇，曾写信探问他在做什么工作，他一直守口如瓶，好像生怕我们这些小民百姓去巴结一样。说白了，他花这点钱，就是想到当年对不起惠兰，想买个心安！你们千万不要再提还钱的事儿，不然连我这个二传手都想不过味，还连本带利呢，存银行啊！"

她的急躁让老刘和三个小人儿都忍俊不禁，我却一脸正色地说："借债还钱，天经地义。就是他真当了大官，天底下也没有向大官借钱就不还这道理嘛！吃大户啊！一句话，他的情我们领了，钱一定要还，我们也有自己的处事原则嘛。"

蛮妹很不情愿地写下了楼景春的通讯地址：吉林省四平

市×××号信箱。龚敬说带特字的应该是部队，也就是说楼景春一直没有转业。这确乎印证了蛮妹所言，看来他还真是官运亨通呢！

在昆明小住几天后，蛮妹两口子又陪我们全家回了一趟饮马镇，又专程到樊家坳去看了看。时过境迁，面对物是人非的老家，不禁思绪连绵。当年和楼景春在一起的那些刻骨铭心的往事又按下葫芦浮起瓢，一件件地涌上心头，我不得不装腔作势地遮掩闪避。这当然逃不过龚敬的眼睛，但每当此时他总是默默地递上手绢，却绝不细询就里。这些年来，正是他的这份理解和大度，使我们能够携手走到今天。我感谢上苍对我的眷顾和成全。

十九

回到重庆后，我便和龚敬商量，按照蛮妹留的邮箱给楼景春写了一封信，主要讲了我们这次全家出动去云南并回到老家的情况，并附上了一张我们一家三口的全家福照片。我们的想法是，如果他回信了，就立马转入正题，对他多年来的雪中送炭表示深切感谢，并直言将奉还资助款项的事情。信寄出之后，却迟迟不见回音。尽管这种情况我们写信时也有所预估，但面对现实仍不免有很大的失落感，我的这种感受更重。但在内心里我似乎又很难把我记忆中的景春和"人一阔脸就变"的怠慢拉扯到一起。我把这些都写信告诉了蛮妹。她得知我只是没有收到回信，原信却没有被退回，就提醒我说，这说明楼景春并没有完全把门关死呀，你不妨再写信去直接谈还钱的事，看他咋个说！我和龚敬都觉得这样打开天窗说亮话不失为一种可行的举措，至少也可以表明我们主动去信并非想攀附他，而是不愿无功受禄，想与他取得联系只是想还债而已。于是立即按照这个口径去了第二封信。

这一招果然奏效，回信意想不到的快！但当我从邮递员手中拿到那个印有四平市×××号信箱的信封，迫不及待地拆开后，一张我曾经十分熟悉印有红色竖条的老式信纸映入眼帘，然而信纸上却只有寥寥数语：

> 惠兰：知道你和全家的近况后甚感欣慰。我目前正面临工作调动，这个邮箱就暂时不要用了，等到了新单位后再联系。谢谢你的来信和问候。遥祝你和全家幸福，永远幸福！景春即日。

这是在阔别近三十年后，我第一次接到楼景春的亲笔信。然而信中却只字未提及我所关心的事情，还似乎以这种方式回绝了以后再行接触的可能。这令我非常纳闷，是不屑再与我们这些下民交往，还是另有隐情？

楼景春一直没有音讯过来。我曾想直接给四平市×××号信箱负责同志写信打听他的新址，却被龚敬制止，称这涉及部队机密，不能乱来。另外也还得尊重楼景春本人的意愿，不能剃头挑子一头热。他的意思是等等再说。后来他忽然提到了一种可能性：楼景春很可能是一直瞒着他那位背景很了得的夫人在做这件事情，突然收到这么大一笔钱是很难不泄露的，届时他怎么交代？……我觉得他的分析不无道理。但我们都一致认为，无论如何，在我们的有生之年都必须要了却这笔人情债，不然我们是无法心安理得地离开这个世界的！我和龚敬都是那种活得很认真的人。

　　这以后，楼景春的下落就成了我们一家子共同操心的事情。写信没门了，我就想到了打长途电话，哪怕能在电话上与他说上几句话，也算一种了结吧。当时从重庆打一个长途电话去东北，不但需要近乎天价的话费，还得去电信局排队等候，排上后还得从省局一层层地往下转，只要中间任何一处卡壳即会全部告吹，即便是侥幸接通了，能不能找到对方接电话还是个未知数。那两年我几乎每个月都会跑一趟电信局，但十有九次都是空跑，后来有一次终于打进那个信箱了，接线员只回了三个字："高升了！"欲再细问时却只有嘟嘟的忙音了。没办法，据说保密单位都是这个德性。但这也确乎证实了我们的一种猜测：楼景春一直过得顺风顺水。

　　后来儿子赴加拿大留学，小子曾表示要亲去吉林寻找并当面答谢"母亲的初恋情人",结果却成了戏言。

此事就这样绵长吊线地拖了下来。

1987年，也就是我临近退休的那年，我作为市医学会的副秘书长被公派去长春参加一个全国性的职工医院交流会。长春与四平同在一个省，到时可以顺便去找找楼景春。机会难得，我非常高兴，就想与龚敬一道去，可前段时间他的肺气肿合并哮喘的老毛病复发，经住院治疗刚控制住病情，如此远行且前往大寒之地着实太冒险，最后只得作罢。

这是我第一次到北方，突然间从郁郁葱葱的大西南来到漫无边际的冰天雪地里，吃喝拉撒都不习惯，连走路都不会了！会议期间，只要没事我就缩在屋子里，几乎没有外出，想到楼景春在这边一住几十年，心头悄然生出几许莫名的惆怅：都说环境会改变人，也难怪啊……

按照主办方的安排，会议期间我们参观了一些医疗单位。这天下午，我们来到市郊的一家荣军疗养院参观。晚上热情的主人为我们这些远方来客举办了一场文艺晚会。起初许多人都以为，这种单位举办晚会或许就是意思一下吧，没想到拿出的第一个节目就把大家给镇住了：管弦乐合奏！帷幕拉开，面对着庞大严整完全不亚于专业乐队的阵容，场子里不约而同地发出了啧啧的惊叹声，难以相信跻身于这支音乐大军里的大多都是伤残军人。然而演奏者们所戴的盲镜和横在他们脚下的拐杖，都在无声地证明着这一激动人心的事实。

嘈杂的会场迅速地安静下来，呈现出庄严肃穆的气氛。年轻的女主持人报出了第一个节目《中国人民解放军进行曲》。

远在刚进公安学校时我就会唱这支歌了，但在这种场合听起来，却有一种特殊的震撼人心的力量，这显然是由演奏者们残疾的肢体和昂扬的精神状态的强烈对比所触发的。接着乐队演奏了《我们年轻人》和《翻身道情》，熟悉而亲切的旋律一时竟使我热泪盈眶，仿佛又回到了青春少女的时代……近些年我还极少因为看演出这样动容过。乐曲既毕，主持人逐一介绍了演奏员们的姓名身份，被介绍的人或起身或坐着向台下挥手致意。令我们大为惊讶的是，几乎所有的演奏员竟都是在所在部队立过战功的英模人物！因此在介绍的过程中场子里的鼓掌声一浪高过一浪，一直处于热烈状态。

当主持人介绍到站在最远处的一位鼓手时，我的双手却猛然僵住了！

"现在我向大家介绍的是乐队鼓手楼景春同志！楼景春同志，甲等伤残军人，1946年入伍，解放战争时期曾荣获三等功两次，抗美援朝中荣立二等功一次……"我只觉得脑子里嗡地响了一下，后面的介绍就全模糊了，我屏住呼吸，紧张地注视着鼓手所在的位置——因前面有乐器和人遮挡着，刚才我只看见有一只手晃了一下，根本没看清楚人。

同名同姓同年入伍……会是他吗？我觉得自己的心都快

跳出来了!

　　我犹豫了片刻,便悄然起身走出了大厅。外面天已大黑,借着从窗户里漏出的若明若暗的灯光,我高一脚低一脚地往后台走去,就像是踏行在梦境里……人的心理有时候是很奇怪的,连我自己都不甚明白,当我和他已经断绝交往三十余年,双方都已到儿大女成人快当爷爷奶奶辈的年纪,但在这样一个极偶然的场合听到了他的名字并知道他可能就近在眼前的时候,我的心情竟会像当年与他约见时一样躁动不宁……这显然不是一个欠债人即将见到债主时的心情。似乎只是在这个时候,我才意识到,在内心深处我其实对他并未到"恩断义绝"的地步。也许是他这些年的默默资助软化了我?应当有这个原因,但绝不是全部,我自感自己还不至于那样卑微。或许唯一能对此做出解释的是,在失去他之后,老天已经给予了我足够的报偿:我得到了龚敬毫无保留的爱,有了一个幸福的家庭,因此当时完全无法接受的事情变得可以宽容和面对了。

　　我在后台的甬道口向一个老军人打听:"老同志,请问刚才台上介绍的那个楼景春是不是云南人?"

　　老军人不无警惕地打量着我:"你是哪儿的?"

　　"我是来学习考察的。"赶紧报上来路。

　　他放松下来,点头道:"是,是云南人,请问……"

　　我气促地抢着说:"老同志,请你告诉他一下,就说有个家乡人想见见他……"

"贵姓?"

"免贵姓樊。"

老军人让我在外面等着,自个转身进去了。我待在原地,竭力想使自己显得超脱一点,但越是这样想,情况就越糟糕:心跳加速,脸颊发烫,末了竟生出一种想逃之夭夭的怯怕之情……就在这时,甬道里突然传来一声闷响,仿佛把什么沉重的东西摔在地上了,有人喊:"哎呀你慢点啊,慢点啊!"

我发现地上匍匐着一个人,那个老军人正上前扶他。我赶紧过去帮忙,这时我看到了从倒地者的裤管里露出的两只木制的假腿。我们一起用力,好歹使他靠墙坐了起来,因为跌得太重,鼻血糊了一脸。这时从里面跑过来一大群人,把我挤到一边去了。

"快送医务室,送医务室!"有人在说。不一会儿,就看见有人背着他往外走。老军人走过来对着木然不知所措的我说:"就是他呀,摔着了,摔着了!"我立即跌跌撞撞地追了出去。

当医护人员小心翼翼地用蘸着来苏水的棉签将他的脸部清洗干净之后,我终于看清了坐在椅子上左右环顾的他。如果不是在一群陌生人中,我肯定已经叫出声了!尽管他已衰老得令人难以辨识:头发几乎全白了,抬头纹又重又密,长长的鼻沟绕过嘴唇一直没入下巴……只有一双深陷在皱褶里的眼睛依然炯亮如昔！

"景春！景春！——"我似乎明白了什么，尖叫着不顾一切地扑过去，紧紧地抓住他的手。

他几乎也同时认出了我："是惠兰吧？……真是你啊！我昨天在来访名单上看见过你的名字……"

我忽然感觉到什么，疑惑地低下头来拉掉他的手套，一只奇形怪状跟板姜无异的手掌呈现在我的眼前，然后我又在众目睽睽之下取下了他的另一只手套，然后提起他的裤脚……

"景春，你这是……"我震惊莫名，"你这手和腿……是咋个搞的?!"

他愣怔了片刻，似乎在面对着一个从未有人向他提出的问题，然后舒缓过来笑看着我："六根指头和两只脚都丢在山里啦！"

"丢在山里啦？……"我大惑不解。

"是呀，它们离开我都三十几年了。"

我意识到什么，不禁抽噎起来，一边用手轻轻地捶打着他，却说不出一句话。

"惠兰，你也算是当过兵的人啊，没见过军人负伤吗？"他的脸上忽然绽开了笑容，"看看我们这儿的兄弟们，有几个不是缺胳膊少腿的呀！我这都几十年了，现在还有啥好哭的啊！……"

这时外面传来了同伴催促我赶快上车的叫喊声，我不得不与楼景春告别。我告诉他，我会再来看他。

这个晚上，我彻彻底底地失眠了，眼前一直晃动着楼景春的影子：以往的、刚见到的和想象中的……直到它们慢慢地合并成为一个能够让我相信和接受的现实中的活人，但与此同时，另一些悬念却又浮上心头：他这些年到底是怎么过来的？那位安姑娘还一直在他身边吗？……不知何时便开始自问自责：当时我怎么就那么傻呢！就是遭受处分也该学学孟姜女过来探个究竟呀……即便他已有家有室，但人都成这样了，我就是再痛苦也该帮他一把的啊！结果呢，反倒是他在我身遭困厄时不忘旧情施以援手，而且一帮就是几十年哪！这么长的时间也不可能一直瞒着安姑娘吧？……念及这里，不禁悔愧交织，难以自抑，更加坚定了心意，一定要还他们的这个大情。

因为会期安排太紧，我一直无法抽身去找楼景春。直到会议结束，才匆匆地赶了过去。然而，当我急切地来到荣军疗养院时却扑了个空，被告知乐队应邀到边防驻军巡演去了，至少要大半个月才能回来。楼景春在传达室里给我留了一张字条：

　　惠兰：这次能见到你，非常高兴！因有任务外出，相约再见之事，只能有待以后了。我欠你太多，今后请千万不要再提"报答"二字，那会使我无地自容的！请代问龚敬大哥好！祝全家安康，幸福！以后多联系！景春匆留。

一句"我欠你太多"，又将我打回闷葫芦里：这到底是怎么回事儿？……错失掉这个重新接触了解他的机会真是太遗憾了！

或许是天可怜见，不忍看到我这样抱憾而归吧。在回程的火车上，我竟与那位老军人不期而遇。我们是在餐车吃饭时碰到的，他穿着一身崭新的军装，刚刮过脸，显得容光焕发，好像是要去办什么要事或见什么要人。一打探，果不其然，是去北京开会的。这时我才知道，这位老军人乃是那个荣军疗养院的副院长。我们边吃边聊，唯一的话题便是楼景春。他显然并不知道我和楼景春的具体关系，谈得非常放松。他告诉我，他姓廖，解放前就和楼景春在一个部队工作，后来他调到四平疗养院当后勤科长，楼景春负伤后也来到那里，再后来他调来长春疗养院，帮忙把楼景春也转了过来，双方相处了几十年，可谓知情知心知根知底的老哥俩。

据老人讲，楼景春是抗美援朝期间，一次前往大兴安岭林区催运军木时，因遭遇暴风雪吉普车陷入雪窝，天黑后与驾驶员在寻救途中迷路，三天后被发现时两人均已冻成僵人。驾驶员不幸牺牲，他经抢救好歹捡回了一条命，但因严重冻伤导致双脚和左右手多指坏死而截肢。

"命根都差点儿没保住！"老人鼓着眼睛说，"医院想了好多办法好歹让他可以像男人一样小便，其他好事儿就甭想啦！"

当我愕然不已地问及楼景春的"家属"时，老人拧着眉毛，诧然地看着我："他打了一辈子光棍，哪来的家属啊！"

我大为惊异，说："不对吧，当年他曾亲自写信告诉老家的人，说他和一个姓安的姑娘结婚了……"

"吹牛的！那个事情我最清楚，起初那个姑娘是很缠他，但他称老家已经有了，死活不肯就范嘛！他负伤后，人家自然就敬而远之了，最后家乡的那个也没保住，谁愿意和一个残疾人过一辈子呀！后来倒也有人愿意给他当红娘，但都被他婉言谢绝，称自己已经有家了。啥家呀？荣军疗养院呗！我也曾给他介绍过老家的一个带娃的寡妇，人家也表示不嫌弃他，但他连面都不见就推了，气得我骂了他一顿。后来才听说，他心头还一直惦念着家乡那个，至今还保存着那姑娘的一条辫子……"

我闭上双眼，无力地瘫坐在椅子上，整个心都在悲怆地呼喊：景春啊，景春啊！你这是在干啥，在干啥呀！……

廖院长发现我脸色很不好，关切地问我是不是哪儿不舒服，我假称肚子疼，起身进了厕所。我背抵厕门，蒙脸痛哭，哭得伤心伤肝，昏天黑地……

车抵北京前，我来到廖院长的车厢，留下了他的办公电话，表示以后我可能还会造访他们疗养院。他似乎意识到什么，却没有说出来，只是握着我的手豪爽地说："一回生二回熟，三回胜似亲骨肉！到了疗养院，吃喝住行我全包！"

二十

回重庆后，我将在长春见到景春的情形原原本本地告诉了龚敬，然后躺在床上昏睡了整整两天。龚敬一直默默地伴守在我身边。他因肺气肿哮喘严重不能平睡，就把沙发和氧气瓶都拖到床边，实在撑不住时就吸一会儿氧。我醒来后，发现他歪倒在沙发上磕磕绊绊地打鼾，氧气管掉落在一边。我不想惊动他，悄悄起了床，不想穿上鞋刚走了两步，他就睁开了眼睛。他告诉我，我在昏睡中不断地哭泣喊叫，表现出比较明显的谵妄状态，然后就拿了开水和安定片要我服下，但我拒绝了。我告诉他说，我能挺住，说着说着眼泪又冒了出来……但我仍然表示自己能挺住。

我不知道龚敬这两天想了些什么，尽管眼下他表现得很平静，但我能想到，这个突如其来的"真相大白"对他的冲击不会比我小！在以后的几天里，我们俩都小心翼翼地回避着这件事，就像回避着一个正嘀嘀作响的定时炸弹。

直到这个周末，我们一起在灯下对坐着吃饭时，龚敬才终于打破了沉默。

"惠兰，过些天我们一起到长春去看看老楼吧。"他说得非常平和，就像是在说一件早有约定的家事。

他的这个态度可说既在我意料之中又在我意料之外，内心里虽不是那样紧绷了，却仍不免忐忑。

"你这个病，平时都是大门不出二门不迈的，这一路过去得坐好几天火车，万一受了风寒我可担待不起呀！"我边吃边说，也尽量显得自然一些。

"这几天已经稳定一些了，注意着一点就是啦。"他说，显然已认真思考过这个事情了。

但我并没有完全放下心来，毕竟这对任何一个当事人来说，都不可能是一件很轻松的事情，尤其是那种不说都懂的微妙感情，也并非是每个人都能落落大方地面对的。

"我也在想，还是把那笔钱带过去还了为好。"我思忖着说。

"既然老楼的态度那样坚决，我看我们也不一定要丁丁卯卯的分得那样清楚吧。"龚敬思忖着说。

"你的意思是人家说了两句客气话，我们就真的把还钱的手缩回来了？"

"我不认为老楼是在客气，他是没有把我们当外人。"

"那我们又该把他当成什么人呢？"在我们目光相碰的瞬间，我突然变得有点气促。

"我想过了，我们也不能把他当成外人。惠兰，我认他这个兄弟，这个好兄弟！……"龚敬非常真诚地说。

"龚敬，谢谢你！谢谢……"我的眼睛倏然变红了。

龚敬动容地抚着我的手背说："惠兰，那些年你受我的连累，如果不是老楼兄弟伸以援手，你们母子俩咋个活得出来啊！而且以我当时的处境，他做这种事情是要冒风险的，何况不是一次两次，而是坚持这么些年，而他本人却又伤残成这样……仔细想想，真是难得，难得呀！"

"龚敬，我明白，我怎么会不明白呢！"我哭出了声，"我下辈子愿意当牛做马来报答他……"

"干吗要等到下辈子呢，惠兰，我有个想法，我们不应再让老楼这样孤孤单单地待在疗养院，我们应该让他有一个更温暖幸福的晚年，享受到亲人般的关爱……"龚敬坐过来用手绢为我擦着泪水，"这几天我都在想，是不是可以把景春接到我们家来，我们一起来照顾他，或者说我们彼此照顾，一起安度晚年……"

我一时愣住了。在坐火车回重庆时，我就曾反复想到过今后如何帮助景春安度晚年，甚至想到过将来和他一块出国旅游，去看望受过他恩惠的儿子……没想到龚敬比我想得还要深。

"你是说让他住到家里来？"我多少感到有些意外。

"怕人说闲话，是吧？我看只要公开讲明了缘由，别人也

330

会同情和理解的。"龚敬说,"当然也可以租两套靠近的房子,最好是同单元门对门那种,既相对独立,又便于彼此照顾。"

我当时的感觉真是难以用语言表达。我想到这些年来我们和天各一方的景春连见个面都那样困难,真不敢想象竟会出现这种天方夜谭式的现实可能!但经龚敬这么一说,天方夜谭又确乎变成了伸手可及的事情!我不禁喜出望外地说:"既然你都这样说了,我还有什么好犹豫的呢!"

十天后,我和龚敬带着大包小包的南方土特产,你搀我扶地登上了前往长春的列车。出发前三天,我分别给景春和廖院长发了电报,第二天就收到两人表示欢迎的回电,景春在电报中多出的一句"沿途一定要注意安全"的提醒,在我的心头激起了亲情般的温馨涟漪。一路上龚敬显得非常兴奋和乐观,好像我们要去见的不是一个与我们的关系既亲近又微妙的人,而真的只是一个阔别多年的兄弟和战友,要想做的事情也定会水到渠成。我的心情却复杂得多,一路都在担心此行会不会顺利,最后会是一种什么结果,总觉得老天不会轻易地给予我这种心想事成的运道。

事实证明,龚敬的乐观是有其道理的。他和景春的见面没有出现任何问题,相反那种坦诚、豪爽和热烈,毫无小肚鸡肠的场面,超出了我最好的预期。当两个历经血火风霜,留下满身伤痛的男人互相呼喊着兄弟,热泪盈眶地紧紧拥抱在一起,捶打着对方异口同声地说着"这些年你吃苦了,吃苦了"的体己话时，待在一旁的我，除了让眼泪簌簌地流淌，还能说什么、做什么呢……一顿"团圆"饭，平时在家滴酒不沾的龚敬竟然和景春你一杯我一盏地将一瓶东北高粱烧喝了个底朝天！那种酒浓情更浓的场面，令一直陪同在侧的廖院长都连连地竖起大拇指，称这才是真正的军人气度和袍泽情谊。

这次我们在东北一共待了十来天。其间除了廖院长专门安排车辆去看了长白山天池和长春附近的一些景点，多数时间是待在屋里互诉离后别情，我和龚敬一直将话题往安度晚年上引，但景春却反过来为我们担心：将来打算待在国内，还是出去与儿子团聚？如果出去了生活不习惯怎么办？……那神态和口气，好像自己根本不存在这个问题。我和龚敬私下谈及时，都觉得他肯定已把疗养院当成了自己的当然终老之地，要想改变想法恐怕不太现实。直到有一天景春告诉我们他马上又得外出参加演出时，我们才不得不硬着头皮向他提出了我们的设想。

景春听罢我们的想法后，倒没有如我们想象的那样认为是异想天开，只是朗声笑道："这怕是要不得啊！我们现在都过得好好的，去找这种麻烦干啥？你惠兰也不是年轻力壮、三头六臂呀，照顾龚大哥就够你忙了，再加上我这个老残疾，安心让自己累死呀？就像这样经常互相走动走动不是很好吗！"

见他连一丝动心的兴趣都没有，我才明白我们的想法是太过一厢情愿了。但龚敬却不这样认为，他说从一见面开始，他就看出景春对我仍然怀有很深的感情，他真的一点也不想在有生之年大家朝夕相处、共度晚年吗？他这样表态只是在克制自己，不愿给我们增加负担，更不愿影响我们老两口的生活，总之他这样说，仍然是出于为我们考虑，只要我们是真心实意的，他的态度是会改变的。我一方面觉得他讲得不无道理，同时心头又生出了些许不安。

　　其实景春对我旧情未了，在上次见面时我就有感觉了，不然我的反应也不会那样强烈。但我宁愿认为那只是久别重逢和真相大白后的正常反应，且相信时至今日，我们都能理智地对待和把控这种感情，不然在重庆时我也不会欣然同意龚敬的建议，和他一起来到东北了。在我们与景春见面的第二天，廖院长曾悄悄告诉我，景春晚上曾到医务室去要了安眠药，以往这还是少有的。但我觉得这很正常，因为那天晚上我和龚敬也同样是辗转难眠。

　　和龚敬一起生活了三十多年，我太了解他了，和在日常生活中有洁癖一样，他在感情上也是一个容不得任何杂质的人。尽管此前他有许多令我感动的表态，但我仍担心如果他认为景春对我"旧情未了"，会不会有别的想法。

　　如果他无法面对这一点，来前的整个考虑就必须刹车了。但当我忍不住问他时，他的回答却令我再次动容。他说："坦白说，我在景春面前有一种愧疚感。说他对你旧情未了，我能理解，因为他当年显然是出于对你的顾惜，不忍心拖累你一辈子才决意离开你的，后来他数十年如一日地默默地资助你和我们家，当然也是这份未了之情在起作用。所以我对这个'旧情'不但没有丝毫的醋意，而且满怀感动和感激，真是这样的！他的行动已经证明，他从一开始就是铁了心不求回报的。我认为越是如此，我们越应该给他回报！惠兰，我们现在所做的事情千该万该，必须做，还要做到底！"

面对龚敬恳切的表态，我的心越发不平静。我说："龚敬，感谢你对他有这样的评价，也感谢你对我的理解和支持！但我还是要说，当年是我心甘情愿地跟你在一起的，你完全不必有任何歉疚感，不然我心里会过不去的！"

龚敬说："惠兰，我完全理解你。不过我可不是轻率随意地说这个话的。你大约还记得吧，在我们结合之后，沉醉在幸福中的我，曾经很'想不通'地对你说：景春怎么舍得抛弃你这样一个方方面面都无可挑剔的好女子呢？他傻了疯了吗？当时你回答我说：我不愿意这样去想，其实我内心里还是希望他有更好更大的前途的，至于我和他的分手，大概还是缘分不够吧。后来我也开始这样去想了……所以当你上次在东北遇到他并获知相关真情后，我的内心里才会那样波翻浪涌，无法平静！惠兰，我相信，如果你当时就知道真情，肯定会不顾一切地去照顾他，并且愿意服侍他一辈子的！而他恰恰是因为太了解你的禀性，才不惜用那种宁可遭受唾骂的谎言和决绝态度来让你铁下心与他一刀两断的！因为只有你恨他了，才可能忘记他，才不会带着歉疚去重新开始新的生活……可以这样说，他是用自己这些年的孤独困苦，换来了我们这些年的美满幸福！这样的大恩大德焉能不报？幸亏老天还给了我们一点这样的机会，否则我们这一辈子将会留下无法弥补的大愧疚和大缺憾！"

龚敬的话让我感动得涕泪横流，在倏然间竟产生了一种幻象，好像他和景春在一点点地重合，最后变成了一个人……

我擦着眼泪，哽咽不已地对他表白道："龚敬，感谢你的这些重情重义、掏心掏肺的话！我们没白白地夫妻一场，对于我来说，也没有比这个更弥足珍贵的了！现在我唯一的期盼，最大的期盼，就是在自己还能够动弹的有生之年，好好善待你们这两个有大恩大情于我的好男人，除此以外别无所求！听清楚了吗？两个好男人，两个！"

我和龚敬紧紧地拥抱着，两个人都已泣不成声。

然而面对景春的不愿配合，我和龚敬都意识到或许我们是太心急了，决定后退一步，暂时不再提让他搬来重庆相互关照养老之事，只要求彼此间保持经常联系，多相互走动聚首。景春这才欣然应允。

二十一

后来有四五年时间，我们老两口和景春之间书信不断，每年还至少有两次团聚。每年，景春来重庆过冬，从春节一直待到四月初；我们去长春度夏，从七月初一直待到国庆后。在重庆时景春就直接住在我们家里，在长春时廖院长特地为我们安排了一间客房。这样一年中我们大体就有半年时间可以待在一起抱团取暖过日子了，我们自称为"三人组合"，我被一致通过出任"组长"。从一开始我就对这个家的日常生活做了大体分工：煮饭、洗衣、煎药、打针由我承包，龚敬负责外出采购，景春出任"不管部长"，随机做一些力所能及的事情。经过几十年的磨炼，他那残缺不全的"姜掌"除了穿针引线之类的细活儿，一般家务事都已难不倒他，所以很快他就把抹屋扫地之类的事儿给揽了过去，还经常帮我打下手，择择菜、看看锅什么的。

因为龚敬的病很忌惮躬身弯腰，稍不留意便会咳喘不止，平时都是我给他洗脚。景春把这个活路也硬给抢了去，称自己常年无脚可洗，一见人家洗脚就手痒，算是一举两得！我也只好恭敬不如从命了，以后这就成了他的"专利"，洗完后还要做做按摩。龚敬每次洗完脚，都会大呼舒服。龚敬的脚爱长鸡眼，一两个月就得上浴足房割一次，不然疼得无法走路。景春不声不响地买来修脚刀为他割了一次，手艺竟然不比专业修脚师傅差！景春笑言此手艺是在部队时学来的，服务对象上至后勤部长下至普通士兵，至少可以拉出一个排。龚敬割鸡眼的事儿就此也让他给包下，再后来连同我脚上铲老茧除死皮的活儿也由他一并给揽了。

不过景春有一件事情也让我伤了一段脑筋。他无脚可洗，没想到初来时他却连洗澡都跟着免了，原因很简单，洗澡得先取下假脚，但那样一来他就根本无法站立，疗养院有集体澡堂，洗澡有专人服侍倒好办，但到重庆后就没那个条件了，身上实在不舒服了，就自个用热水擦一擦或者采用东北老乡常用的办法：干搓。我发现这个情况后，坚决要他"入境随俗"，按时洗澡。起初家里只有淋浴，他取掉假脚后又不能站立，我专门请来木匠做了个高矮合适的靠背椅子，洗澡时他坐稳后，我们先帮他取下假肢，洗好后再送给他装上。后来我和龚敬又下决心比着卫生间的尺寸买了个浴盆，这样他就可以舒舒服服地躺在浴盆里洗了，洗完后龚敬只消进去帮他一把，就全部搞定。每当龚敬搀扶着洗得红光满面的景春从卫生间里出来，我早已在他的房间里将换穿的干净衣服准备好。他经常情不自禁地笑称："我享受的是特级护理啊！"

还有一桩事情是理发。多年来龚敬从来不上理发店，一直是我在家里为他打理，景春到来自然也就由我一块做了。于是每次相聚，便成了我在两个男人头上展示"顶上功夫"的机会。因为年纪大了眼神不济，难以保证每次都达到最佳效果，甚而也会偶有失手在某个脑袋上留下缺憾。两个老头儿经常对镜比照，像两个大儿童似的自我欣赏或奚落对方，有时还要硬拉我这个始作俑者当裁判，三个人各说各话，互不相让，笑成一团。

三个老弱病残取长补短，结成一个令人称羡的"自助养老单元"，除夕夜吃团圆饭放鞭炮，元宵节吃汤圆看龙灯，春光明媚去重庆郊外踏青，夏日炎炎去长白山中避暑……还真过了几年有滋有味的日子。

景春每年来重庆，都要和我们一起去翠云山为外公上坟，焚香化纸，行礼如仪，非常虔诚，还时常感怀不已地摆谈一些外公当年的旧事。有些事情我都已记不太清楚，他却能从头到尾，一五一十地娓娓道来，就跟昨天才发生的一样。

他说有一年春节，他打了几个石春钵，和我一起背到场镇上去卖。从村里到镇上得走三四个小时，我们去赶了个晚场，春钵卖完天色已晚，返回时走到半路天就黑了。不料天上又落起雨来，而且越落越大，两人只得狼狈地躲进路边的一个农民守秋的破窝棚里。我年纪小瞌睡多，不多会儿就靠着他的背睡着了。这时他发现远处走来一个打着火把赶夜路的人，一边走还一边长声大气地吆喝着什么。他忽然发现那声音好熟悉，而且一声一声喊的分明是"惠兰妹——楼娃子——"呀！他惊喜不迭地叫醒我："惠兰，外公来了，外公找我们来了！——"

果然是外公摸黑冒雨地找我们来了！老人家将带来的斗笠和蓑衣给我们穿戴上，又给了景春一支火把，两支火把一前一后地将我夹在中间，在风雨交加中平安无恙回到了家里。

都说时光可以带走一切，但它真能带走人世间的这些情感吗？

1991年春节，儿子龚望回国探亲见到了景春。我们这个"三人组合"给他留下极佳的印象，觉得我们是开创了一种值得推广的养老模式，以至暂时打消了原本意欲接我们老两口出国的念头。但他同时也认为这种状况不可以永远持续下去。在返回加拿大的前夕，他悄悄地对我和他老爸说："爸妈，如果楼叔叔将来不需要你们照顾了，你们还是来加拿大和我们一起过吧，我的绿卡批下来后，就可以为你们申请家属团聚移民了，到时候……"

我听着不是滋味，打断他的话道："什么叫不需要啊，莫非楼叔叔还会长出一双新脚来吗？"

儿子不无困惑地看着我，然后嘟着嘴回了一句："人类确实没有这种再生功能。"便不再谈这事。当时我还以为自己回答得很诙谐聪明呢，不成想，这却在日后相隔天遥地远的母子之间埋下了误解的伏笔。

1995年，我和龚敬前往加拿大探望已拿到绿卡的儿子、儿媳和孙子。应该说这种一家三代的首次团聚应该是大喜大乐之事吧，但却偏偏遇到一个完全出乎意料的问题：到加拿大没几天，沐浴在儿子曾无数次赞叹过的天堂般的纯净空气里，龚敬在国内已基本控制住的肺气肿合并哮喘竟然来了个大发作，白天喘咳不止，晚上根本无法入眠，送医院后又是检查又是化验又是CT，折腾了好些天，发病诱因没说出个所以然，却开具了一张四位数的天价账单。儿子倒没有大惊小怪，说在这里没有医疗保险就是这样，老头子却咳咳吭吭地直呼活抢人，怎么也无法接受！原本医院还要继续检查，并警告说预后不好会有生命危险，他却坚决不愿再当冤大头，要求立马回国！一筹莫展的儿子只好征求我的意见。眼见老头子这样决绝，我能有什么意见呢，总不能眼看着他在这里等死，或者把儿子的钱花光，甚至花光了依然是等死吧！经与儿子磋商，最后同意了老头子的意见，以最快的速度买机票回国！

我将我们决定提前回国的事打电话告诉了景春，本是意在提前安排回国后团聚的事，不料他却误以为我们是"差钱"，当我们登上返程的飞机时，儿子收到了他电汇去的两千元美金。

奇怪的是，龚敬一回到国内，病情即刻就减轻了，专候在机场的救护车成了出租车，到医院后只是观察了半个来小时，便让我们自行回家了。

儿子听到消息既感快慰又觉不解，在电话那头戏谑说："老爸在这边是不是醉氧啊？"

我又好气又好笑，说："我搞了一辈子的医，还不知道啥叫哮喘啥叫醉氧？不懂就莫乱开腔！"

后来景春一直未提及他曾汇款给儿子的事情，儿子也没有说。直到一年后龚敬的哮喘病再度复发住院时，景春闻讯从长春匆匆赶来，和我谈及龚敬那次在加拿大意外发病时，我才得以知情的。景春坚决阻止了我意欲质问儿子的冲动，并千叮万嘱地告诫我，事情早已过去，无论如何不要再告诉龚敬，使他的病情雪上加霜。

二十二

龚敬这次发病来得很猛，一发作就出现了窒息状况，送医后立即做了切管输氧。当我带着从东北赶来的景春走进病房时，一直处于昏睡状态的龚敬忽然动了动身子。我俯下身子小声告诉他："龚敬，景春看你来啦！"

他衰弱地抖动了一下，浮肿的眼睛慢慢睁开，目光落在景春身上，嘴里发出嘶嘶的气声，想要说什么。景春抚着他说："龚大哥，你好好休息，有话以后慢慢说吧，以后慢慢说。"

龚敬喘息了一阵，忽然伸出手去拆氧气管，几乎是与此同时，护士已冲过来掀开我们，迅速地控制住了龚敬，而后就要求我们结束探视。

我当然明白护士的举动是符合急救规程的，但仍觉得她的动作鲁了一点，毕竟景春是拄着双拐的呀！走出病房后护士对景春表示了歉意并解释说："以龚老师现在的状况，不吸氧恐就是分分钟的事情了……"

我和景春听罢都戚然无语。其实这个情况我是非常清楚的，所以从龚敬入院起，我就搬进病房进行全天二十四小时陪护。刚才出去接景春时，他提出要求和我替换，被我婉言谢绝，他本身就是需要照顾的人呀！

后来景春便包揽了家里的杂务，每天上下午各来一次病房看看，换我吃吃饭打个盹。他笑称："我搞了一辈子的后勤，做这些事既是本分又是特长。"

医院的治疗非常精心，但龚敬的病情却每况愈下，清醒的时间越来越少，甚至终日昏迷不醒。在我的一再要求下，院方专门请了市里的几位老专家前来会诊。专家们看后都认为情况严重，但并非完全没有救，应该继续治疗并可适当强化治疗措施，如果能挺过这一关，以后只要多注意保养，病人再活上一两年甚至更长时间都是可能的。这个诊断令我鼓舞，景春听说后也很高兴，说无论如何都要帮助龚大哥闯过这一关。

这天下午，景春来到病房，忽然听到床上有轻微的响动，抬头看时，发现龚敬的眼睛睁开了，正用手轻拍着床垫。我以为他要便盆，赶紧从床下取了出来，但他却摆手表示不要。我凑上前去问他想要什么，他却抬手指着景春。

景春立马上前握住他的手，问道："老龚，你想要什么？"

龚敬含混不清地说着什么，显得有些激动。

"想不想喝一点排骨汤啊？今天现炖的。"景春指着放在床头柜上的汤钵。龚敬却摇着头，转而又指着我的手。我不明就里地翻转着手掌让他看。大约是见我不明白他的意思，他又指了指景春和他握在一起的手。我尝试着将手放了上去，他艰难地笑着点了点头，然后将另一只手压在我的手上，吃力地晃动着。我和景春都尽力配合着他，心想他无法说话，一定是以这种方式对我和景春这些天来对他的照顾表示感谢吧。他是一个特别怕麻烦别人，也很懂得感恩的人，一辈子都是这样。

"都是一家人，有什么好客气的，你就安心治病吧！"我试着想将手抽回来，不料他却抓得更紧了。景春见状，也附和着说："老哥你在前头冲锋，我们在侧翼配合，一定会战胜这个病魔的！"

这场三人握手一直持续了两三分钟。连目睹了这一幕的护士都忍俊不禁，笑称"创造了三人握手的吉尼斯世界纪录"。

我顺口开了个玩笑："可惜忘记请人来现场作证啦！"

龚敬的脸上露出了一丝笑容——尽管看上去笑得有点艰难，我还是为自己的灵机一动由衷地高兴。

或许是握手耗费了所剩不多的精力，龚敬很快就疲惫地闭上了眼睛。为不影响他休息，景春待了一会儿就走了。这天晚上我也比平时睡得早。

不料当天夜里就出事了！当我在梦中被人摇醒时，发现病房里正乱成一团。我意识到什么，惊坐起来冲着面前的小护士问："怎么啦？出什么事啦？"

她戚然地说："龚老师走了。"

"你说什么！"我在她的搀扶下站起身来，不顾一切地扑到病床前。

龚敬悄无声息地躺在病床上，身上的各种复杂的治疗器械换成了一袭罩着全身的白布。

"这是怎么回事？我只是打了个盹呀！"我惊惶地冲着医生护士大喊大叫。

一位熟悉的值班医生平静地告诉我说，他们是五分钟前来查房的，但当时龚敬至少已去世二十分钟了。

床头上的电子钟让我明白自己睡了多长时间，我克制住了对医生的反诘，回过身去抚着龚敬已经变冷的脸庞。面对着他那安详的神态，我慢慢地镇静下来。

龚敬死于人为断氧。值班医生怕我闹事，再三对我解释："樊奶奶，你知道我们夜间是每隔一小时巡视一次病房，这段时间医院里根本没有其他人进来过，何况你还住在病房里。是他自己把输氧管取掉的，那是经过特别加固的，取得很专业，一般病人根本打不开……"

我默默听着，油然想起他年轻时曾自己给自己割盲肠的传闻……这种事情他是下得了手的，不管是自救还是自戕！

为示慎重，医院专门请了法医来做鉴定。经过对龚敬的病史和入院时的症状，以及入院后的治疗和用药，以及出事当时所用输氧管上留下的指纹等方方面面都进行了严格的查验，最后得出结论：病人死于自行停止救治，造成缺氧窒息而死亡，其原因或为对所患疾病的治愈失去信心，或为对治疗中的生理不适难以忍受，或为在意识模糊（半睡眠）状态下发生的不当行为。又考虑到病人发生意外时，身边一直有亲属陪护等情况，因此病人的死亡应不属于"医疗事故"。

当时我最担心的是被说成是"自杀"，见到法医鉴定后，觉得还比较实事求是，也就签字认可了。其实我的内心里已然明白，龚敬当天与我和景春的那番握手，既是在表达感谢之情，亦是在向我们作最后的诀别。景春也很认同我的这个想法，为此还特别负疚，觉得是他大意失荆州，没有尽到责任。

龚敬就这样走了。回想起四十年来我们相濡以沫地走过的那些坎坎坷坷，夜卧床榻，辗转难眠，拿出他当年给我写的那些信一遍遍地读着，不禁泪如雨下。

在殡仪馆陪送龚敬最后一程时，听我谈及龚敬的生前种种，景春透露了他当年的一段心路历程：当他负伤后面对自己惨不忍睹的断肢残躯，决定与我断绝关系时，有一种强烈的预感，觉得我一定能遇上比他更值得我爱，也更能给我带来幸福的人。在他的冥冥念想中这个人应该是形象俊朗，谈吐不俗，富有爱心，善解人意……并且很快就落定在一个真实的人身上，这个人就是他那次来重庆时曾有过一面之缘的龚敬。他也说不清这种好感到底是源于从我的口中所知悉的当年他在贵阳精心护理受伤住院的我，到警校后也一直得到他的亲切关照的那些往事，还是那几天亲眼所见龚敬以所长之尊，却毫无架子，极为周到细心地为接待他这位不速之客而奔波忙碌所留下的种种印象……当他从蛮妹口中得悉我和龚敬执手成婚时，心头真有一种如释重负之感，特地弄了点酒菜，一个人关在房间里独酌独饮地为我们遥祝远贺了一番……

我听得泪眼婆娑，百感交集。我樊惠兰上辈子修了什么好，这辈子能遇上这么好的两个男人？……

龚敬的生死观念一直非常旷达，生前曾多次表达死后进行树葬、不立墓碑的愿望。翠云山深处的这个原来的无主坟山，近些年已被当地民政部门开发成一个有公路进出的小墓园。我和景春一起将他的骨灰安葬在外公的坟墓对面，在立碑的位置种下了一株山茶树苗，墓园管理人员对我们这种移风易俗的举动赞不绝口。

为龚敬做完一应祭奠之后，我不无感伤地对景春说："景春，如果我走在你前面，你把我的骨灰也安葬在这里，我要永远陪伴他们。"

景春不假思索地笑道："如果我走在你的前面，你也照此办理吧！"

我说："好啊，到时候我们都来这里团聚！"

这些看似触景生情和顺口搭腔的话，后来却变成了我们衰迈人生的一种寄托和向往。

二十三

龚敬去世后不到一小时，我便给儿子打了电话，要他回家奔丧。没想到他当时也正为突患骨髓炎住院的老婆无法脱身。龚敬的骨灰下葬后，我又打电话去告诉了相关情况，并特别交代了翠云山和小墓园的位置，以便他和儿孙日后回来能找到亲人埋骨的地方。原以为他听后也会有几句安慰和表态的话，不想我的话还未说完，他便开始诉苦：老婆住院要陪护，儿子上学得接送，还得上班挣钱养家，成天忙得焦头烂额。因一再请假，公司主管已找他谈话，称再这样下去，只好请他"另谋高就"了！总而言之，要我无论如何也要在这个时候帮他一把，立马动身去加拿大！

我听得急火攻心，回他说："你父亲还没过头七呢！"

他问："你说什么什么七呢？"

我说："按我们中国人的传统，亲人去世后，家人要哀悼七七四十九天，每隔七天都要祭奠一次，第一个七天就叫头七！懂了吧？"

电话中的声调骤然变高："老妈，到底是活人重要还是死人重要啊？"

我气晕了，冲着电话喊道："龚望，你老子这辈子白疼你白养你了！"

放下电话，我真想大哭一场，龚敬当年真不该那样节衣缩食地送儿子出国呀！

景春安慰我说："俗话说家家都有本难念的经，儿子如果不是真的没抓挠了，也不会这样催促你。我看你还是去帮他一下吧，也可以趁此换个环境，舒缓一下身心——毕竟人生难得的是天伦之乐啊！"

他越这样说我心里越难受，忤他道："你呢，你有天伦之乐吗？"

"老天没有给我，我也就不想啦！"他笑着拍拍靠在身边的拐杖，"我有这个做伴就行啦！"

我没好气地说："人家都急成这样了，你还有心思胡扯！你干脆把我劈成两半吧！"

他却一点不生气，笑回道："不用劈两半，就让我来代行你的这一半吧。你走后，我在这儿继续给龚敬大哥守七，守满七七后再回东北去处理一些事情。"

我心头正盘算着可不可以带他一块去加拿大看看，听他这样说，就问他："你在那边还有什么事情需要处理?"

他这才告诉我，长春荣军疗养院正筹备改制划归地方，走社会化办院路子。他得回去参与处理一些具体事务，包括办理身份转换的相关手续等等。他这一说，反倒把我的心给说悬了起来。这些年来我们来来去去地相聚，他是最无牵挂的一方，突然听到改制什么的，就不禁为他的今后担忧起来。

我问："改制过后你的身份待遇会不会改变呢?"

他笑道："身份也许会有些改变，但伤残军人的待遇不会变，老人老办法。"

我告诫他："你可别掉以轻心啊，别莫名其妙地就把什么东西都给改没了啊!"

他很有把握地说："放心吧，不会的!"

几天后，景春送我到江北机场，我将从这里先飞上海，然后转机赴加拿大。一路上我都努力保持着平静，但托运了行李来到安检处，即将分手时，我的情绪却开始失控了：我们都已是年逾古稀且各有伤病的老人，谁知道这次分手会不会是永别呢!

"景春，"我突然呜咽着抓住他的手，"我走后你要多保重!"

"惠兰，我会的。"他也动容地握着我的手，"你也一样要保重啊!"

"外公和龚敬的事情就拜托你了……我去了会经常给你打电话的……你不要打，那边打过来便宜……"我的眼泪簌簌地往下掉。

"放心吧，我会把这些事情办好的。"他掏出手绢来递给我，眼睛里流露出一股强忍着的难舍之情。

"景春!……"我冲动地将头靠在他的胸前……一瞬间仿佛时光突然倒转，把我带回了少女时代，如果不是周围全是旅客，我可能已经扑到他身上了。

他温存地抚着我说："惠兰，我相信我们还会有团聚的一天。"

我哽咽着说："景春，我们太不容易了……老天会怜恤我们的……"

赴加两个月后，儿媳终于痊愈出院。帮着儿子把家事安顿好后，我让他买了机票直飞北京，然后从北京转道前往长春，在已改制为地方管辖的原疗养院里见到了因轻度脑溢血正在静养的景春。

我拿出全部看家本领，精心陪护了他一段时间，使他的血压稳定下来，看看各项体征指标也都趋于正常了，遂赶在东北的寒冬降临之前，和他一起回到了重庆。

二十四

家里一切照旧，外公和龚敬的大幅照片依然挂在最显眼的墙上，我和他也依然是白天在一起生活，晚上各回各的房间，维持着一种既相互关照，又授受不亲的界限分明的日子。两个人心里其实都觉得有些别扭，但又都没有开口说破。

为防不慎跌倒，我将他的双拐扔掉换成了轮椅。经过一段时间的练习，很快就进退自如，可以腾出手来做一些想做的事情了。我又给他买了一架电子琴，让他无事时弹奏着玩儿，一来可以有利康复，二来也可以给屋子里增添一点生气。毕竟在荣军乐队待过，没几天他就弹奏得像模像样的了，窗外经常有人驻足聆听，很快在小区里也有了名声。左邻右舍都不信他那双残缺不全的手能弹奏出如此美妙的旋律来，直到亲眼目睹了仍啧啧地称奇不已。其实景春那双手不仅能弹琴，不管抹屋扫地、择菜洗衣，乃至上灶煮饭之类的家务事几乎样样都来得。但因为成天不是坐着就是躺着，他双腿肌肉萎缩得很厉害，我每天早晚都要为他做按摩；我常犯肩周炎，这又成了他包揽的活儿。两个耄耋老人，从早到晚也不知是我在服侍他，还是他在服侍我。

也有互相帮不到的死角，那就是洗澡的时候。我尽管手脚不灵便，但独自在浴室摸摸索索的总还能洗下来。他就不行了，怎么也得有人搭手帮忙才行。但他每次洗澡都把浴室门关得死死的，生怕逾越了彼此的界限，直到有一次滑倒在浴室里险些出事，以后才改为穿着内裤洗澡，以便我在紧急时可以进去帮忙。有一次我忍不住跟他开玩笑，说："你这等于是穿着袜子洗脚啊！"他也不介意，笑呵呵地回我："你别说，我当年在东北还真这样干过，天大寒时，在外面冻了一天，晚上回到宿舍，经常是冻得鞋袜都脱不下来，就干脆穿着袜子一块伸到热水里去，泡热了再脱下。现在也只能想想啦！"我瞟着他空空的下肢，以后再也没有提这个事儿。

两个老人的小日子就这样一天天地过下去了。

这天我在为他整理从东北带来的那口四角包铁的大木箱时，无意中发现了一个漂亮的锦袋，里面软软的一团不知是什么东西，取出看时却是一条梳理保护得极好的发辫。我心头咯噔了一下，立即想起了第一次去东北时廖院长说过的事儿，就冲着正在客厅里看报纸的他叫道："景春，你进来一下。"

他推着轮椅来到门口问道："领导有何指示？"

我晃悠着发辫说："这个，该物归原主了吧？"

"啊哟……"他看着发辫，欲言又止。

"什么啊哟啊？"我说，"这个对你已经没用了吧！"

"谁说的呀！"他却回过神来，"你怎么知道没用处呢？"

"没见你每晚放在枕头边呀！"

"呵，这倒是……"

"好吧，不难为你了。"我笑着将发辫放进锦袋。

"请问领导还有吩咐吗？"他调侃着。

平常我在这种时候多会来上一句"晚上的电视遥控权归我啦"或者"今天罚减你一支烟"之类的尾声，但今天我心头似乎却有点儿犯堵，愣怔了片刻方才说道："你刚才的意思，是说这头发你留着还有用……能不能透露一点天机：还有什么用？不是想拿去卖废品吧？"

他笑眯眯地看着我不回话。

"不好意思回答？"轮到我揶揄他了。

"到时我想带走。"他终于说道。

"带走？带到什么地方去？"我一时没懂他的意思，以为他已在暗打退堂鼓，想要回到东北去呢。

"带到那边去。"他说。

"什么那边？"我心头打起小鼓来。

他看看我，忽然缄口不语了。我猜到了他的意思，心头一时五味杂陈，竟也不知该说什么好了。

"惠兰，迟早会有那一天的……"他终于又开了口，"我一直都是这样想的……"

我的呼吸急促起来，他的眼睛、鼻子和整张脸、整个人在我眼前一阵阵地拉近，推远，又拉近，又推远……不知过了多久，终于从喉咙里蹦出一句话："到时候你想独自远去?"

他的脸色骤然生变，就像做了什么见不得人的事情。这在平时是极少见的。

"景春，你对我们的将来，有什么想法吗?"沉吟了半晌，我缓和了声调问道。

他欲言又止。

"景春，你就一点没听到外面的风言风语吗?"我决定要把早就想说的话引出来。

"什么风言风语?"他诧然地看着我。

"说我们'不明不白'……"

"人正不怕影子歪，谁爱说谁说去!"

我后面的话一下噎在喉咙里，迟疑了半晌，方才顺水推舟地转换了话题："……马上就要换季了，你箱子里的这些衣物该洗该晒的也该清理了啊!"

这天晚上，我和景春都没有睡好，他出来上了几回厕所我都听得一清二楚，显然心头也捂着事情……

我原以为这种打哑谜的日子会无声无息地拖下去，不想第二天就峰回路转了。

二十五

第二天早上，景春忽然主动表示要将那条发辫"物归原主"。当时我正在灶上煮早点，一时感到很是诧异，不想他却又笑嘻嘻地提了个"交换条件"：每天为我梳头！我啼笑皆非地看着他，不知他发的什么神经。他显然早有准备，将轮椅摇过来一边帮我做事，一边为我解惑释疑。他说昨晚上一直在想着这条已经与他相伴了四十几度春秋的发辫，想得辗转难眠……这些年来，他大凡在家独坐，或者特别想念我的时候，总会情不自禁拿起这条习惯性地放在床头的发辫，一次次打散梳理，又一次次地编好，常常是一两个小时就在这样的反复中消磨过去了，这已成为他多年的一个习惯。许多老战友都知道这条发辫的由来，常常奚落他是"自绝于人民"，落得个遥遥无期的单相思……不管是造化戏人还是天可怜见，现在朝思暮想的人竟然真真实实地待在眼前了，他觉得每天都像是在做梦一样……发辫自然只能锁进箱子了。然而一双伤残的手却仍时常犯痒，不知何时就开始向往着每天能亲自为我梳头编发的美事儿，但却囿于彼此间的这种不无尴尬的关系，又不得不一次次地打消了这种自己感觉有些"出格"的念头。昨晚上翻来覆去地想了一整夜，终于决定不再这样折磨自己，是好是歹都要说出来，现在就等我的一句话了！……

他倒是竹筒倒豆子了，我却惶惑起来。我明白，我们阔别这么些年在彼此间所形成的那一道无形的心理藩篱，从此刻开始或将被彻底冲决，但我真的做好了思想准备吗？我不敢确定。我看着他，一时不知该如何回答是好。他也不催我，转过轮椅去泡了一杯茶送到我的手里，一副恭敬有加地来了一句："请用茶。"我抓住话头揶揄道："说得好顺溜，见习过啊？"

他做出一副死猪不怕开水烫的样子："不瞒你说，还真的见习过。"

"真的吗？"

"真的，我每次去理发店等候时，特别关注他们为老太太侍弄头发的服务程序，不说已滚瓜烂熟，至少也是心头有谱了吧。"

"这么说，我倒真得试试你的手艺啦！"

此话一出，每天早上为我梳头便成了他的专利，也成了我暗自欣喜的一大享受。每当我端了小凳坐到他的跟前，闭上眼睛静静地感受着他的气息和木梳在头皮上轻轻滑过的时候，心头都会漾起一种难以言喻的幸福感。老天有眼，终于让我找回了原以为已经永远失去的那份情缘……

然而，我们俩仍然有意无意地回避着一个已经逼近门槛的问题：我们到底以什么关系长期相处下去？从我们之间的感情来说，这显然已不是大问题，但看他从早到晚安之若素的样子，却一点看不出有此想法。随着岁月流逝，我越来越意识到龚敬临去前将我和他的手紧紧地叠压在一起，是有其另一层用意的，景春也应该心知肚明：那真的仅仅是一种不能忍受病痛和与我们诀别的表示吗？……可是两人却都矜持着，回避着……这种事情，莫非还得让我这个女人先开口吗？他心里到底打的什么主意？……数十年的时空隔离，已把当年那条一清见底的溪流，变成了眼前的一湾沉静的河水，让人难以窥见其深处的波澜。有时我就想，都是这把年纪的人了，也不会再有少年夫妻的那些枕席之事，何必为此徒费心思呢！不是说"糊涂是福"吗？还不如就这样稀里糊涂地过下去算了，别人爱说不说都任他去！

然而世间的事情却往往是"树欲静而风不止"。有一天我从社区办门前路过时，王主任忽然出来笑嘻嘻地叫住我，说是有个事儿想跟我聊一聊。弄得我一头雾水，不知道他要聊什么。

王主任将我让进会客室里，一番嘘寒问暖之后，跟着就来了个单刀直入："樊奶奶，你和楼大爷这种跨越时空的重聚真是难得呀！每当我看见你推着轮椅上的大爷在小区里有说有笑地转悠时，好生羡慕呀！依我说，既然你们都形影不离、亲密到了这种地步了，何不干脆把结婚手续给办了呢！"

因来得太突然，我嗫嚅着一时不知该说何是好，但心头却并不反感，甚至觉得有点蹊跷：莫非他看出我的心思了吗？……细想又觉得不可能，只得做出洒脱的样子回道："哎呀都七老八十的人了，这有啥意思嘛！"

"哎，怎么会没有意思呢？姑且不说可以避免外间的闲言碎语，自己办什么事也方便呀，比如说一块外出旅游，一方生病住院时的陪伴，还有保险赔付、遗产处理等等，有这层关系和没这层关系大不一样啊！更不要说平时相处相伴涉及的方方面面的实际问题了，怎么会没意思呢？"

他这一说我倒真哑口无言了。他也没有趁热打铁，却笑呵呵地把气氛给轻松了下来，说："当然啰，俗话说捆绑不成夫妻，婚姻自主嘛！我说这些也只是供你们参考，你回去后可以跟楼大爷好好商量一下，看是不是可以认真考虑一下我们的建议。"

王主任的话不啻是给了我一把"尚方宝剑"。这天下午我推着景春在小区花园里遛弯，来到一个四处无人的地点，我就把王主任给我说的话一五一十地对他讲了，然后就屏息静气地等他回话。不料他却把球给踢了回来："你是怎么想的呢？"

这使我不免有些生气，略带生硬地回道："世上哪见树缠藤的呀！"

他却莞尔一笑，调侃道："现在不都讲女士优先吗？我只是想尊重你的意见啊!"

我笑着说:"这些话你又是从理发店见习来的吗?"然后就索性来了个顺水推舟,忤他道,"说话算数?"

他说:"大丈夫一言既出,驷马难追!"

"那好!"我说,"我觉得王主任的话是善意的,也有道理,别的不说,我一个女人家,也不愿意让人成天在后面戳背脊骨呀! ……不就是办个证的事儿吗,办就办吧!"说罢便将轮椅一推,站定在原地。

他倏地将轮椅转了过来,既惊且喜地盯着我问道:"惠兰,刚才你说的是真话?"

我说:"你自己辨别吧!"

他目不转睛地对着我上下端详,直到看得我身上都起鸡皮疙瘩了,方才冒出一句话:"惠兰,你过来掐我一下……"

"别在这里装疯卖傻的啊!"我站着没动。

"来呀,真的!"他将轮椅推近我,又将脸伸到我的跟前。我在家里偶尔闹小脾气时,他也曾用这样的办法让我破涕为笑。我也就没好气地在他脸上使劲地揪了一下。他夸张地叫了一声,就用手抚着脸使劲地甩头,然后做出从梦中醒来的样子,一本正经地看着我说:

"惠兰,你得想清楚啊,我是没法跟你比的人啊!你儿孙齐全,我却是光杆一个呀!我能够像现在这样跟你待在一起,已经心满意足了,心满意足了!我不能得寸进尺,把你好不容易得到的幸福晚年给破坏了呀！……再说我就是答应你，你的儿孙会同意吗？当年毕竟是我有负于你……这个事儿……我真是没脸提啊！……"

面对着他开始变得愣怔的眼睛，我有点发怵了，生怕他还说出什么不中听的话来，于是不无冲动地打断他的话道："景春！你好好地看着我，看着我——你刚才说的话，我不想再听第二遍，永远不想再听！"

大约是我太过声色俱厉了吧，他回避着我的目光，欲言又止。

"知道这是为什么吗？"泪水在我的眼眶里打转儿。

他无言地觑视着我，然后郑重地点了点头。

我呜咽着走过去捶打着他："既然知道，为啥还要说呢！"

"对不起，惠兰，以后我不再说了，保证不再说了。"他的眼眶也润湿了。

我最害怕看见男人流泪，何况是他，也就缓和了语气道："景春，你知道吗？听你这样说，我有多难过、多伤心呀……"

他伸手在我的背上轻轻地抚拍着："惠兰，我懂——我怎么会不懂呢！"

我哭出声来，直到他在我的耳畔轻轻说了一句："惠兰，你又回到十五岁的样子了……"才又慢慢停息下来，然后就像当年一样不依不饶地要他当面把我哄好。他也真就开哄，讲起了当年我闭上眼睛赌他敢不敢用粘棍粘我时的倔样儿，一直说得我破涕为笑。

在龚敬去世满周年后，我和景春一起去民政局办理了结婚登记，然后一同到翠云山去向外公和龚敬报告。来到小墓园，刚下得出租车，便看到园子里的山茶花开了。明明开花的季节未到，这是咋回事儿？迎候我们的墓园管理人解释说，都是昨天晚上才冒出的骨朵，今年天气热得早，花期提前了十来天。我笑着对一路上心绪复杂、很少说话的景春道："肯定是外公和龚敬显灵了，特意对我们表示祝贺吧！"

当我们一块祭奠外公和龚敬，并向他们报告我们结婚的消息时，我觑见景春的眼眶里噙满泪花。

婚后我和景春依然维持着既往的日常起居，唯一的不同是在侍候他洗澡时放得开一些了，再不像以前那样尴尬作难。

直到是年中秋，我们才将各自的枕头被褥搬到一起，开始"同房"。那天晚上，我们一块洗澡净身后，我将在义肢厂定做的两只仿真腿脚安装在景春的断腿上，他认真地为我梳了头，将我少女时代的那条乌黑的发辫仔细地编接在我的白发上，然后两人换了干净衣服手牵手地来到大镜子前彼此鉴析加自我端详，看着看着都不禁哑然失笑，眼眶里却又都溢出泪水来。

"总算老天有眼，给了我们这一天。"景春深情地轻搂着我说，"惠兰，应该高兴才是。"

"是啊，应该高兴，可是……"我的心里五味杂陈，不知到底该感谢老天还是责怪老天，"景春，我们都老了。"

"不是说执子之手，与子偕老吗？这就是天大的难得啊！"

我明白这个时候是不应该陷入伤感的，便搀扶着景春来到小阳台上，等候着那一轮古往今来不知承载了多少人间情思的大月亮，尽管天气预报说当天晚上云层较厚，我们仍怀着期冀，希望天公作美。然而事与愿违，我们在小阳台上吃着月饼瓜果，眼巴巴地静等了近两个小时，万众瞩目的月桂玉兔依然羞羞答答地躲在云层后面不肯露面。

夜凉袭人，我们最后不得不撤回屋里上床歇息。在一阵亲密相拥、轻语呢喃之后，各自归位，安然就寝，唯一的肢体接触，只剩下两只握着的手。

几乎纠缠了我们一辈子的这份一言难尽的命缘，终于有了一个虽然残缺，却也有幸的"团圆"结局。然而未曾料到的是，就像当年在我和龚敬的新婚之夜里，我的脑子里几乎全部被景春占据一样，龚敬也成了这天夜里我想得最多的人。这些年来他对我心无旁骛的深爱和我们相濡以沫地走过的每一程，都清晰如同昨日地浮现在我的脑海里，最后全部归结在他离去前动容地将我和景春的手紧紧地叠握在一起的情景……确乎直到此时我才更为明白，他之所以那样毅然决然地离去，是想要为我和景春多留下一点时间……

似睡非睡中，我忽然发现窗帘上依稀透出一片明亮的光影，顿时清醒过来。披衣起床，开窗外望，惊喜地发现一轮皎洁的明月已像一只硕大的玉轮高悬在幽蓝的天穹上，而那通体洁白中却分明浸透出些许淡淡的红色……哦，红月亮！我惊喜不迭地回过头去，想叫景春起来共赏，却发现他已支起身子。

"你也醒啦？"我兴奋地问。

"听见你的欢呼声了。"他笑答。

"快，起来看红月亮！"

我过去将他扶上轮椅推到窗前。他望着天上说："还真是红月亮呢，哦，真漂亮！"

我说："我这辈子头一次看见红月亮。"

"我在三年灾害时曾看见过一次，也是在中秋节，当时特别想念你，很想知道你是不是也在家乡看月亮，月亮是不是红的……"

"那个时候还有心情想念我？"我调侃道。

"真的，当时那么困难，龚敬又是那种处境，所以特别担心你们娘儿俩……平时只能通过蛮妹的只言片语了解一点你们的情况，心头一直担忧着，挺煎熬的……"

我不想让那些往事太过影响此时的心境，就有意把话岔开："也没听龚敬和外公说起过红月亮，看来他们都没饱过这种眼福呢。"

"那就把他们一起请过来看吧。"景春回头指着墙上的相框说，然后就转动轮椅。

我挡住他，进去把外公和龚敬的照片取下来并列在摆放着月饼瓜果的小圆桌上。

那个中秋之夜，我和景春就这样陪伴着外公和龚敬观赏着天上那轮时而变红时而变白的月亮。我们有一搭无一搭地聊侃着，有一搭无一搭地沉默着，不时相视一笑，继续聊侃，继续沉默……

"这个时候应该有点音乐才是呢，我来弹一个曲子吧！"景春说。

"是呀，怎么就忘了呢！"我立即去把电子琴搬过来放到他面前，"音量开小一点儿，别影响人家。"

"想听什么曲子？"景春调试着音量，笑着问我。

"最好是与月亮有关的。"我说。

"《小河淌水》如何？"

"哦好，现在的氛围最合适！"我兴奋地拍掌赞成。平时我们对这支来自家乡的民歌都弹不倦、听不厌，格外喜欢。

深情的旋律在月夜中轻轻荡漾，宛如清澈的泉流淌过情思的心坎……"月亮出来亮汪汪，亮汪汪，想起我的阿哥在深山。哥像月亮天上走，天上走，山下小河淌水，清幽幽……"我跟着电子琴轻声唱着，不知不觉间，眼眶里又已是泪水涌溢：外公和龚敬也一定在看红月亮，也一定在思念我们吧……

尾 声

我和景春在一起生活了三年零二十七天，直到他在八十二岁时因脑溢血复发遽然离去。

情未尽，屋已空。我知道，他的这一次离去是永久性的，他再也不会回来了。

儿子接悉电报，只身回国探望，这多少驱走了当年龚敬去世时他在我心头留下的阴影。但未曾料到，在对景春的安葬问题上，我们母子却发生了尖锐冲突。

我的态度非常明确，龚敬和景春都是我一生中至爱的亲人和法定丈夫，景春的骨灰必须与外公和龚敬安葬在一起，我百年之后也将去那里和他们相聚。儿子却表示强烈反对，认为那将在事实上给外界造成二男事一女的印象，不但会使我的声誉受损，也使他们当后辈的今后难以见人，因此必须另外择地安葬！甚至我表示景春跟龚敬一样生前都表示去世后进行树葬，不要墓碑，我将来也会这样。但他还是不同意，说这种事情瞒得了谁呀！为此他还专门征求了正在多伦多念高中的孙子的意见，并告诉我说孙子也赞同他的想法。

我真是想不通：理应比我思想开化的儿孙，怎么突然变成陈腐观念的卫道士了？抑或这只是一个托词，他们内心里实际上只愿承认他们的亲父亲爷是我唯一的丈夫，而我和景春不过是在晚年相互抱团取暖的临时伴侣……我不愿深想下去了！

儿子后来退了一步，表示可以把景春的坟墓放在距离稍远一点的地方。但我心意已决，没再搭理他。

直至他回到加拿大，这事仍没个结果。本来人死入土为安，可又不得不考虑他们的意见。事情就这样给拖了下来，景春的骨灰一直存放在家里的灵位上。

一年后，自感身体日衰的我决定不再隐忍，亲自捧着景春的骨灰来到翠云山墓园，将其安葬在外公墓茔对面紧邻龚敬安寝的地方，并在上面同样种下了一株山茶树苗。而后我提前购下了中间稍稍靠后的一方空地，作为我百年后的安寝之处。

对于我们这个"家族墓地"的安排，墓园管理人起初也有所疑虑，说是附近的乡民思想保守，担心会引发意外，但因我非常坚持，加之三人都不立墓碑，方才不说什么了，转而表示会尽职尽责地履行守护义务。

回家不几天，就发生了我在楔子中谈及的儿子委托那位医生朋友来访和他建议我写回忆录的事情。

我把自己的最新决定告诉了儿子。他在越洋电话那头闷闷地说了一句："妈，我还是不明白你为什么一定要这样做。"

我说："眼下三言两语也说不清楚。我已听从你那位医生朋友的建议，开始写一个类似自传的回忆录，留给你和孙子，到时你们看了或许会有所明白。"

龚望沉吟了一阵，明显地缓和了口吻道："这个事我已听朋友讲了……妈，你就写吧，到时我和孩子都会认真地看的。你年纪大了，要注意节劳，千万不要累倒了。"停顿片刻，接着又补了一句，"妈，我这些年来没能在你身边尽孝，其实心里也一直是很歉疚的……"

"谢谢儿子，但我无论如何也要做好这件事情的！"不待放下电话，我已是唏嘘难抑。我终于感受到了那份原以为已经完全淡漠无存的骨肉亲情，也让我更坚定了要写出这个回忆录的决心。

毕竟年纪大了，又不会用电脑，起了一个头，就感到能力和体力都难以支撑，不得不请了一位作家前来帮忙，由我口授，他负责记录整理。每天他都带着笔记本电脑来到我的住处记录我的讲述，断断续续花了近三个月的时间，才完成了这份自述笔录。

终于松下一口气的我，特别准备了一点酒菜向他表达谢意。在对坐聊侃中，他忽然向我提出了一个请求：由他将我的这些人生际遇和感情经历写成小说公开发表，并极言这"很有价值和意义，只供儿孙阅读太可惜"云云。我既感到疑惑，又觉得难以拒绝，犹豫了一阵也就同意了，但再三要求书中的我和所有相关人物都不能用真名。他笑称就是我不提他也会这样做的，让我一百个放心。

事后我忽然想起在前面的楔子中提及的那次老战友聚会上发生的事情，不禁心想：这些东西算不算是"爱情故事"呢？我没好意思去问那位作家。他在整个采访过程中，虽然也很感慨，说过不少"这样的故事，恐怕也只会发生在你们这一代人身上"之类的话，但却几乎没有提到过"爱情"二字，怕也是贴不上吧。

为化解心中的疑团，前些天我破天荒地去图书馆听了一个爱情伦理讲座。主讲人用声情并茂的语言诠释了他心目中的爱情：真正的爱情具有强烈的排他性，就像眼睛容不得一粒沙子，也只有在这个前提下，爱情才会获得极大的幸福感，可以快乐忘情到仿佛周围的一切都不存在，所以有一句话叫作"男女相爱便是天堂"……这是我平生第一次听这种讲座，起初还有些新鲜感，但很快就兴味索然了，他越讲得天花乱坠，我越觉得与自己距离遥远，最后在众目睽睽中默然起身离场。

我樊惠兰这辈子与那些"天堂"级的浪漫爱情无缘，只能面对现实的人生……思绪悠悠中，不禁又想到了一辈子花好月圆地走过来，却一直对我心存"嫉意"的蛮妹。她认为女人一辈子只要有过一次刻骨铭心的恋情就算没有白活，老天却偏心眼给我翻了倍，所以我应该满满地知足才是。但因一直以来她老这样说，我早已听得没了感觉。我和景春去民政局办证时，曾打电话告知她，当我又略带矫情地诉说起这辈子的不幸时，她冲着电话大声道："惠兰，别再叨念你那本苦经好不好？你这辈子值啦！七老八十了还能跟有情人牵手拜堂当新娘，有几个女人能有这种福分这种命啊！……与你相比，我这个一杯白水喝了几十年的女人，一辈子真是过得太平庸太无味了。现在我最厌听那些'平平淡淡才是真'的鬼话了，相反对你那些撕心裂肺和死去活来的经历却向往得不得了！就算是老话说的'缺哪门想哪门'吧，反正这绝不是想要安抚你！你不是说下辈子愿意与我交换吗？现在我回答你：我同意！听清楚了吗？我同意，同意！你可要一言为定，不准反悔啊！……"见我支支吾吾地不回答，她方才慢慢地停止了吆喝，而后又放缓声调，来了一番要我好好地惜福惜缘惜人生，过好晚年的每一天之类的大实话，说着说着，不知怎么的却自叹自怜起来……弄得我反倒回过去宽慰了她一番。挂断电话，我一直呆坐着，脑子里却翻江倒海：在这个世界上，蛮妹算是最了解也最真心待我的人了，我这辈子真的如她所说是有幸甚而有大幸的人吗？

　　我至今仍难以作答，随着年事愈高，也不愿去多想了。那个长眠着我的至亲亲人的林中小墓园，成了我心心念念地牵挂和向往的所在，我还常常在梦中看到那几株生机盎然的小树，嗅到山茶花和栀子花的清香呢……

原载《中国作家》2019年第4期